古今和歌集の遺響

村上朝前後の歌合表現論

田原加奈子
Kanako Tabaru

早稲田大学エウプラクシス叢書――047

早稲田大学出版部

Echoes of the Kokin Wakashu
A Theory of Uta-Awase Representation in the Murakami Court

TABARU Kanako, PhD, is Part-time Lecturer at Tamagawa University.

First published in 2024 by
Waseda University Press Co., Ltd.
1-9-12 Nishiwaseda
Shinjuku-ku, Tokyo 169-0051
www.waseda-up.co.jp

ISBN978-4-657-24804-6

Printed in Japan

目次

凡例

一、和歌本文の引用は『新編国歌大観』（株式会社古典ライブラリー、日本文学Web図書館）に拠り、一部通読の便のために漢字かなの表記を変更した。本文に問題がある場合は別の本文を用い、注記した。『万葉集』に関しては『新編日本古典文学全集6～9　萬葉集①～④』（一九九四～一九九六年、小学館）に拠った。

二、歌合の名称は、特に記さない限り『新編国歌大観』に拠り、『新編国歌大観』に記載がない場合や名称に問題がある場合は『平安朝歌合大成』（萩谷朴『平安朝歌合大成　増補新訂』全五冊、一九九五年、同朋舎出版）などを参考にし、別途名称を付し、その都度注記する。また、歌合の名称に「　」は付さない。

三、歌集には『　』を付し、『古今和歌集』→『古今集』、『後撰和歌集』→『後撰集』、『拾遺和歌集』→『拾遺集』、『古今和歌六帖』→『古今六帖』などの略称で記す。

四、たびたび引用する文献について、萩谷朴『平安朝歌合大成　増補新訂』全五冊（一九九五年、同朋舎出版、初版一九六九年）は『平安朝歌合大成』、萩谷朴、谷山茂校注『日本古典文学大系74　歌合集』（一九六五年、岩波書店）は『古典大系』との略称を用いる。また、『和歌文学大辞典』『歌ことば歌枕大辞典』『古語大辞典』は株式会社古典ライブラリー、日本大学Web図書館に拠り、『日本国語大辞典』はジャパンナレッジに拠る。

序

本書の目的

歌合という和歌行事がある。歌合とは何だろうか。現代では大晦日に催される紅白歌合戦がイメージされるだろうか。紅白歌合戦は歌い手が主として男か女かを基準にグループ分けされる。一方、古来行われてきた歌合は、主催者を中心として、「左方」「右方」という二つのグループに分かれる。そして歌題をもとに作り上げた和歌を、双方が互いに一首ずつ提示し合う。その一番ずつに勝ち・負け・引き分け（持）を付し、そして最終的に勝ちの多い方を歌合全体の勝者とするものである。主催者を中心として同座する人々との関係性の中で成立し、その歌合を構成する人々の今現在の場を強く宣揚する性質を持つ和歌行事である。本書はこの歌合という和歌行事について、具体的な表現を検討しながらその位置付けを見直し、村上朝前後の歌合の様相を明らかにするものである。

仁和の頃に発生して以降、貴族が好んで行った歌合は、さまざまな形態があり長い歴史がある。平安時代に限ってみてもその初期と後期とでは細かな様式や性質が変化した。顕著なのは、遊宴性から文芸性へという性質の変化である。当初遊戯であったものが、次第にその出来栄えを問い競う文芸となっていった。歌合は集団のイベントである。開催によって人々が集い、より優れた和歌を生み出そうとする環境は、自然と集団の質を高めていく。その歌合が発展していく基盤として後宮の存在があった。

歌合の記録が急増する村上朝では、後宮の女御たちの名を冠する歌合が複数存在する。もっと長期的に記録を追っていっても、後宮が関与する歌合はこの時代に特に頻出する。この時期の後宮が歌合の展開に重要な役割を果たした証左であろう。のちに『源氏物語』をはじめとする華々しい文学を生み出す背景となった後宮の文学的な躍動は、この時期すでに生じていたのである。

歌合史上の村上朝

本書では『古今集』以後の和歌世界の様相、特に村上朝の歌合に照射し、その実態に迫る。仁和の時代から発生した和歌パフォーマンスとしての歌合は、村上朝期に新たな展開を見せる。『古今集』成立以後、新たな展開を遂げた歌合という催事において、和歌表現に注目し、個々の歌合の和歌史上における位置付けを再検討し、この時代の和歌の様相を明らかにする。和歌を表現史上に位置付けていくにあたって、『古今集』の位置をひとつの基準として置く。それぞれの表現がどこから発生し、どこへ展開していくものなのか。あるいはここで初出した表現がその後どのように展開していくのか。こうして見たとき、村上朝周辺の歌合の評価はいかなるものなのか。それぞれの歌合の表現を精査しながら、各歌合の意義を検討する。

歌合の研究は、峯岸義秋『歌合の研究』（一九五四年、三省堂出版）や岩津資雄『歌合せの歌論史研究』（一九六三年、早稲田大学出版部）、萩谷朴『平安朝歌合大成』（全五冊、一九九五年、同朋舎出版）が大きなものとして挙げられる。現在の歌合に関する研究は、特に『平安朝歌合大成』の成果の上に成り立つところが大きい。伝本を整理し、本文を見極め、各歌合の成立事情や史的評価といった各項目にも言及し、歌合研究の礎となった重要な研究である。しかしそれは、萩谷視点による歌合史の理解の上にあり、特に各歌合の性質評価については疑問を抱く箇所も少なくない。通史的な理解があるがゆえに、見落とされる評価があるのではないか。本書は、和歌表現に基づいて、それぞれの歌合が持つ本質に対峙する。歌合開催によって醸成されたものとはいったいどのような世界だったのか。『古今集』の成立は和歌史上ひとつの到達点であり、その影響力は計り知れない。これ以降の和歌は、『古今集』を規範と仰いだものも凌駕しようとしたものも、『古今集』の残像、いわば遺響の中で生成されていったものである。各歌合を再度評価し直し、『古今集』の遺響の中に隆盛した村上朝の歌合を定位していく。

歌合史の中で村上朝は奈辺にあるか。歌合の発生起源は明確ではないが、歌合有史の上限は仁和年間の在民部卿家歌合に置かれている。これは仁和頃（八八五年頃）、民部卿であった在原行平の家で催されたもので、十二番という小規模ながらも左右の洲浜を備えている。この時点ですでに形式が整っていることから、実際にはそれに先立つ歌合の数々が行われていたと考えるのが自然である。在民部卿家歌合は文台の洲浜を備えて物合的要素を付加した歌合の形式を持っており、物合と歌合の関わりは深い。競技性としては相撲や賭射、競馬にもその素因を求めることもできよう。しかし現実はおそらく複雑で、物合から歌合へといった発展が単純に行われたものではなく、さまざまな形態の歌合がほとんど同時多発的に行われ、混迷していたと考えられる。たとえば、寛平御時后宮歌合は百番規模の撰歌合であり、『新撰万葉集』の編纂を目的とした。一方、早期に行われていた内裏菊合は菊花を合わせることに照準があり、純粋な物合と見られ、東宮御息所温子小箱合（証本はなく、『古今六帖』や『夫木抄』によってその存在が知られる。名称は『平安朝歌合大成』に拠った）などは小規模な内内の開催と見られる。記録の方法も、番えられる和歌の数やその優先度も個々の歌合の素性に拠るのである。

そうした初期歌合の中でひとつの頂点として見られるのが、天徳四年内裏歌合である。この歌合は、天徳四年（九六〇）三月三十日、前年八月の内裏詩合に対抗して、後宮女性の要請により村上天皇の肝いりで行われた、十二題二十番の歌合とされる。判者、判詞、洲浜の様子、装束、行事次第も記録され（十巻本が御記、殿上日記を有する）、形式が整った晴儀歌合の典型とされるものである。

天徳内裏歌合が行われたのは、第二勅撰集『後撰集』が成立して間もなくのことであった。そして第三勅撰集『拾遺集』に、天徳内裏歌合の象徴的な結番となった壬生忠見と平兼盛の和歌を含む十一首が入集する。『拾遺集』はその巻頭に歌合歌を置くことからも歌合を重視する傾向があるのではという考察がなされてきた（中周子「歌合と勅撰集―天徳内裏歌合と拾遺集―」、『和歌文学論集5　屏風歌と歌合』、一九九五年、風間書房）。中でも天徳内裏歌合から『拾遺集』への入集歌数は群を抜いており、特に意識されたものであろう。詞書には開催年月日ではなく、「天暦御時歌合」と記されるが、このことは「年次が不明であったからではなく、この指示の仕方にすることで、村上朝を象徴する歌合であったことを提示した」（小町谷照彦、倉田実校注『拾遺和歌集』解説、二〇二一年、岩波書店。解説は倉田実）と指摘される。

天徳内裏歌合が「村上朝を象徴する歌合」であることは、結果としてその様式などを見れば首肯されるものだが、果たしてこれは、村上朝が目指していた歌合の完成形なのか。同時に、それ以前の歌合の開催は天徳内裏歌合を到達点として行われた前哨戦という位置付けでいいのだろうか。天徳内裏歌合が規模や形式整備の面で突出した晴儀歌合であったがためにひとつの頂点と位置付けられ、発展史的な理解が前提となっている現状に、一石を投じたい。歌合史の結末から帰納的に理解される姿ではなく、催行時に見えていた世界観、その役割を、各歌合の和歌表現を追究することで再評価し、位置付けていく。天徳内裏歌合の性質が「君臣和楽」にあるとの指摘がある。そしてここにいたるまでの初期歌合にも、同様に「和楽」の性質が見出されるが、果してそれは同一のもの、あるいは内裏歌合を頂点とする発達段階のものと、単純に理解していいのだろうか。おそらくその実態は複雑で、個々の歌合の性質と意義をおのおの考える必要がある。

近年、『和歌文学大系48　王朝歌合集』（久保田淳監修、二〇一八年、明治書院）と『新注和歌文学叢書27　宇多院の歌合新注』（三木麻子、奥野陽子、岸本理恵、惠阪友紀子、二〇一九年、青簡舎）という二つの注釈書が刊行された。この時代の歌合の研究基盤が整いつつあることを実感している。それぞれの歌合に対して注釈のレベルで解釈を問い続ける必要がある一方で、それぞれの歌合を和歌史上に位置付けながらその性質を問い直す必要がある。本書は後者を担いたい。

本書の構成について

本書は全三部から成る。ひとつは村上朝の歌合の性質を後宮の個々の歌合から、もうひとつは村上朝全体を俯瞰する視点から、そして内裏および臣下、すなわち男性側の理論から村上朝の歌合を論じる。各歌合の性質に迫ることを意図しながら、村上朝全体の動向も追い、複眼的に村上朝周辺の歌合を追究する。この三部構成を取ることによって、包括的に村上朝の歌合の様相を捉えることが可能である。このことは必ずしも天徳内裏歌合を頂点として考える必要はなく、それぞれの歌合、それぞれの主催者の意図に迫ることのできる方法である。以下、具体的に本書の構成を示す。

第一部　後宮と歌合の関係

第一部では四つの歌合に言及する。歌合は、その場の興趣、参加する人々が連帯感を持って座に興じることを主たる目的とする性質から、その内容のすべてが記録されることは難しい。そのような中でも内容が明らかなものは複数あり、当座で消費されるものであるはずの歌合が記録されることの意味を考えるべきである。第一部では記録が残る歌合のうち、四つを対象にそれぞれの性質について時代順に論じる。まず村上天皇の後宮の女御たちが催す歌合のうち、京極御息所歌合、麗景殿女御歌合について言及する。また、村上天皇皇女規子内親王が天禄三年（九七二）に催した女四宮歌合についても、女性を冠する歌合として検討を加える。その後、しばらくの時を経て寛和二年（九八六）、あるいは永延二年（九八八）の開催とされる皇太后宮歌合についてその性質を考察する。いずれも後宮の女性が深く関与したと推定されるもので、後宮と歌合との関係を、村上朝当代の後宮、村上天皇皇女、そののちの時代に催された歌合と視点を変えて検討し、具体的な様相を明らかにする。

第二部　村上朝を俯瞰して

第二部では村上朝を俯瞰的に捉えるべく、三つの論考を置く。村上天皇は多様な和歌事績を持つが、そのうち歌合以外のものとして、名所絵屏風歌について考察する。屏風歌は、色紙型に揮毫した和歌を、四季絵、月次絵、名所絵などが描かれた屏風（あるいは襖障子）に押す。流行は十世紀であり、村上天皇の時代にも多く制作された。しかし屏風は消費される性質の調度品で、実物は残っていないといってよい。それでも和歌に付された題から何が描かれていたかは部分的に推測可能である。したがって歌合と同様に流行のさなかにあった屏風歌の表現から、それが表現史上どこに位置付けられ、相互にいかなる関係性を持っていたのかを検討することで、この時代を俯瞰し、相対的に見直す。次に、村上朝を追究するうえで欠かせない後宮と歌合との関わりを見直す。村上朝の歌合というとどうしても天徳内裏歌合との関係性を考えたくなるが、それ以前に全体像としてそれぞれの歌合がいつ、どのタイミングで、誰によって催されたのかを考える必要がある。村上朝の後宮と歌合の関係について巨視的な視点から再考し、天徳内裏歌合の評価に付随してのみ考えられてきた後宮の歌合の位置付けを改める。そして、村上朝の歌合が後代どのように評価されるのか、その最初期にあたるものとして『拾遺集』について考察する。

第三部　内裏および臣下の歌合

第一部では後宮の女性たちと歌合の関係に照準を合わせたが、その対となる男性側の理論も追う必要がある。第三部では第一部の対として、主として男性による歌合に言及する。村上朝の歌合は天徳内裏歌合に代表されるが、天徳内裏歌合を経て歌合がどのように変遷していったのか、その過程を追究していきたい。ひとつは臣下の歌合として坊城右大臣殿歌合について取り上げ、その性質を表現から論ずる。次に、詠者は天皇・臣下・女房の順に配される点が興味深い、康保三年（九六六）内裏前栽合である。これは観月宴に際して行われた後宴歌会の和歌が中心となるが、当座の様相がどのように和歌表現に現れたのか興味深い。最後に花山天皇が催行した寛和二年（九八六）内裏歌合についてである。花山天皇が在位する寛和年間に行われた二度の内裏歌合のうちの後者で、花山の出家直前に行われた。このとき天皇主催の歌合が、どのような意図を持って行われたのか、和歌表現から論ずる。

第一部

後宮と歌合の関係

◆第一章◆

京極御息所歌合における後宮の企図

一　はじめに

延喜二十一年（九二一）三月七日、宇多法皇は春日神社を参詣、京極御息所（藤原褒子）とその所生雅明親王を伴っていた。そこへ大和守の藤原忠房が、二十首の歌を献じた。御幸の後、二十首に対する返歌を女房たちが詠み、左右の方に分かち、さらに夏の恋の二番を加えて、都合二十二番の歌合として披講した。これが、京極御息所歌合である。(1)

この歌合は、贈歌に対する返歌を左右に分けて番える、返歌合という特殊な形式であり、その初例となる。この形式は後に、天暦二年（九四八）に行われる陽成院一宮姫君達歌合に継承されるが、(2)類例はごく少ない。研究史的には、まず『古典大系』(3)において頭注・訳が施され、西山秀人・岡田博子・小池博明が注釈を行っている。(4)返歌合という、特殊な形態を持つこの歌合において、歌合という晴の性質と、贈答という褻の性質とが、どのようなバランスで成立しているのだろうか。ここでは当該歌合の和歌史的位置付けを、主として表現面から検討してみたい。

二　京極御息所歌合について

まず、京極御息所歌合について確認する。延喜二十一年三月七日、京極御息所褒子（以下、褒子）は宇多法皇（以下、宇多）とともに春日神社に参詣した。大和守である藤原忠房が接待し、「筐をいとをかしげに作りて、御菓子いれたり。廿なむ、ありける御車に入る丶。色紙に書きて、歌どもをなむつけたりける」（十巻本仮名日記）という趣向があった。「いとをかしげ」に作った籠には「御菓子」を入れ、それが二十もあったのだから、事は盛大である。色紙に書いた歌が付けてあったというが、本文を見ると十三番の返歌合を行った後、「十宮の御車に入れたる」とあるので、二十のうち七つは「十宮」、つまり雅明親王[5]の御車に入れられたとわかる。『古典大系』の注には「親王は、御幸当時の延喜二十一年三月には、まだ初誕生前であったから、母尚侍と一緒に春日に行かれたのであろう」とある。

この御幸の当日には「さうざうしくて」返歌をすることができなかったので、帰京後、女房を左右に方を分かち、歌を詠ませて合わせたという。左の頭は「帝の御女源氏」すなわち源順子、右の頭は「御息所の御妹五君」すなわち藤原時平五女であった。判者は、事の発端をなした贈歌主の忠房を、大和から召した。忠房は延喜十三年（九一三）に行われた亭子院歌合の折、「忠房やさぶらふ」と宇多が尋ね、「さぶらはず」と不在を告げられた宇多が物足りなく思われたと記されたこともあるごとく、宇多の寵臣である。その忠房が判者を務めるのだから、さぞ宇多にとって期待の高い歌合であったことだろう。講師は左が伊衡、右が紀淑光で、左右それぞれ赤色、青色を基調とした衣装をまとい統一感を演出、洲浜の趣向も凝らされ、盛大な催しであったと記録されている。

このような次第を閲すると、所役の役割も細かく設定され、衣装や洲浜にいたるまで周到に準備された歌合であったとわかる。では、この歌合においてどのような和歌が詠まれ、それはどのような意義を持ち、そしてこの歌合は和歌史的にどのように位置付けられるのだろうか。忠房が贈った歌、女房たちの返歌を、それぞれ検討していきたい。

三　忠房の贈歌（本歌）

忠房から献上された和歌（以下、本歌）を見る。本歌は二十首。この中に躬恒の代作とされるものが七首あるが、以下、それらも含め本歌とする。本歌二十首のうち十三首は「御車」（褒子の御車）へ、七首は「十宮の御車」（親王の御車）へ入れられた。

本歌に詠み込まれる語句を一覧すると【表1】のようになり、最も多いのは「春日（野／山）」の十四例である。春日神社への参詣の折で、当然ともいえる。次に多いのが「桜（花）」の八例。続いて「三笠山」「春」「君」「御幸」の四例。季節を示す語や、御幸に直結する語句が詠まれる。「春日山は花山、若草山、三笠山などの、春日大社の背後に連なる山全体を称する」[6]といわれ、「三笠山」は「春日（野／山）」の一部と考えると、最も多く詠まれるのは御幸の地ということになる。そこに季節の景物として「桜（花）」が詠まれるという形式が基本のようだ。

それぞれの主題を確認していくと、おおむね①御幸賛美、②土地褒め、③景物褒め、④女性賛美に大別できる。②土地褒めと③景物褒めは相互に重なり合うこともあるように、この場を考えると当然、②③④の主題を詠むことで①御幸賛美を意味することにもなる。歌数としては①御幸賛美のみを詠じたものが最も多いが、②土地褒め、③景物褒め、④女性賛美の歌を本歌の特徴的なものとして以下に挙げ確認していく。まず土地褒めと見られる歌。

【表１】本歌に詠まれた素材

素材	御車								十宮の御車						用例数
▽場所															
春日（野／山）	1	10	16	19	25	31	34	37	40	43	49	52	55	58	14
三笠山	4	7	28						55						4
ふるさと	13	34							49						3
ふるきみやこ	22	25													2
▽春の景物															
春	19	31	34						55						4
桜（花）	4	7	10	13	16	28	37		58						8
うぐひす	16														1
若菜	19														1
若紫									40						1
春風									46						1
青山（襖山）									46						1
春霞									52						1
▽人															
みやこびと									52						1
八乙女	1														1
神（のきね）	1	10													2
君	13	19	25	31											4
野守	19														1
▽ほか															
御幸	7	16	31						49						4

＊１　表中の数字は歌番号
＊２　アミカケは躬恒の代作と見られる歌

さくらばなみかさのやまのかげしあればゆきとふるともぬれじとぞおもふ　（四）

桜を雪に見立てることと、三笠山を宇多の天蓋と見立てることが同時に行われている。景物として三笠山の桜を詠むという組み合わせは本歌二十首中八首に見られ、多くを占めるが、実は和歌史上にこの組み合わせを見たとき、その用例は多くない。『万葉集』に、「春日なる三笠の山に月もいでぬかも佐紀山に咲ける桜の花の見ゆべく」（巻10・一八八七）との例があり、同歌は『古今六帖』（第四・二五一二）にも載る。また、宰相中将君達春秋歌合に、「さくらさくみかさの山のかはゆみを春のまとゐにいるとこそみれ」（九四）、祐子内親王家歌合に、「さけばなほきてみるべきはかすみたつみかさのやまのさくらなりけり」（四番右・範永）と詠まれる程度である。「三笠山」を詠む場合、名義の縁で「傘」を掛けて詠み、『古今集』の「あまの原ふりさけみればかすがなるみかさの山にいでし月かも」（羇旅・四〇六・仲麻呂）歌の影響から「月」を合わせ詠むことがよく見られるのが基本線である。『歌ことば歌枕大辞典』は、

（前略）『万葉集』巻三に山部赤人が春日野に登って作った「高座《たかくら》の三笠の山に鳴く鳥の……」（三七三・三七六）があり、「高座の」は三笠の枕詞、天皇の玉座（高御座）には天蓋があるので「三笠」に掛けた。また、同じく巻八に大伴家持の「大君の三笠の山の秋黄葉《もみぢば》は……」（一五五四・一五五八）などがある。山名は天皇など高貴な人にさしかける天蓋の意であった。（後略）

と記す(7)。忠房の本歌は、三笠山を宇多の天蓋と見立て、その「かげ」にあるので濡れないと、「傘」と掛けつつ、同時に天蓋のイメージをも内包しており(8)、三笠山を賛美することが同時に宇多の御幸賛美となっている。宇多の来駕を喜び、桜の舞い散る情景を、仮にこれが本当の雪であったとしても、宇多の御蔭により濡れることもない

といい、桜の美しさを賛美しながら、御幸を賛美することを兼ねているのであった。

同じく当地の桜を詠む、景物褒めの歌として次の七番歌を挙げる。

やへたてるみかさのやまのしらくもはみゆきさぶらふさくらなりけり　（七）

三笠山に見える白雲は桜だったのだ、と桜を白雲と見立てるが、この見立ては『古今集』以来多くの例がある。[9]そしてこの桜は、御幸を迎えるものだったのだと詠嘆することで、御幸賛美となる。

三笠山の桜を詠む例が少ないように、「春日山」の桜は『万葉集』に「見渡せば春日の野辺に霞立ち咲にほへるは桜花かも」（巻10・一八七二）が見られるものの、さらに用例は少ない。本歌には次のように見える。

うぐひすのなきつるなへにかすがののけふのみゆきをはなとこそみれ　（一六）

「み雪」と「御幸」の掛詞がはたらくが、当日（三月七日）雪が実景として存したとは考えにくい。初句二句「うぐひすのなきつる」はすでに春が到来したことを示す。三月なのだから晩春。その春日野を訪れた今日の「みゆき」を「はな」と見る、という。「はなとこそみれ」は「花（栄光）だと見ることですよ」（『古典大系』）と訳されるが、この「はな」は当然、桜の景を含み、かつ御息所を伴った御幸が盛大であることを示す。桜の花の愛で方が、ひとつの花に注目するのではなく、咲き乱れる桜の木々を一帯に眺め愛でるごとく、御幸に随行した褒子および女房たちの華やかさを賛美しているのである。同じく「はな」と賛美する本歌がもう一首あり、これは女性賛美を通じた御幸賛美となっている。

ちはやぶるかすがのはらにこきまぜてはなともみゆるかみのきねかな　（一〇・躬恒[10]）

「きね」は「神に仕え神楽や占いをする女性、または男性[11]」であり、「かみのきね」は神事に仕える巫女のことだが、御幸に供奉する女房たちがなぞらえられているだろう。青々とした春日の原に咲き乱れる桜の花という、色彩の対比を想起させる表現である。「こきまぜて」の句は素性の、

みわたせば柳桜をこきまぜて宮こぞ春の錦なりける　（『古今集』・春上・五六）

の歌と同様の視点からのイメージであろう。「はな」と見立てるのは「かみのきね」であり、御幸に供奉する女房たちの華々しさが暗示される。他に、「はな」とは見立てられてはいないが、「かみのきね」の表現と重なる「やをとめ」を用いた本歌がある。

めづらしきけふのかすがのやをとめをかみもこひしとしのばざらめや　（一）

「めづらしきけふのかすがの」は御幸の光栄をいう。「やをとめ」は神事に仕える八人の少女を指し、『古典大系』の注にあるように、褒子らの車に入れられた歌であるから、供奉の女房たちをなぞらえていよう。[12]それを、（春日神社の）神も恋い慕うだろうといい、賛美を表出する。

以上に挙げたのは褒子らの車に入れられた本歌だが、「十宮の御車」へ入れられた七首の歌を見ると、その第一首には、

ことしよりにほひそむめりかすがののわかむらさきにてでなふれそも　（四〇）

がある。「ことしよりにほひそむめり」「わかむらさき」の語句は、御幸当日、まだ誕生から一年に満たぬ親王を指していよう。「若紫」の語は、「かすがののわかむらさきのすり衣しのぶのみだれかぎりしられず」（『伊勢物語』・初段）、「むさしのにいろやかよへるふぢのはなわかむらさきにそめてみゆらむ」（亭子院歌合・二九）などが先行する程度で、まだ珍しい表現である。以降の六首に親王を示す表現は見られず、御幸全体を賛美する和歌が続いていく。親王のもとに贈られた第一首に、意図して親王の存在を詠み込む表現があるが、褒子の御車に差し入れられた第一首には、御幸供奉の女房たちを暗示する詠が置かれていた。忠房の献上歌は、当初から贈呈する相手として女房たちが意識されていたのである。

四　女性賛美の意図

忠房が献じた和歌がこのような賛美を寓している意味は奈辺にあるか。既述のとおり、当日の模様は仮名日記に詳しく、和歌献上は忠房のもてなしのひとつであった。和歌がどのように献上されたかといえば、「をかしげ」に作られた籠に「御菓子（くだもの）」とともに色紙に書かれた和歌が付される形であった。「くだもの」についての具体的な説明はなく、和歌にも表されないが、三月という季節柄、梅子（うめ）や枇杷子（びわ）が想像できようか[13]。それが二十個もあるというのだから贈り物としては壮観である。そしてそれらは御車の中へ入れられ、女房たちのもとへ届けられた。

和歌を物に付して贈るというのは例に尽きないことだが、「をかしげ」に作られた籠という設定や二十もの数があることを想像すると、この構図は歌合の洲浜さながらである。この場合、ミニチュア庭園としての洲浜をイメージすると違和感があろうが、洲浜と一口にいってもその形態はさまざまである。洲浜に和歌を付けることについては、たとえば亭子院歌合に次のように記されている。

> 歌は、かすみのはやまにつけたり、うぐひすのは花につけたり、ほととぎすのはうのはなにつけたり、夜のうたは、うぶねしてかがりにいれてもたせたり

色紙を配置したさまがこのように説明されるが、洲浜の中の各所に装飾として配されたことがわかる。忠房から贈られた和歌は、「をかしげ」に作られた籠に「御菓子」とともに色紙に書いて付されている。歌合では洲浜の中の装飾に和歌を付して、忠房からの贈り物も籠に入れられ、和歌色紙がそれぞれの籠に入れられ、共に鑑賞

されるものとして作られている。まるで歌合の洲浜のように仕立てられていた。

これを受け取った側は、どう理解するだろう。和歌の趣意が御幸賛美であることは自明だが、その中に、女性賛美を通して御幸を賛美する詠が見える。繰り返すが、忠房の献上歌は褒子の車へ入れられ、贈り先として意識されたのは女性たちである。まるで歌合を彷彿とさせる仕掛け、趣向がたくまれている。受け取った彼女らは自分たちに向けられたと理解し、和歌の返しを考えるだけでなく、それをどう提示するべきか、その方法にまで考えが及んだことだろう。記録には当日「さはがしくて」返せなかったとあるものの、このような手の込んだ仕掛けに対し、それに見合う返歌の場を設けることに時間が必要だったのだ。忠房の行為は、もてなしであると同時に、褒子たちが歌合を開催する動機付けとなるものであった。

また、返歌の歌合の後に右方は「帝の御前にもの参らせける。沈の折敷四つして、銀の土器などぞありける。箸の臺の洲濱の歌」として

かすがののやまとなでしこをりてけるこゝろをひとはおもひしらなむ

の歌を付している。洲浜に付されたこの歌は、忠房の贈歌を受けて行ったこの返歌合の出来を、主導した宇多に問うものだったのではないか。

五　後宮歌合の中で

前節で、忠房の行為が歌合催行を導く動機をなしたことを述べたが、それはどのような意味があるのか。後宮の歌合にはどのような発展史があり、京極御息所歌合がどのように位置付けられるかを考えたい。

後宮で行われる歌合を【表2】に一覧した。後宮での歌合は、現存資料からは班子の寛平御時后宮歌合に始ま

【表2】後宮の歌合

開催年次		歌合
寛平4頃	[892]	寛平御時后宮歌合
寛平8以前	[896]	寛平御時中宮歌合
寛平9頃	[897]	東宮御息所小箱合
延喜21	[921]	京極御息所褒子歌合
延長8以前	[930]	近江御息所周子歌合
天暦10	[956]	麗景殿女御荘子歌合
〃		宣耀殿女御芳子歌合（瞿麦合）
天徳3	[959]	斎宮女御徽子歌合（前栽合）
		中宮安子歌合（庚申待）
（天徳4	[960]	内裏歌合）
天禄3	[972]	女四宮歌合
寛和2	[986]	円融院女御詮子（瞿麦合）
		⋮

ると考えられる。これは寛平四年（八九二）頃、宇多が母班子の六十賀を祝う目的で催した歌合で、春・夏・秋・冬・恋の各二十番、計二百首から成る大規模な歌合であるものの、行事や判の記録もなく、和歌も一部欠落している。歌数が多く、歌合史の初期においてこれほど大規模な行事が実際に催されたとも思われず、机上の撰歌合と考えられている(14)。実質的な推進者である宇多は、本歌合を『新撰万葉集』の撰集資料としており、後宮の歌合ではあったものの、後宮側の意図が徹底されたものではなかった。左右を番える歌合の形式を取るが、多くの歌を列挙するところに意味があったものと考えられる。

　次が寛平御時中宮歌合である。「中宮」には三人の候補（班子、胤子、温子）が考えられるが、「内容自体に疑わしい面があってこれ以上の究明は不可能」で、「一六・一九番歌が『古今集』に延喜五年（九〇五）の藤原定国四十賀における屏風歌としてみえ、二一番歌が『後撰集』に昌泰元年（八九八）の宇多上皇吉野行幸の際に詠まれた歌として在って、ともに『古今集』や『後撰集』から採用された可能性が強いからである」(15)とされる。続く東宮御息所小箱合も、伊勢との関連は見受けられるものの(16)、詳細は不明であり、物合に付随した和歌行事と考えておくほかない。

その後、二十年以上の空白をおいて行われるのが、当該京極御息所歌合である。様相がはっきりしている歌合としては、寛平御時后宮歌合に次ぐ。この間、後宮で歌合は、まったく行われなかったとは考えにくいが、記録されるほどのものはなかったのか、あるいは記録されていても後世に伝えられてこなかった。それから十年ほどのちに、近江御息所周子歌合がある。しかしそこには、「宮すどころのざうしにて、宮の花といふうたをあはす、右はあはせず」とあり、一題一首で二十首、歌合といっても左右番えた形跡はなく、春から初夏にかけての植物が詠まれている。題には、「さるとりのはな」や「みつつじのはな」という、和歌に馴染みのない植物を、単に名称にひかれ設定したと見られるものもあり、二十首中五首は物名歌である。「宮すどころのざうし」で行われ、「宮の花」を詠んだのであるから、周子を囲む女房たちの季節の娯楽であったのだろう。

さらに二十年以上の空白を措き、麗景殿女御荘子歌合、宣耀殿女御芳子歌合など村上朝後宮の歌合へ時代が移る。村上朝の後宮歌合では、歌を番えることが必ずしも勝敗意識とは結びつかない傾向を持つ。その目的は、和歌同士に連関を持たせたり、主催者である後宮の主褒めであったり、庚申待ちの夜の遊戯であったりという調子であった。そこに見えるのはいわゆる「君臣和楽」の要素で、競技とは縁遠く、あくまで宮廷の文化的嗜好から発したものだった(17)。

このような後宮の活動の後に、女房たちが、男の詩合に対抗して催したとされる天徳四年(九六〇)内裏歌合がくる。以降は、天禄三年(九七二)に女四宮歌合、寛和二年(九八六)に詮子の瞿麦合があるが、それぞれ十年以上の間を空けて行われたにすぎず、歌合行事は下火になっていく。

後宮歌合の初期にあたるものを見てきたが、必ずしも後宮側の主体的意図は、そこに反映されていないようである。たとえば班子歌合は、六十賀のひとつのイベントであった。歌人は男性のみを記録し、仮名日記を伴わないため詳細はわからないが、女房たちの意向が反映したようには見えない。その点では小箱合は物合であり、また周子の歌合は「宮のはな」を詠むものにすぎず、これらは後宮の文化活動の一端といえよう。

こう考えてみると、京極御息所歌合は、忠房が女性側に持ちかけたことを端緒に開催された歌合である。延喜十三年（九一三）に亭子院歌合を開催した宇多の監督下、褒子は装束や洲浜を整え、講師や判者を招聘し、整備された歌合を催すことができたのである。歌合は忠房の贈歌に対する返歌を合わせる返歌合の形、すなわち贈答歌の体であった。つまり贈答としてどちらの歌が優れているかを競う勝負である。では返歌は、どのように詠まれているのだろうか。

六　返歌

すべての結番について触れることはできないが、ここでは五つの返歌を例としてその性質について検討する。一つは返歌の主の意識がわかりやすいよう、女房たちに向けられたもの、つまり女性賛美の本歌に対する返歌を見る（二、三番、一一、一二番）。また、それとは反対に女性に意識の向けられていない、親王の車に入れられた歌に対する返歌（四一、四二番）、そして本歌の多くを占める単純な御幸賛美に対する返歌（二〇、二一番、二六、二七番）について検討する。

まず、女房たちに向けられたと見える、一首目の本歌とそれに対する返歌を見る。本歌「めづらしきけふの春日のやをとめをかみもこひしとしのばざらめや」（一）は、「やをとめ」に供奉女房を重ねて賛美するものであった。これに対して、左は恋歌仕立て、右は賀歌仕立てで返歌をしている。


やをとめをかみししのばばゆふだすきかけてぞこひむけふのくれなば　（二・左）

左歌は「やをとめ」「かみ」「ゆふだすき」が縁語。「ゆふだすき」は「木綿で作った襷の意で、神事の折に肩にかけて袖をからげるもの」[18]であり、「かく」の枕詞として機能し、「ちはやぶる賀茂の社の木綿だすき一日も君をかけぬ日はなし」(『古今集』・恋一・四八七)など用例は多い。ここでは心をかけて恋い慕うと詠む。結句「けふのくれなば」は、条件を付すが、今日という日が暮れたならば恋い慕いましょうと歌っている。春日神社参詣の今日が暮れてしまえば、宇多とともに一行は帰る。すると春日にはもういなくなるのだから、「神も恋い慕うでしょう(まして私(忠房)は言うまでもなく)」と贈った本歌に対し、「今日が暮れたら」と条件付きで返す点、うまくかわした歌といえる[19]。

ちはやぶるかみしゆるさばかすがのにたつやをとめのいつかたゆべき　(三・右)

右の歌は、御幸の永続性を詠む賀歌として返歌する。『古典大系』が「『めづらし』の意味を本歌とは違えて返している」と注するごとく、「めづらし」いこの御幸に伴う「やをとめ」を、神も恋慕うだろうという本歌に対し、神がお許しになるならば永遠に続くと返す。意図的に読み違えてかわしたのか、本歌の意図をずらして返しながらも、御幸そのものの祝意を詠むことで、返歌としている。

本歌の四首目「ちはやぶる春日の原にこきまぜてはなともみゆるかみのきねかな」(一〇)も、女性賛美による御幸賛美であり、女房たちの返歌が解しやすい[20]。

かすがののはなとはまたも見えぬべしいまこむはるのかざしがてらに　(一一・左)

左歌は、本歌が花と見間違えるほどと賛美したのに対し、また花と見えるに違いない、「かざし」を兼ねてくると、当然花であると切り返す。「かざし」は「草木の花や枝葉などを頭髪や冠に挿したもの。元来、植物の生命力を身につけようとする感染呪術的な信仰から生じ、神を招き迎え幸福を願う意味をもっていた」[21]とされるとおり、身に着けることでその力を纏うもので、「春くればやどにまづさく梅花君が千年のかざしとぞみる」(『古今集』・賀・三五二・貫之）などの例が参考になる。

はるがすみたちまじりつゝゆくからにあだにもはなとみえにけるかな　（一二・右）

右歌は、本歌「こきまぜて」を「たちまじりつゝ」といい換えた。「こきまず」は細かくちぎったものを混ぜ合わせる意、「たちまじる」は単純にまざる意。[22] 注釈[23]では本歌の「こきまず」は「美的表現」で、それを「美醜について中立的な言葉『たちまじる』で承け、謙遜する」と説く。花に見立て賛美する本歌に対して、それは春霞に交じりながら行くからで、実はさほど美しくはないと謙遜して返した歌である。

右の二例は、褒子の車に入れられた本歌だが、親王（十宮）の車に差し入れられた本歌の返しはどう詠まれたか。その一番目、本歌は「ことしよりにほひそむめりかすがののわかむらさきにてでなふれそも」（四〇）とあり、親王を「ことしよりにほひそむ」若紫と表現し、それに触れてはならないとする。

むらさきにてもこそふるれかすがののもりよひとにわかなつますな　（四一・左）

「若菜」は「新春に摘む菜[24]」であるから三月、歌合の披講された季節にそぐわないが、植物としての「若菜」というより、親王が「若紫」とされているように、供奉の女性たちを「若菜」と表現しているのではないか。そうみると、一行の中の親王に触れるなというのなら、あなた（野守）も私たちにも触れないでくださいね、との切り返しとして読むことができる。野守は本歌に、

わかなつむとしはへぬれどかすがののもりはけふやはるをしるらむ　（一九・本歌）

と詠まれているが、この野守も忠房を寓意するものと考えられる。これは野守の立場から、御幸のあった今日初めて春というものを知ったとする御幸賛美の歌だ。ここにいう野守は御幸を迎える土地の者として、忠房を寓意するものと理解できよう。

ちはやぶるかみもしるらむ春日野のわかむらさきにたれかてふれむ　（四二・右）

右歌は単純に、誰が触れたか神もお見通しだから、触れることなどできませんよ、ご心配なく、という。本歌と同じく、親王を敬虔なものと詠み、いい返してはいるが、主題をそのままに返している。

本歌の多くを占める、単純な御幸賛美には、どのように返しているだろうか。本歌七首目は野守の立場で詠まれ、

わかなつむとしはへぬれどかすがののもりはけふやはるをしるらむ　（一九・本歌）

とある。若菜を摘み長い年月を過ごした春日野の野守は、今日行幸に逢い初めてこの世の春を知ったろうと、野守の心情を忖度する形で賛美の歌とする。当該歌に対して返しの歌は次のようである。

けふ見てぞわれはしりぬるはなはなほかすがののべのものにぞありける　（二〇・左）

左歌は、野守の実感として、花は春日の野辺で見るのが一番との確信を持ったと詠む。本歌が野守の心情を推測するため、やや焦点がぼやけた印象であったものを、実感する立場から歌を返すことで、明瞭な御幸賛美を表出する。

ありへてもかすがののもりはるにあふはとしもわかなもつめるしるしか　（二一・右）

右歌は本歌と同様、野守の状況を察して見せる。本歌が若菜を摘み過ごした長い年月を不遇のように述べるところを、年も若菜も積んで／摘んできたからこそ、御幸に逢うことができたと視点を変えて、賛美を形成する。

本歌九首目は、

はるごとにきみしかよはばかすがののやちよのまつもかれじとぞおもふ　（二五・本歌）

とあるが、ここでは毎年春に御幸があれば老松も枯れないという。御幸を寿ぎ、永続性を願う和歌である。これに対し、返しの歌は次のようである。

かすがのにはるはかよはむわがためにまつこゝろありてよはひますなり　（二六・左）

左歌は、初二句で本歌の御幸継続に賛同する。私のために待つ松に心があり、その齢を増しているという。「よはひ」を「ます」という表現は珍しい。

かすがのにまつしかれずはみたらしのみづもながれてたえじとぞおもふ　（二七・右）

右歌は、松が枯れないのなら御手洗（川）の水も絶えないとする。「みたらし」は、身を清めるための社前の川。『袖中抄』が「いづれの社にも河あらば読むべし」とするように、特定の川を指すものではないが、賀茂社、春日社などに詠まれることが多く、ことに賀茂社の御手洗川が歌枕として固定していく。(25) その御手洗川が「たえじ」というのは、春日神社の永続性をいっており、本歌が御幸を寿ぎその永続性を詠むのに対し、返歌では春日神社の永続性を寿ぐものとなる。

返歌は、基本的な贈答歌の方法に則っている。贈歌が用いる語句を用いつつ、その意図をずらしたり、切り返したり、やりこめたりする、という手法である。しかし日常の贈答歌と決定的に異なるのが、歌の基本に御幸賛美があるという点である。いくら切り返しても、やりこめても、賛美を損ねてはならない。制約が加わっている。本歌が女房たちを暗示している場合は、切り返しややりこめが有効だが、賛美が主題の本歌には、語句をずらしても、賛美はそのままに、穏当な返歌に落着させていた。もちろん褻の贈答に賛美を持つものもあろうが、ここでの賛美は詠者の任意によるものではなく、御幸に際するものという場の問題と合わさっており、制約ともいえる。贈答歌という褻の詠歌方法をとりながら、この制約が、歌を晴のものへと昇華させている。

七　おわりに

京極御息所歌合について、忠房の献上した和歌の表現と、返歌の表現を分析した。忠房の献じた和歌は表現面では用いた語句の組み合わせが用例の少ないという点で目を引く。内容は御幸賛美を前提に、土地や景物賛美を通じた形で詠むほか、女性賛美を詠んでいた。それが和歌をくだものの籠に付すというパフォーマンスであったところから、歌合開催へと事を展開させるものとなった。女房たちの返歌は、御幸賛美という基本線の中で詠まれるが、贈答歌の方法と同様に、相手の歌の語句を用いながら意図をずらしたり、切り返したりした。忠房の贈歌に返歌をすることで、あたかも恋歌の応酬のごとくなったり、贈歌が補完され、より強い賛美となったりするのだった。

京極御息所歌合は、忠房の誘い掛けに応じる形で開催されたが、和歌の詠み手はすべて女性であり、後宮の意向が強く反映された歌合といってよいだろう。内内に催された歌合とは異なり、形式を整え開催された、晴儀の行事としての歌合に近く、そこにこれほど女性が深く関与していることは意義深い。

漢詩においては、節日や行幸など公的行事における詩作が、君臣和楽の精神に基づく政治性を濃く帯びたものであったとは周知のとおりである。詩作に女性が直接関与することはなく、女性を詠む表現がいくつかの段階を経て行われるようになったにすぎないが[26]、後宮の繁栄に伴い、宮廷の女性たちへの関心は高まり、存在感を増していった。女性を詩作中に取り込むことで、男性たちもその存在を認めたが、女性たち自身は歌合に関与していくことで、宮廷社会の文学的地位を確保したのである。京極御息所歌合は、後宮の内内遊興の趣が強かった歌合から、宮廷行事として歌合が確立していく過渡期にある。歌合史上、重要な位置にあるといえる。

歌合は、女性の側から、男の君臣和楽の世界へと足を踏み入れた場ともいえる。和歌は男女共通の文化であり、それによって、君臣和楽を体現する詩作や詩合の場を移し替えたのが、歌合と考えられる。杉山康彦は[27]、天徳内裏歌合にある、女房たちが男の詩合に対抗し催したとする歌合日記の記述について、「女性が内裏に進出し内裏で行事を催すためには歌合以外になかった」と記している。

歌合における女性の位置付けは、時代とともに変化していった。亭子院歌合（延喜十三年（九一三））では、左右の頭に宇多の皇女二人をあて、詠出された和歌の左一番には伊勢の歌が置かれ、講師も女房であった。こうした女性関与に比すならば、京極御息所歌合の意義はまた異なる。忠房の献上歌が、直接女房たちを触発して催行のはこびとなり、和歌はすべて女性が詠んだ。この歌合から天徳内裏歌合までは、なお時間を隔てるが、後宮歌合の変化態のひとつ、女房発案とされる天徳内裏歌合以前の、行事性の強い歌合に、女性が深く関与した事例として、重要で注目すべき事績と定位しておきたい。

注

（1）『和歌文学大辞典』「京極御息所歌合」の項（岸本理恵）

（2）陽成院一宮姫君達歌合は古歌に返歌をする形式を取っており、これもまた特殊である。

（3）『古典大系』（二）延喜二十一年（五月）「京極御息所褒子歌合」

（4）西山秀人、岡田博子、小池博明「京極御息所褒子歌合注釈（一）、（二）、（三）」、『上田女子短期大学紀要』第二十七号～二十九号、二〇〇四年一月三十一日～二〇〇六年一月三十一日

（5）褒子は宇多帝在位時の后ではなく、退位後かつ落飾後に寵を受けており、雅明親王の誕生も宇多出家後のことであった。したがって醍醐天皇皇子として親王宣下を受けている（『本朝皇胤紹運録』）。

（6）『歌ことば歌枕大辞典』「春日」の項（鈴木徳男）

（7）『歌ことば歌枕大辞典』「三笠山」の項（鈴木徳男）

（8）注（4）西山秀人らの注釈においても同様の指摘がある。

（9）白雲と見立てる例は『古今集』、『後撰集』に次のような例がある。

　桜花さきにけらしなあしひきの山のかひより見ゆる白雲（『古今集』・春上・五九・貫之）

　み吉野のよしのの山の桜花白雲とのみ見えまがひつつ（『後撰集』・春下・一一七）

（10）結句「かみのきね」は「みやこびとかな」の校異がある。十巻本ミセケチおよび『躬恒集』では「みやこびとかな」とある」。『古典大系』では「みやこびとかな」のほうを「正しいか」とするが、注（4）西山秀人らの注釈

では枕詞「ちはやぶる」を冠していることからも「かみのきねかな」の本文を原態と考えている。

(11)『歌ことば歌枕大辞典』「きね」の項（錦仁）

(12)注（3）『古典大系』では「御幸に供奉した女官たちにかけて詠んだ歌」とされ、注（4）西山秀人らの注釈でもこの注を支持し、訳に「行幸に供奉する美しい女官たちを見て、神もきっと心を動かすに違いない」と付記する。

(13)「くだもの」は「木や草になる食用の果実。水菓子」（『日本国語大辞典』）とされ、「果物」や「菓子」の字が当てられる。また、参考までに関根真隆『奈良朝食生活の研究』（一九六九年、吉川弘文館）を見ると、春の「くだもの」としてこれら梅子や枇杷子が挙げられている。

(14)『新編国歌大観』「寛平御時后宮歌合」解題（村瀬敏夫）

(15)『新編国歌大観』「寛平御時中宮歌合」解題（片桐洋一・中周子）

(16)萩谷朴「東宮御息所小箱合と伊勢傳記資料」、『国語と国文学』三十二巻五号、一九五五年五月

(17)本書、第二部第六章「村上朝後宮歌合の役割」

(18)『歌ことば歌枕大辞典』「木綿襷」の項（古相正美）

(19)注（4）西山秀人らの注釈では「「今日の暮れなば」の後に省略されることは何かが問題だが、今日が暮れたら来て下さい、すなわち神に姿を現してほしいということか」とするが、省略ではなく倒置である。

(20)左方、忠房、宇多とのやりとりを記した記録文が付されているが、わかりにくい。結論としては「右方負になりぬ。右方は、よみにだにもよませず」とあり、右の歌は披講させてもらえなかった。ここでは披講の有無は問題にせず、どのように返歌が詠まれたのかだけを確認する。

(21)『歌ことば歌枕大辞典』「かざし」の項（小川豊生）

(22)『日本国語大辞典』

(23)注（4）西山秀人ら注釈

(24)『歌ことば歌枕大辞典』「若菜」の項（久保田啓一）

(25)『歌ことば歌枕大辞典』「みたらし」の項（黒田彰子）

(26)井実充史「君臣和楽における女性描写の政治性―勅撰三集艶情表現の基底にあるもの―」、『福島大学教育学部論集』第七十五号、二〇〇三年十二月

(27) 杉山康彦「平安朝の女性と和歌―歌合を中心に―」(『国語と国文学』二十七巻十二号、一九五〇年十二月)。また、歌合と女性に関しては、浜島智恵子「平安女流歌合の研究」(愛知県立女子大学『説林』八号、一九六一年十月)、田渕句美子「歌合の構造―女房歌人の位置―」(兼築信行、田渕句美子編『和歌を歴史から読む』、二〇〇二年、笠間書院)などの論がある。

◆第二章◆

麗景殿女御歌合の結番方法

一　はじめに

天暦十年（九五六）、村上天皇の女御である荘子のもとで歌合が催された[1]。内容は春十題二十首に、恋二題六首の計十三番二十六首。歌合の設題において、当季題に人事題という構成は、在民部卿家歌合の題が郭公と恋から成るのをはじめとして、『拾遺集』ごろまで頻繁に見出される。しかし、当季題がより具体的な景物で示され、たとえば霞から藤へというように配列された事例は以前になく、『平安朝歌合大成』では「細分され、複雑化して来ていることは確かである[2]」と指摘される。これは番えられた和歌の焦点が絞られていることにほかならない。しかしその点を追究する表現分析は不十分である。

麗景殿女御歌合については、『平安朝歌合大成』の概説が最も詳細な先行研究といえる。そこでは、天暦七年（九五三）の内裏菊合が、物合に焦点があてられていたのに比し、本歌合は「内容の充実や行事の運行に意をそそいだもの」であり、「歴史的意義は、天徳内裏歌合の前奏的存在であったという一言に尽きるかも知れない」と述べられている。

実際本歌合は、開催年次が明らかで、番も複数あるものとしては、天徳内裏歌合に最も近いところに位置する(3)。そのため、天徳内裏歌合の本質的な実行者であった村上天皇が、その前触れとして行ったものと見られている。このように重要な位置にありながら、内容についての検討はなされてこなかった。その理由は、本歌合には記録がなく、行事次第はもちろん、和歌の作者さえ不明であるという実情にある。これは天徳内裏歌合以前の初期歌合全般にいえることである。しかしながら、和歌本文が現存する以上、その和歌表現から歌合の位置付けを考えるべきである。また結番方法にも注目すべき要素が認められる。

ここでは、麗景殿女御歌合の性格を和歌の内容から考察し、その位置付けを試みるとともに、初期歌合研究の持つ問題点の一端を明らかにしたい。

二　表現と享受の様相

本歌合の表現的な傾向を見ていく。まず興味深いのは二番の春風題で、番えられるのは次の二首である。

春風　左持

やまがはのみかさまされりはるかぜにたにのこほりはとけにけらしも　（三）

右

やまがはのながれまさるははるかぜにたにのこほりを吹きてとくらむ　（四・忠見）(4)

傍線箇所に違いがあるだけの、極めて類似した二首に見える。このような和歌を番えるとは、一体どういうことなのか。内容を考えると、たとえば『古今集』（出典は寛平御時后宮歌合）に、「谷風にとくるこほりのひまごとにうちいづる浪や春のはつ花」（春上・一二・当純）と詠まれるように、春に風が氷を溶かす主題は、「東風解氷」の本文を挙げるまでもなく、用例は多い。春風題のこの結番に対してたまたま表現が似通ったと考えるのではなく、左右の歌の詠作過程あるいは順序の問題として考究してみると、どうなるか。

左歌は「みかさまされり」と水量が増えたことをいい、その要因に氷が溶けたことを推し量る。右歌は「ながれまさるは」と水流の勢いをいい、その要因に風が吹いて（氷が）溶けたことを推し量る。右歌の発想は、左歌をより詳細に捉えなおしたものといえ、左歌の延長線上に右歌があると考えられる。つまり、単に水嵩が増えたことをいう左歌に対し、右歌はその水流に焦点を絞り、さらに左歌が単に氷が溶けたものと想像するのに対し、右歌は風が吹いて溶けたと具体的に風の動きが加わるのである。このように考えると、この番は左歌が先行し、これを改変して右歌を詠み出したか、あるいは、他の類似歌から改作したものと考えられる。(5) ここには改作の過程が看取できる。

梅花を詠む左の歌は、表現的な新しさを持つ。

わがやどにふきくるかぜのにほへるはかきねのむめのはなやちるらむ　（五）

この歌は梅の香が風にのってくることから、垣根の梅が散っているのではないかと想像する。「かきね」は『万葉集』で卯の花を伴って詠まれるのを初例に、『後撰集』でも六例が「かきね」の卯の花を詠んでいる。『古今集』で「かきね」は一例、「わがやどの菊のかきねにおくしものきえかへりてぞこひしかりける」（恋二・五六四・友則）と詠まれるが、主題は消え入るような思いという恋心であり、「かきね」は直接的な実景でというよりは「きえかへり」を導いた「霜」を仲介としていくために不可欠となる。いうなれば序的な機能を有している。「かきね」は視覚的に捉えたものとなるのだが、本歌合では「かきね」の梅の花は、風が香っていることから想像したものである。その点で「かきね」の卯の花を詠む慣習とも異なり、『古今集』にある一例とも異なり、特異な視点で詠んだものといえる。歌意の上で情景に無理はないが、表現史を確認すると「かきねのむめ」を詠んだのは、やはり新しい表現である。

会恋題二番目の左歌には、明らかな典拠がある。

はるのよのちよをひとよになしてしかあくやあかずやねでこころみむ　（二五）

春の夜が千代あることを一夜として、飽きるか飽きないか、寝ないで試してみよう、という一首だが、これは『伊勢物語』二十二段の、

秋の夜の千夜を一夜になずらへて八千夜し寝ばやあく時のあらむ
秋の夜の千夜を一夜になせりともことば残りてとりや鳴きなむ(6)

の贈答歌と密接な関係があろう。『伊勢物語』二十二段は、特別の理由なくして別れた男女が再会し、歌を詠み合うことでお互いの心を確認し、昔よりいっそう睦まじく通うことになる、という場面を描く。通わなくなったことを恨む女から詠みかけ男が返すものと、再会して男が詠みかけ女が返すものと、二つの贈答が行われる。ここで用いられているのは後者である。逢わなかった日々を埋めるかのように、「八千夜」共寝をしたら満足するだろうかと問いかけてみせた。「秋の夜」という、夜長の季節の「千夜」を「一夜」として、それを「八千夜し寝ばや」とさらに大仰にいってみせる。

「秋の夜」を「春の夜」と、歌合の行われた季節に合わせて変えているが、「千夜」を「一夜」と見做し、「飽く」という表現を用い、『伊勢物語』の歌を元にしていることは明らかである。歌意としては春の夜の「千夜」を「一夜」として（千夜過ごして）、飽きるか飽きないかを寝ずに試してみよう、と、恋心のかりそめでないことを主張しようとする歌となる。『伊勢物語』で設定されている場面でも、逢って後のことであり、本歌合の「会恋」題には見合った場面設定である。

ここでは三例、番え方や詠みぶりに特徴のあるものを挙げたが、本歌合における和歌に一貫した詠法や典拠の利用というものは見られない。むしろ、既存の表現に寄り掛かるものも見受けられる一方で、現存する和歌の中で先行例がなく、新たな表現と推察されるものもある。したがって、和歌の内容では和歌史上に一概に位置付けることはできない。では、歌合の結番方法に視点を転じてみよう。

三　左右歌の共通性

結番方法について見てみると、ここに本歌合の大きな特徴が見られる。それは各題左右の間で、題として提示された内容が双方に詠まれる以上に、単なる偶然とは考え難い共通性を持った歌があることである。以下具体的に、顕著にその特徴が見られる番を挙げ、考察を加えていく。

春雨　左勝

をやみなくふらばふらなむはるさめはのにもやまにもはなのさくまで　（九）

右

はるさめのふりそめしよりのもやまもあさみどりにぞみえわたりける　（一〇）

左歌は春雨が花の咲くまで降ることを望む。春雨は花が色褪せ、やがて散らすものとして疎まれもするが、ここで雨の降り続けることが求められるのは、そこに季節が深まり、まだ咲かない花を咲かせることができるからである。このような機能を持つ春雨は、「春雨に萌えし柳か梅の花ともに後れぬ常の物かも」（『万葉集』・巻17・三九〇三）、「梓弓おしてはるさめけふふりぬあすさへふらばわかなつみてむ」（『古今集』・春上・二〇）、「わがせこが衣はるさめふるごとにのべのみどりぞいろまさりける」（同・二五・貫之）などと詠まれてきた。

万葉集歌は、春雨により梅花とともに後れることなく萌えた柳を詠む。古今集歌は、今日雨が降り、さらに明日までも降ったなら若菜摘みにちょうどいい頃になる、降るたびにどんどん野辺の緑は色を深めていく、として植物の生長、季節の深まりを促している。したがって、春雨にあえて「はなのさくまで」降ることを求めるのは、背景にこのような機能を期待しているのであり、必ずしも特殊な発想ではない。当該歌は下の句「はなのさくまで」から、詠歌時現在ではまだ花は咲いておらず、これから花が盛りとして咲き乱れることを望んでいることがわかる。

「のにもやまにも」は『古今集』に、「君によりわがなは花に春霞野にも山にもたちみちにけり」（恋三・六七五）、「いづこにか世をばいとはむ心こそのにも山にもまどふべらなれ」（雑下・九四七・素性）の例がある。前者は噂が立ち広まってしまったことを春霞が「野にも山にも」一面にかかることと重ね、後者は「のにも山にも」彷徨するさまをいう。具体的にどこというのではなく、あちらこちらと広範囲を指し、「のにもやまにもはなのさくまで」とは、花が一面に咲くことを願うのである。ここでも春雨に期待されるのは、季節を推し進める機能である。

右歌は、春雨が降り始めたことによって「のもやまもあさみどりに」なったという。先に挙げた春雨の貫之詠では、春雨が「のべのみどり」の色を鮮やかにすることを詠んでいるが、春雨によって色を変える点が共通である。貫之の詠んだ「のべのみどり」とは、野辺の草のことだが、ここでは「のもやまも」とあり、山までもが「あさみどり」になるという。「のもやまも」は左歌の「のにもやまにも」に類する表現である。「あさみどり」は多くの場合が柳に用いられる色名であり、他に霞をいう例も見える。躬恒歌に、「春さめのふりそめしよりあをやぎのいとのはなだにいろまさりゆく」（『躬恒集』・三九八、『古今六帖』・やなぎ・四一六〇）と初二句が共通する歌があり、「あをやぎ」が導かれていることから、当該歌も同様に柳を指すとも考えられるが、ここでは「のもやまも」だけで具体的に何を指すかは不明である。題は「春雨」であるから具体的に景物を明示する必然性はなく、「あさみどり」を春色と見做し、それを広い野山に見ることで春の到来を示したのだろう。

さてこの二首は、題の春雨が季節を深めるとの認識を共有しているが、野山という共通要素もある。左歌「のにもやまにも」と右歌「のもやまも」は、示すところは変わらない。春雨に野山をいう歌はほかになく、偶発とは思われない。また、右歌の詠みぶりは左歌を踏まえ、それに応ずるよう詠まれたごとくに見える。

さらに内容を見ると、左歌で春雨が降り続くことと春が深まり一面に花が咲くことを暗示し、右歌で春雨が降り続いた結果として「あさみどり」が一面に見出される。春雨題に対し、左歌ではこれから降り続けといい、右歌では降り続けた結果を示すが、これは春雨の時間的経緯が詠み継がれている。

桜花題においても、左右で題以外の共通点を指摘することができる。

桜花　左勝

さきさかずよそにてもみむやまざくらみねのしらくもたちなかくしそ　(一三)

右

しらくものたつかとみゆるさくらばなやまのまもなくちりやかふらん　(一四)

左歌は桜の開花を遠くから確認しようというのであるから、咲き始めではなく、多くの花が咲き乱れるさまを期待する。したがって、遠望の妨げとなるのは白雲であり、「たちなかくしそ」と述べるのである。季節の風景を「よそにてもみむ」と遠望することで、はっきり認識しようとする例が、『古今集』（出典は是貞親王家の歌合歌）に、「秋ぎりはけさはなたちそさほ山のははそのもみぢよそにても見む」（秋下・二六六）とある。こちらは秋で、紅葉を見たいから霧に立ってくれるなと請う。本歌合で示すところとは季節が異なり、「な〜そ」の禁止や「よそにてもみむ」の動作も上の句と下の句とで入れ替わっているが、古今集歌の趣向を踏まえた作と理解してよい。

右歌は落花である。桜の散るさまを「しらくも」と見立てることは『古今集』に、「桜花さきにけらしなあしひきの山のかひより見ゆる白雲」（春上・五九・貫之）とあり、また、「山のかひたな引わたる白雲はとをき桜のみゆるなりけり」（『貫之集』・三二）と詠まれるなど用例は多い。しかし題が桜花であるとき、散る情景が積極的に詠まれるべきものなのだろうか。

落花は春の去りゆくことに通じ哀嘆される。それが自然に受け入れられるのは、初句「しらくもの」が、左歌の下句を踏まえた歌と理解されるからであろう。右歌の作者は左歌の内容を知っていたか、あるいは結番者がそのような意図のもとに構成したのではないか。本歌合は、左右の歌が継続することで、新たな世界を現出させることを企図しているのではないか。

四　情景の連続性

左右歌で、情景が連続して詠まれる傾向も見出される。

若菜　左持

みわたせばひらのたかねにゆききえてわかなつむべくのはなりにけり　（一一・兼盛）

右

はるの野のわかなはきみがためにこそおほくのとしをつまむとはおもへ　（一二）

左歌は、比良の高峰の雪が消え、若菜摘みに適した野となったと、若菜を強調するように、上句で雪の消えたことを詠む。「ひらのたかね」は比叡山に連なる連山で、近江国の地名である。『万葉集』に「楽浪の比良山風の海吹けば釣する海人の袖反る見ゆ」（巻9・一七一五）と見え、『躬恒集』には物名歌として「かくてのみわがおもふひらのやまざらば身はいたづらになりぬべらなり」（三三・ひらのやま）と詠まれた。平安時代後期になると、紅葉や桜を取り合わせたり、冬の景色を詠んだりすることが多い名所となるが、平安時代前期にはあまり詠作例がない。

当該歌は、初句「みわたせば」であたり一面をまず視野に入れ、比良山の雪も消え、野辺は若菜摘みに適した頃となったという。『古今集』に、

み山には松の雪だにきえなくに宮こはのべのわかなつみけり　（春上・一九・よみ人しらず）

の歌があるが、ここでは雪の消えない深山に、若菜摘みをする野辺を対置して、冬から春への移行が深山と野辺の対比で示されている。古今集歌は雪が残る「み山」で、本歌合歌と一致はしないが、雪と若菜により季節を表し、山と野辺との対比で提示する点は共通である。都周辺で最も高い山とされる比良山の、嶺の雪さえ消えたとし、春の到来を喜ぶ歌となるのである。

右歌は、若菜摘みに祝意を持たせている。その始発は『古今集』の、「君がため春ののにいでてわかなつむわが衣手に雪はふりつつ」（春上・二一・光孝天皇）であろう。そして、この表現を受けた作例中、特に次の伊勢歌、貫之歌と表現が接近していることに注目したい。伊勢の歌は「春野にわかなならねど君がためとしのかずをもつまむとぞおもふ」（『伊勢集』・六二）とあり、貫之の歌は「わかなおふる野べといふのべを君がため万代しめてつまむとぞおもふ」（『貫之集』・一八九）とある。どちらも長寿を祝う賀宴の屏風歌である。本歌合歌もこれらの形式に則ったものとなっている。上句の構成から、具体的には伊勢歌に依拠したことがうかがえるが、貫之歌とも構造上の類似が指摘できる。当該歌はこれら賀歌の様式を踏まえ、若菜題に祝意を加える。

さて当該題では、左歌で「わかなつむべくのはなりにけり」と若菜摘みに適した時節となったことをいい、それを受けるように右歌で「きみがためにこそ」摘むのだという。右歌が「はるの野の」と詠い出すのも、左歌の

下句からの連続性が認められるものであった。

款冬　左

のどかなるはるもやあるとたづねつつこえてをりみんやへのやまぶき　（一七）

右　勝

やへさけるかひこそなけれやまぶきのちらばひとへもあらじとおもふに　（一八）

款冬は山吹。表記の問題は漢籍とも関わるが、款冬の誤用が定着する転機が『和漢朗詠集』にあることを、藏中さやかが指摘している。(7)さて、左歌は示される具体的情報が少なく、わかりにくいが、次のような意味であろう。まず、詠歌主体は「のどかなるはる」があるだろうかと彷徨している。款冬題であるから、実際には春はもう「のどかなる」ものではなく、晩春であろう。それでもどこかにのどかな春が残っていまいかと探す。「をりみん」には「降り」「折り」「居り」などいくつか想定される語があるが、この状況からはどれが適切だろうか。用例を見ると、「人しれず君によそへてむめのはなをりみるほどにそでぞぬれぬる」（『西宮左大臣（高明）集』・五〇）、「山ざとにをりみつれどもむめのはなほかにかはらぬにほひなりけり」（『中務集』（書陵部蔵三十六人集）・一五）とあり、「そでぞぬれぬる」や「山ざとに」との関係を踏まえると、それぞれ「折り」「降り」である。

当該歌の場合には「こえてをりみん」であり、「越えて、折って、見る」、あるいは「越えて、降りて、見る」と理解できよう。『平安朝歌合大成』は「折り」とするが、(8)越えることと並列され、彷徨する詠歌主体を示す意味で「越えて、降りて」とする理解も可能であろう。いずれにしても越える対象は不明で、見る対象が山吹であることだけが明らかである。「のどかなるはる」を探索しつつ、晩春の証左となる山吹を見出すのである。春を探しつつ、一方で晩春であることを認めており、その揺るがない事実として山吹を見ようというのである。

右歌は山吹の八重も甲斐がないという。同様の趣向の歌としては、「ふくかぜにとまりもあへずちるときはやへ山ぶきのはなもかひなし」（『興風集』・七〇）がある。山吹自体は万葉以来数多く詠まれるが、類型化される。まず、散り移ろいやすいものとして女性と重ね、「山吹のにほへる妹がはねず色の赤裳の姿夢に見えつつ」（『万葉集』・巻11・二七八六）、「妹に似る草と見しより我が標めし野辺の山吹誰か手折りし」（同・巻19・四一九七）と詠み、クチナシの色と重ねて返事をしないことを、「山吹の花色衣ぬしやたれとへどこたへずくちなしにして」（『古今集』・雑体・一〇一二・素性）と詠む。

また、「かはづなくゐでの山吹ちりにけり花のさかりにあはましものを」（『古今集』・春下・一二五）の影響力が強く、山吹はもっぱら井出の山吹が蛙とともに詠まれることになる。このような中で、八重の山吹を詠むものは圧倒的に少数である。

内容では、左歌は残春を探して彷徨し、そして晩春の景物である八重の山吹を見つける。右歌は山吹の八重であることを、散ってしまうのだから甲斐がないとする。どちらも八重の山吹を詠み、左歌が花を見出そうとし、右歌がその行為を一蹴するという構成であり、ここにも左右の連続性が認められる。

本歌合の結番には、左右歌の間に緊密な関係性が構築されている。

五　歌合史上の位置

歌合において、左右歌のことばや表現の類型、構成の方法が、必要以上に類似・関係することは、どのように理解すればよいのだろうか。歌合史で、この性質を考える。

現存最古の歌合は在民部卿家歌合である。この歌合については、徳植俊之の論[(9)]があり、特徴として「同一語句、あるいは類似した表現が多く見られること」と、「時間的推移が感じられるように、和歌が配列されている」[(10)]ことを挙げている。在民部卿家歌合は時鳥十番に恋二番の計十二番であるが、時鳥題の歌の次のような箇所に、特徴を見出している。[11]

三番　左

なくたびとおどろかるらむ郭公とふ一声にありときつつ

右勝

しらねどもこたへやはする時鳥もとつひととふこゑをあはれと

左歌で、ほととぎすが鳴くたびにどうして驚かせられるのだろう、といったのに対し、右歌は初句で「（その理由は）知らないけれど」と詠み出している。また、結句についても、左歌の聞いた「一声」に対し、右歌は聞こえたその声を「あはれと」聞くのであり、状況的な継続を見出してもよい。

七番　左勝

またせつるほどは久しきほととぎすあかで別れむのちの恋しさ

右

小夜ふけて誰かつげつる郭公まつにたがはぬ声のきこゆる

左歌でほととぎすの声を長い時間待っていてやっと聞いたその後の思いを詠んだのに対し、右歌では待っていたその声が聞こえたと詠む。ともにほととぎすを待ち望みやっと聞けた声とともに夜明けをいうが、左歌の結句で「あかで別れむ」と満足しないで別れることをいったのに対し、右歌の初句は「小夜ふけて」と始まり、これらの表現も、左歌から右歌へ詠み継がれたものと考えるべきである。

このほかにも、番をまたいで「ふた声」という語を共有したり（八番右と九番左）、「雲ゐの声」という語が近接していたり（五番右、六番右）、左歌の表現に影響を受けて右歌が詠み出したりする。[12][13]

歌合においてこのような類似が見られることはあるが、用語の共通という点を見ても、それが左右で生じるものもあれば番を越えて生じる場合もあり、一貫した類似の方法をとるわけではない。それぞれの歌合により様態が異なるが、こうした方法が初期歌合にしばしば見出されるのである。しかし天徳内裏歌合以降になると、題がより詳細な状況を指定することもあってか、そうした事例は激減し、類似の性質も異なってくる。時代が下り本意が確立されると、特定の景物には特定の詠み方をするという形ができあがり、その点で共通性を持って番えられた事例が見られるようになるのである。しかし本歌合においてはむしろ、多用されない組み合わせを左右で共有しており、類似歌を番える企図は異なる。(14)

この傾向が、在民部卿家歌合以降、天徳内裏歌合以前の初期歌合の特徴のひとつといえるなら、麗景殿女御歌合の性格は、初期歌合の性格を有するものと理解できる。

六　おわりに

麗景殿女御歌合の特徴は、左右の歌の間での表現の類似、さらに内容の詠み継ぎが顕著に観察できる点にある。この特徴は、在民部卿家歌合を始発として初期歌合にしばしば看取された。このため、本歌合は初期歌合の性格を多分に有していたことになる。

歌合は左右の歌の優劣を競い合うことに主眼が置かれたように認識されがちだが、本歌合は、左右で和歌を詠み合わせ、その緊密な連関に興趣を求めることに目的があったのではないか。つまり、料歌の中から、題ごとに時の経緯や展開が見出されるように番え、創作していった撰歌合であったのであろう。

そうであるならば、天徳内裏歌合と本歌合とは、直接的に結びつくものではない。開催時期や形式からは、天徳内裏歌合に向けた準備として催行されたかのように見えるが、内容はそうした意義付けにそぐわない。天徳内裏歌合では洲浜が和歌世界の基盤となっており、そこから一場面を切り取る詠作に趣向が凝らされている。一方、麗景殿女御歌合は、左右の歌が番えられることによって到達する詠歌世界に主眼があった。なぜ、このような違いが生じるのだろうか。

本歌合に見られる方法は、実は贈答歌同士の関係に類似する。すなわち、左歌を前提として、それに応酬するかのごとく右歌が詠まれているものとも見えるのである。時間的経過を配そうとする点は、歌集を編纂する編者の意識と同種のものとも考えられるが、左右の歌の密接性は、詠者の意識が詠者相互の間に集中してなされていることの表れであろう。本歌合を含めた初期歌合においては、詠まれた和歌は詠作者同士、左右の歌の間で享受されることが第一に考えられ、場での享受は番えられた後の、二次的なものだったのであろう。一方、天徳内裏歌合以降では、題との関連性からできる独立した和歌を、主催者や場の人々の受容を意識して詠作していたものとなる。歌合そのものへの意識に、大きな差異があるのだろう。本歌合においては、ことばへの興味関心がその場の中心であり、表現をもとに和楽が創出されたのである。

このことは、初期歌合の多くが『古今集』と『後撰集』の間に催行されたという位置を考えるとき、時代的にも性質的にも、勅撰集の系列に向かうものであり、画期的な歌合とされた天徳内裏歌合とは同列に扱えないと考えられる。同時に、『後撰集』から遡って和歌史上に位置付けるとき、初期歌合こそ時代の要求した不可欠な和歌史を担っているといえる。

以上、麗景殿女御歌合を中心に論じたが、無論、改めて、天徳内裏歌合の持つ性質と位置付けをその内実から再検討する必要がある。

注

（1）『平安朝歌合大成　一』「四五　天暦十年（二月廿九日）麗景殿女御荘子女王歌合」として掲載される。本章では麗景殿女御歌合と称する。また、その他の歌合の名称もこれによるが、誤解のない程度に省略した。

（2）注（1）『平安朝歌合大成』「構成内容・史的評価」の項

（3）これ以後には、天暦十年五月宣耀殿御息所芳子瞿麦合、同年八月師輔前栽合、天暦十一年二月蔵人所衆歌合がある。しかし物を伴わない純然たる歌合かつ左右番の設定がなされるものとして見た場合には、本歌合が最も近いといわざるを得ない。

（4）和歌引用は『新編国歌大観』に拠る。採用されている歌合本文は十巻本。また、『万葉集』は旧国歌大観番号を用い、『新編日本古典文学全集』を参考にかなを漢字に改めた箇所がある。

（5）このことは、『忠見集』に「山がはのながれまさるははるかぜやたにのこほりをふきてとくらん（風・七三）」として入集していることが一証左となり、ここでもより精査されたものと考えてよいだろう。

（6）引用は片桐洋一、福井貞助、高橋正治、清水好子校注・訳『新編日本古典文学全集12』「伊勢物語」（小学館、一九九四年）

（7）藏中さやか「『和漢朗詠集』の「款冬」部の意義」、『神戸女学院大学論集』第四十七巻一号、二〇〇〇年七月

（8）注（1）『平安朝歌合大成』和歌本文のかな「折り」

（9）徳植俊之「在民部卿家歌合について」、『平安文学研究』第七十七輯、一九八七年五月

（10）注（9）徳植俊之にも引用されるが、当該歌合における配列意識はこれ以前に井手至「「逐次」的和歌配列法の源流」（伊藤博、井手至編『古典学藻』小島憲之博士古希記念論文集、一九八二年十一月、塙書房）によって指摘されている。

（11）十巻本と廿巻本では和歌の配列が異なる。ここで引用するものと徳植論文で引用するものとは異なっているため、ここでは共通の部分だけを述べる。

（12）四番では、「しのぶの山」に「このした声」、「をぐらの山」に「声もかくれぬ」の表現が対応する。

（13）注（9）徳植俊之はこのような性質を、『万葉集』の梅宴の座の様相と類似していることを示し、万葉集時代の歌会の伝統が当該歌合に受容されていることを述べている。

（14）麗景殿女御歌合の後、このように番の継続性を持つものはいくつか見られるが、その中で特に顕著なものは、

延喜四年（九〇四）の保明親王帯刀陣歌合がある。この歌合は八題十六首に無題の一首を加えた十七首で構成される。その中でたとえば「きりぎりす」は、左歌で、「ゆふされば」と夕方から鳴きはじめ「よもすがら」鳴く「きりぎりす」を詠み、右歌では「よぶかゝい頃寝覚めの中で聞く「きりぎりす」を詠んでおり、時間的な経過が確認できる。「松虫」では、左歌は「いまこむ」と夜を明かして待ち、右歌では秋が来てしばらくたつものの「おとづれもせず」と、結局待ち人の来ないことを詠む。いまかいまかと待つ左歌から、結局来なかったという右歌へ、人待ちの時間が対応するなどの特徴が見られる。ただし、この歌合には「帯刀陣」の歌合であり、内裏周辺主催のものとは一線を画すものとして区別すべきかもしれない。

◆第三章◆

主催の意図と表現――女四宮歌合について

一　はじめに

村上天皇の皇女である規子内親王が催した女四宮歌合は、天禄三年（九七二）に行われた前栽合であり、判者を源順が務め、仮名日記を源為憲が執筆している。記録によれば、順の判には判詞のみならず判歌も付され、難陳応酬は後日にも及んだ。そこでは熱心な議論と批評とが展開されており、注目すべき催事であった。先行研究は、峯岸義秋がいくつかの判詞について「評論的世界」を検証したのを皮切りに、岩津資雄『歌合せの歌論史研究』がすべての判を検討、『古典大系』に収録され、注が付された。特に順の評言に注目する宮澤俊雅の論もある。[1][2][3][4]

先行研究が注目したように、本歌合の判詞には確かに歌論意識が看取し得る。たとえば判者は「ふることをもひあはすれば、おとりになん見えける」（紫苑題）と述べ、女房側からの抗議に対しても「かかることはふることをこそはためしにひかめ」（虫の音題）と、古歌をもって優劣の基準とする。それは天徳四年（九六〇）内裏歌合にも見られた方法であるが、歌論・評論意識がいよいよ醸成されてきた証左として注目に値する。

女四宮歌合は、規子の里第で催されたと考えられる私的なもので、結番に見出すことのできるいわば世界観は、場の共有者たちを和合へと導く性質のものであった。同時に、結番後には酒宴や禄の下賜が行われ、晴儀歌合のごとき形式要素をも兼ね備えていた。今まで専らその歌論・評論的側面に注目が集中し、歌論史上の意義付けが議論されてきた。しかしながら、本歌合において実際にどのような歌が詠まれ、どのように番が構成されたか、また、それがどのような意味を持つのかといった事柄も考究したうえで、この歌合の位置付けをはかるべきではないだろうか。ここでは、この歌合を和歌や結番から見直し、再検討を行いたい。

二　女四宮歌合について

女四宮歌合は(5)、天禄三年八月二十八日に催行された前栽合であった。野宮歌合、斎宮歌合、規子内親王家歌合などの別称も伝わる。女四宮は村上天皇第四皇女規子、母は斎宮女御徽子である。徽子は承平六年（九三六）、朱雀の斎宮に卜定され、規子は天延三年（九七五）に円融の斎宮に卜定されており、母子二代にわたり斎宮を勤めている。規子はこの歌合が催行された三年後に卜定され、その翌年に野宮入りしており、野宮歌合や斎宮歌合の称はこの経歴に由来するのであろう。伝本には十巻本、二十巻本、続群書類従本が存するほか、『順集』にも収載されている(6)。

題は、薄、女郎花、萩、紫蘭、芸《くさのかう》、紫苑、荻、瞿麦、刈萱、虫の音の十題十番。比較的開催年次が近い天暦十年（九五六）の師輔前栽合の題は、月、薄、萩、山菅、松、刈萱、檀、女郎花、池、菫であり、そこに見えない紫苑、芸は、遡って延長五年（九二七）の東院（忠平）前栽合に見える。題の設定に新奇な要素はないが、植物を題とする中に虫の音題は珍しく、その場の興趣と連動することが企図されていたのだろう。序文には、「御前のにはのおも」にこれらの秋の草花を植え、「松むし、すずむしをはなたせたまふ」と、前栽合に相応しい設定が準備され、演出が施されたさまが記述されている。

全体の構成が一覧できるよう【表3】を作成した。序文では題、前栽および洲浜のさまに触れ、判者や読師決定の過程が記述される。続く歌合本文部分は、左右の歌、判詞および判歌の順で、十の結番が並ぶ。判歌はそれ

【表3】女四宮歌合の構成内容

歌番号	歌題	内容
	序文	
1	薄	左
2		右
		判詞
3		判歌
4	女郎花	左
5		右
		判詞
6		判歌
7	萩	左
8		右
		判詞
9		判歌
10	紫蘭	左
11		右
		判詞
12		判歌
		判詞
13	芸	左
14		右
		判詞
15		判歌
16	紫苑	左
17		右
		判詞
18		判歌
19	荻	左
20		右
		判詞
21		判歌
22	瞿麦	左
23		右
		判詞
24		判歌
		判詞
25	刈萱	左
26		右
		判詞
27		判歌
28	虫の音	左
29		右
		判詞
30		判歌
		順の謙退の辞
31		「しらけゆく」歌（順）
32		「しもがれの」歌（正通）
		日記（結番後の琴の演奏、酒宴、禄の下賜があったことの記録）
		後日（十日ほど後）順から判歌を添えて浄書した判詞があったことと、それを見た方人の反応
33～43		順に送られた、判歌に対する方人の返し
		女房から順への消息文
44		「くさのはな」歌（女房方）
45		「としふかみ」歌（女房方）
46		「我方は」歌（男方）
		日付（八月晦日）

ぞれの番に付されており、ここまでで総歌数は三十首となる。続いて順の謙退の辞と和歌とがあり、それを承けて橘正通が詠んだ、順の判が女房方に偏頗していることを難ずる歌が加えられている。

さらに日記部分には、結番の後、琴の演奏、酒宴、禄の下賜があったこと、夜更けまでかかって為憲が記録したことが述べられ、「天禄といふとしはじまりて三とせの秋の中のことなり」と年紀日付が示されたうえで、いったん締めくくられる。それから、順から判歌を添えて浄書した判詞が届けられたこと、それを見た方人の反応が記される。そして判歌に対する方人の返歌十一首が並ぶ。続いて女房から順への消息文、女房方からの歌二首、男方からの歌一首が記載され、日付（八月晦日）が示される。以上が本歌合の記録の全貌となる。

順は当日、当座、口頭で判定したが、後日、判歌を添えて浄書した判詞を内親王家に送った。萩谷朴『平安朝歌合大成』(7)は、本前栽合の史的評価として、後日判という新しい方法、作者が明記されていること、表現豊かな仮名日記の付随が、注目すべき点としている。また峯岸義秋(8)は、歌合の記録としての仮名日記が「優美端麗な文章」にして「日記文学としても読むに堪える貴重なもの」であるうえに、「評論史的意義ある」ものであったと評している。『和歌文学大辞典』(9)もこの点を「以後の歌合や歌学書に影響を与えた」と述べる。

このように、仮名日記の伝える内容に注目が集まるが、筆者である為憲はどのような意識から記録を成したのだろう。序文には、「ちくさににほふ花のあたりには、もぎきのやうにてまじりにくくはべれども」と、華やかな女房たちの間に、捥ぎ木のような男たちは交じり難いと卑下しつつ、「やむごとなくさぶらふみ山のふもとよりおひいでたる草のゆかりにて、おほせごとのいなびがたさに、心もともにつびにけるみづくきしてかきしるしてたてまつりおく」と述べられている。主催者の要請によって執筆されたに間違いなく、そこに献上意識は明らかであり、直接的な読者としてまず主催者が想定されていただろう。ではこの記録作成を要請した主催者の意図、そして歌合の開催目的は、何だったのか。以下歌合の和歌と判詞を検討し、内容面の特徴を捉えていきたい。

三　和歌から読み取れること

本節では女四宮歌合の結番、和歌の表現内容の特徴を探る。『古典大系』の注は、刈萱題の男歌に対し、「右の男方では、九番に祝、十番に恋の人事を副題として添えようという配慮がなされたのであろう」と指摘する。九番の男歌は次のように詠まれる。

うゑしうゑばつかのまもなくかるかやをみちよのかずをかずふばかりぞ　（董宣）

心を込めて植えるのならば、瞬く間に刈り取られる萱も、長持ちするのだという。刈萱は、刈り取った萱が乱れやすいことから「乱る」を導く枕詞としての用例も多いが、ここではそのような機能は用いない。大切に植えたことから、束の間もなく「枯る」、刈萱でさえも長寿の対象として見出す。刈萱に長寿を詠むのは不自然だが、心を込めて植えられる刈萱とは、この前栽合のために誂えられた庭の植栽を指す。そのために寿意を盛り込んだのであろう。『古典大系』ではこの点を、祝を副題としていると解す。

十番の男歌は恋の心を持つ。

秋風につゆをなみだとなくむしのおもふ心をたれにとはまし　（正通）

秋風に吹かれ落ちる露を涙と見立て、鳴く虫の、物思いをする心を誰に訴えたらよいだろうという。露を虫の涙と見、そこに詠歌主体の心情を重ねることで恋の歌とする。『古典大系』はこの点を、恋の人事を副題としていると解す。

歌合の題に祝、恋の心を添えるとは、どのようなことだろうか。同様に設定する事例に、後代のものだが寛和二年（九八六）内裏歌合を挙げることができる。それは花山が内裏で催した歌合であり、細分化された四季の題に、祝、恋の人事題を加えた二十題二十番で構成された内裏歌合である。このような設定は「これ以前の歌合には見られない斬新なもの」(10)とされている。これ以前には、四季と恋の題は存しても祝が組み込まれることはなかった。しかし、以降の内裏歌合には散見される。女四宮歌合において男方が祝、恋題の心を添えたことは、晴儀化を意識した「配慮」(『古典大系』)といえるのかもしれない。

その他の結番を具体的に見ていくと、女房方と男方それぞれの意識が垣間見える。一番が特徴的である。

花のみなひもとくのべにしのすすきいかなるつゆかむすびおきけむ　（御許）

秋風になびくゆふべのしのすすきほのかにまねくたちとまりなむ　（助理）

女房方左歌は、花が咲き乱れる野辺を舞台に、題の薄を詠む。十巻本では「花もみな」とされているが、花の「ひもとく」野の表現は、「ももくさの花のひもとく秋ののを思ひたはれむ人なとがめそ」(『古今集』・秋上・二四六)が踏まえられている。下紐を解くように、男女がうちとけ合う様態が連想される。種々の花が咲き乱れる規子邸の庭、伺候する華やかな女房たちの姿をも重ね合わせたうえで、薄に焦点が絞られる。その薄に、どのような露が置いたのかとは、すなわちどのような人が来たのか、そしてどのような歌を詠むのだろうかという挨拶である。招待者、つまり主催者側の立場といえ、前栽合の開扉にふさわしい一首となっている。ここで「いかなるつゆかむすびおきけむ」と詠まれたことが影響したものか、植物に露は付きものではあるが、左歌十首中の七首に露が詠まれ、紫蘭題の左歌にも、露を想起させる鹿の涙が詠まれている。洲浜のさまは具体的には描写されないが、露を示唆する趣向が施されていたかもしれない。

対する男方右歌は、秋風になびく薄を「ほのかにまねく」と見立て、「たちとまりなむ」と、来訪者の視点から詠んでいる。薄が招くとは「秋の野の草のたもとか花すすきほにいでてまねく袖と見ゆらむ」(『古今集』・秋上・二四三・棟梁)などの詠みぶりである。また同じ趣向の歌に、「まねくかとみてたちよれば花すすきうちふくかぜになびくなりけり」（本院左大臣家歌合・すすき・四）がある。本院左大臣家歌合は、複数の前栽題を設定した現存最古の前栽合であり、前栽合の先蹤として意識されていた可能性もあるが、どれほどの知名度であったのかはわからない。それでも薄が招くという表現は、『拾遺集』になると「をみなへしおほかる野辺に花すすきいづれをさしてまねくなるらん」（秋・一五六）、「招くとて立ちもとまらぬ秋ゆゑにあはれかたよる花すすきかな」（秋・二一三・好忠）と一般化されていく。こうして定着していくことになる表現を共通知識としていた人々が、この歌合を支えていた。

女房方は主催者、男方は来訪者であることが、この一番で位置付けられる。このような、当座性を表出するかのような歌はほかにも見え、たとえば萩題左歌には、参集した人々が暗示されている。

さをしかのすだくふもとのしたはぎはつゆけき事のかたくもあるかな　（兵部）

牡鹿が蝟集する山裾の萩の下葉は、露に濡れ難いといい、本来ならば露に濡れる萩の下葉も、男方が集まったため露も落ち果てると表現した。「すだく」牡鹿は牝鹿を呼ぶ姿でもあり、男方が来訪者として詠吟する姿とも重なる。萩に対する棹鹿、露の組み合わせは、『万葉集』に家持作とする「さ雄鹿の朝立つ野辺の秋萩に玉と見るまで置ける白露」（巻8・一五九八）がある。

一方、男方の歌には、主催者賛美が散見する。紫苑題は、

たかさごの山のをしかはとしをへておなじをにこそたちならしけれ　（もろふむ）

と、尾根に立ち続ける牡鹿を詠む。牡鹿に参集した男方が重ねられ、「としをへて」と永続を予祝する。瞿麦題では、

秋ふかくいろうつりゆくのべながらなほとこなつにみゆるなでしこ　（孝忠）

と、秋が深まる中、変わらぬ瞿麦を詠む。当然、女房方への賛美が含意される。

歌合の場における左右の方人の意識が垣間見える歌について分析してきた。『古典大系』は最後の二題、九番と十番に祝と恋の心が詠み添えられていると指摘するが、男方による主催者賛美は、歌合全体に見出される。もちろん最後の二題において、特に副題的に意識されたものかもしれないが、その他の歌にも、祝や恋の要素は含有されている。

その他の傾向では、二十首のうち七首（女郎花左、紫蘭左右、芸左右、紫苑左右）が物名歌となっている。前栽合に物名を詠むことは、まま見られる。女郎花題の左歌は物名で詠み、負となるが、女郎花を物名で詠む例は多い。

たまのををみなへしひとのたたざらばぬくべきものをあきのしらつゆ　（師）

歌意は、「玉の緒をみなへし人」すなわち長生した人が、その命を絶つことがないのならば、白露を貫くこともできるのだがといい、糸を通すことのできない美しい白露のはかなさを、縁語仕立てにした。初句から二句にかけて「をみなへし」が隠されるが、この前例は亭子院女郎花合に五例存する。

さらに、『古今集』の物名に「白露を玉にぬくやとささがにの花にも葉にもいとをみなへし」（四三七・友則）、「あさ露をわけそほちつつ花見むと今ぞの山をみなへしりぬる」（四三八・同）が載る。四三七番歌は本歌合に詠まれるような、白露を抜くとの表現が用いられたうえで、結句に「をみなへし」が隠される。続く四三八番歌は「をみなへし」を四、五句に隠し物名歌となっている。おそらく左方詠は、これら友則歌を踏まえているのであろう。しかし順は「やまとごとにいひにくきことをこそそへては」と、隠題に詠むのは和名ではないものであるべきだと難じ、結局左歌は負となった。

順の判定以降、女郎花を物名で詠む詠法はまったく見られなくなる。以前は詠まれていたのだから、この時点で、和名でないものを隠題に詠んではならない制約が存したわけではない。そうすると、女郎花を物名で詠まないことは、この順の判によって確立したと思しい。注目すべきは、「その語句の発言者が和名類聚抄の撰者源順であり、この歌合の「やまとな」が和名類聚抄の「和名」と同じ概念と考えられる点にある」[11]ということなのである。たとえ『古今集』に先例があったとしても、順の評言により、以後詠まれなくなった。この歌合が和歌史に与えた影響は大きかった。

四　判詞から読み取れること

序文や判詞、後日譚の部分は、この前栽合の雰囲気をよく伝えている。特に判詞は、判断に思い迷うさまが記述されており、実に興味深い。順番に見ていこう。三番萩題は持、判詞はまるで左右の歌を鑑賞し、味わっているかのようである。

さをしかのすだくふもとのしたはぎはつゆけき事のかたくもあるかな　（兵部）

はぎのはにおくしらつゆのたまりせば花のかたみはおもはざらまし　（望城）

このはぎのうたは、たれもたれもおなじさまなれど、すだくふもとのなどいへるわたりはすこしいひなれたり、もちきのあそんの、はぎのはにおくしらつゆのなどいへるわたり、めづらしからねどうためいたり

つゆをあさみしたばもいまだもみぢねばあかくもみえずかちまけのほど　（九）

「たれもたれもおなじさま」とは、左歌「つゆけき事のかたくもあるかな」（十巻本「つゆこき」）、右歌「しらつゆのたまりせば」（十巻本「とまりせば」）とあるように、ともに萩に白露が置かないことを表現することをいうのであろう。判歌で、（どちらも露が置かない萩では）下葉の色も赤く色づかない、勝負も明らかにできないと結論する。六番紫苑題でも、また迷っている。

しらくものかかりしをにも秋ぎりのたてばやそらにやまのみゆらん　（日向）
たかさごの山のをしかはとしをへておなじをにこそたちならしけれ　（もろふむ）
このしをのうたは、これもかれもおなじやうなれど、あきぎりのたてばやそらにやまのみゆらんといへるわたり、かはぎりのふもとをこめてたちぬればそらにぞあきの山はみえける、といへるふることをおもひあはすれば、おとりになん見えける
ふもとともみえねどみえず秋ぎりのたちなばなにかそらにみゆべき
「これもかれもおなじやうなれど」と迷っているが、この場合の「おなじやう」とは、どちらも尾の景で共通している点か。次の荻題では（十巻本では左右の歌が反転しているが）、左右どちらも風に吹かれる荻を詠む。そして和歌を再度披講、読み上げさせてまで、判定に迷うさまが記される。
そよとなる秋のをぎだになかりせばなににつけてかかぜをきかまし　（輔）
をぎのはのすゑこすかぜのおとよりぞ秋のふけゆくことはしらるる　（佐兼）
このをぎのうたは、みづからもみ、人してもよみあげさするに
をぎのはをそよがす風のおとたかみすゑこすかたはすこしまされり
結果、少し優っているとの判歌を詠む。さらに左の瞿麦題では、どちらもうつるものと詠む。それを「いづれもいづれも」と、迷いながら判定している。
やまがつのかきほのほかにあさゆふのつゆにうつるななでしこの花　（こもき）
秋ふかくいろうつりゆくのべながらなほとこなつにみゆるなでしこ　（孝忠）
このなでしこのうたは、いづれもいづれもいとよくいはせてはべめり、ただし
秋もなほとほなつかしきのべながらうたがひおけるつゆぞはかなき

とみれば、こもきすこしまけにみゆ

同じような景を詠み、直ちに批判する要素が見当たらない場合、判定に迷う様子が記述される。勝敗を定める立場でありながら、判者は一人の陪聴者として、歌合の進行を楽しんでいるかのようにも見える。このような雰囲気は、結番後に順が詠んだ歌と、それを難ずる正通の歌にも表れている。順が卑下して詠んだ歌、

しらけゆくかみにはしもやおきなぐさことのはもみなかれはてにけり

に対して正通は、

しもがれのおきなぐさとはなのれどもをみなへしにはなほなびきけり

と、順が女房方を多く勝たせたと難じるが、「おきな」といいながら「をみなへし（女房）」を贔屓するとはと、非難というよりも戯れ掛けているかのようである。こうした演出を伴う点も、大きな特色といえるだろう。

その後、琴の演奏があり、酒肴が供される。そして「まだあかぬ物はごぜんの花のいろむしのこゑとなん有りけるなどまうしてまかりいでぬ」とあり、満ち足りぬものは御前の花と虫の音であると、作り込まれた前栽の結構を賛美し、退出したと記録される。また、当座口頭で判を下した順は、後日、判詞を浄書した。判詞は宮へと奉られ、それを見た方人たちの反応が追記されている。順の判歌に対する方人たちの返歌の序は、おそらくこれもまた為憲が記したものであろうが、流麗な筆致といえ、左のように起筆される。

まねきおとれるすすきは、ほにいでてうちなびき、おもひむすびこめられたるをみなへしは、なほとけずいぶせき心ちす、あかくもみえぬはぎはあけぬよの心ちす、花なしともとめられたるあだしのは、くさがくれたるをしる人もなかりけりとおもふ、あらはなりといはれたるあさがほは、きりのまがきにはひかくれぬべきここちしてときのまにおもひしぼみぬべし、あきぎりの立ちふたがるしをにはれぬここちしてそらめの

みせらる……（下略）

「まねきおとれるすすき」「むすびこめられたるをみなへし」「あかくもみえぬはぎ」など、負（または持）とされた作者を示し、そのさまを前栽の植物に寄せて示している。前栽の景に方人のさまを重ねることは、読み手に前栽合の場を想起させることになるはずである。その擬人化により、終わった歌合を再現してみせるかのようである。それから、順の判詞判歌に対する方人たちの返歌が記されていく。ここに読み取り得るのは、文芸による高度な交流であり、この催しはいわば、名残尽きせぬ和歌の饗宴であったのである。

出詠歌の内容、番の結構を踏まえ、判詞を見ていくと、先行作品に対する意識が歌人にも判者にもあり、そのうえで通例に従い洲浜の景物を詠み込んでいることがわかる。表現にこれといって新奇な技巧は用いられないが、その場に共有される諸条件を斟酌しつつ作歌されている。主催の女房方と来訪の男方という、それぞれの立場が、結番には明確に表れている。そこに対抗する姿勢はなく、前栽合という共同営為を味わい、楽しむ姿勢が貫かれている。男方の歌には、来訪者としての挨拶、主催者賛美の意識が底流する。そして判者も、その場の愉悦を共有する者として振る舞っている。この前栽合の記録は、文化基盤を共有する人々の紐帯を誇示するかのように見えてくるのである。

五　後宮歌合の系譜

以上の分析を踏まえたうえで、この歌合の和歌史的位置を見定めたい。そもそも女四宮歌合は、歌合の系譜上どのように位置付けたらよいのだろう。前節で、女房方と男方はともに、当座の催事を楽しむ意識を打ち出しており、さらに後日へと続く饗宴的要素が存することを読み取った。規子という高貴な女性のもとで催された性格を考えれば、その系譜は、まず後宮における歌合と関連付けるべきであろう。あるいは斎宮を務めた徽子、後に斎宮を務める規子の母子が関わるところから、斎宮の文学としても考え得るかもしれない。また、歌を番えることは行われていても、前栽合としての催事であったことにも注意を払わなければならない。いま女性を主催者ないしは主催として冠する歌合として、後宮歌合の系譜の上に、本歌合を置いて考えてみたい。

【表4】に後宮の歌合を挙げ、女四宮歌合と比較すべき特徴を摘記した。現存資料からは、後宮の歌合は班子の寛平御時后宮歌合に始まる。これは寛平四年（八九二）頃、宇多が母班子の六十賀に行った催しで、春・夏・秋・冬・恋の各二十番、計二百首から成る大規模な歌合であった。しかし次第や判定の記録もなく、和歌も一部が欠落する。歌数も多く、歌合史の初期に、これほど大規模なものが催されたと思われないとして、机上の撰歌合かとも考えられている[12]。主導者である宇多が百番の大規模歌合を企画するにあたり、班子サロンを場に適していると考えたのではないだろうか。和歌は『新撰万葉集』の採歌資料となり、班子の名が冠されるが、徹頭徹尾後宮の意図のみを反映した催事ではなかった。

次に寛平御時中宮歌合がある。中宮には三人の比定候補者（班子、胤子、温子）が考えられるが、「歌合の内容自体に疑わしい面があって、これ以上の究明は不可能」であり、「一六・一九番歌が『古今集』に延喜五年（九〇五）の藤原定国四十賀における屛風歌としてみえ、二一番歌が『後撰集』に昌泰元年（八九八）の宇多上皇吉野行幸の際に詠まれた歌として在って、ともに『古今集』や『後撰集』から採用された可能性が強いからである」[13]とされる。この歌合の内容を、後宮の歌合として分析することには困難がある。次の東宮御息所（温子）小箱合も、伊勢との関連は見られるものの[14]、詳細は不明である。小箱合が催された折に、伊勢が詠み贈ったか。物合に付随した和歌が、小箱とともに番えられていたかどうかは、疑わしい。

【表4】後宮の歌合の系譜

開催年次		歌合	内容	女四宮歌合と比較できる特徴
寛平四年頃	[892]	寛平御時后宮歌合	机上の撰歌合か	
寛平八年以前	[896]	寛平御時中宮歌合	歌合としての開催が疑わしい	
寛平九年頃	[897]	東宮御息所小箱合	詳細不明	
延喜二十一年	[921]	京極御息所褒子歌合	返歌合	後日に及んでいる。ただし結番のほうが後日。
延長八年以前	[930]	近江御息所周子歌合	結番なし	植物が題であり物名歌が多いが、共通の題はない。
天暦十年	[956]	麗景殿女御荘子歌合	春十題＋恋二題	左右の歌に連関性があり、歌会的。
〃		宣耀殿女御芳子歌合	瞿麦合	主家賛美が見られる。
天徳三年	[959]	斎宮女御徽子歌合	前栽合	題が一部重なる。前栽題でありながら人事を想像させる。
〃		中宮安子歌合	庚申待	庚申待ちの夜という当座で共有されるものという場の規制が働く。
（天徳四年	[960]	内裏歌合）		
天禄三年	[972]	女四宮歌合	前栽合	

その後に認められる歌合の記録は、延喜二十一年（九二一）京極御息所歌合である。[15]寛平御時后宮歌合に次いで、内容は詳細に判明する。この間、後宮の歌合がまったく行われなかったとは考えにくく、『夫木抄』などに藤壺女御（穏子）の前栽合の歌が数首見えるが、類聚歌合には採録されなかった。京極御息所歌合は、贈歌に対し返歌を番える、返歌合という特殊な形式の初例となった。宇多が京極御息所（褒子）とその所生雅明親王を伴い春

日社に参詣した折、大和守藤原忠房が二十首の歌を献じた。御幸の後、二十首に対する返歌を女たちが詠み、左右の方に分かち、さらに夏の恋二番を加え、都合二十二番の歌合として披講した。これは、当日に歌合があって後日に判詞判歌、さらに返歌が送られる女四宮歌合とは逆に、端緒となる贈歌が先にあり、後日の返歌が番えられ、歌合となされたのである。褒子のもとで歌合が行われたのは、そこに歌人が集うサロンが存したわけではなく、忠房の贈歌が、褒子も同行した御幸の折に献ぜられたものであったからで、女四宮歌合とは経緯、性質が異なるものであった。

次は延長八年（九三〇）以前とされる、近江御息所周子歌合がある。「宮すどころのざうしにて、宮の花といふうたをあはす、右はあはせず」とあり、一題一首で二十首、歌合とはいえ左右を番えた形跡はなく、春から初夏にかけての植物が詠まれる。「さるとりのはな」や「みつつじのはな」といった、歌材となる植物そのものより、名称にひかれたものもあり、二十首のうち五首は物名歌である。題の植物は女四宮歌合と重ならないが、前栽合の特徴である物名歌が多い点は共通する。「宮すどころのざうし」で行われ、「宮の花」を詠んだのであるから、周子を囲む女房たちの、季節の娯楽であったろう。

その後は、天暦十年（九五六）麗景殿女御荘子歌合、宣耀殿女御芳子歌合と、時代は村上朝後宮の歌合へ移行する。村上朝では、歌を番えることが必ずしも勝敗に結びつかない傾向を持つ(16)。後宮の成員は、それぞれに歌合、物合を行っているが、勝敗にこだわる緊張感よりは、優劣を論じる過程自体に興じており、その場に顕現する君臣和楽に重きが置かれていた。この点、傾向は女四宮歌合の性格と一致する。

その後、女房たちが、男の詩合に対抗して催したとされる天徳四年（九六〇）の内裏歌合が行われる。先に挙げてきた後宮の歌合とは異なり、勝敗を重視し、次第儀式も整備されて、詳細な記録も残された。後代、晴儀歌合の規範とされた所以である。そして天徳内裏歌合の後、初めて記録された女性主体の歌合こそ、女四宮歌合ということになる。

形式面から見るならば、女四宮歌合は、天徳内裏歌合を引き継いだものといえる。しかし内容面を見れば、和歌の優劣よりも行事の進行過程に重きを置く女四宮歌合は、天徳内裏歌合以前の初期歌合的性格を有している。それは、内裏歌合の形式に則る公的性格と、後宮歌合の融和を基調とする私的性格との、双方を兼ね備えているということである。

六　催行の目的

女四宮歌合の和歌は、当座的要素を巧みに詠み、左右双方の立場を反映しながら、心を通わせ合うことを志向するものであった。これは場に集う人々による、文化基盤を共有する饗宴的性格が強いものであったということができる。それではなぜ内親王家の前栽合が、これほどまで丁寧に記録され、伝存し得たのであろうか。

確認したように、身分ある女性が主催者となった、いわゆる後宮の歌合の系譜に連ねて見ると、女四宮歌合は天徳内裏歌合の後、初めて行われた（と記録される）歌合である。晴儀盛事であった天徳内裏歌合の後に位置する催しとして、果たしてどのように実行されるのか、世の期待、注目が集まったのではないだろうか。

主催者は、表向き規子となってはいるが、その背後に母徽子の存在を無視し得ない。(17) 徽子は和歌や音楽の才に優れ、その家集にはさまざまな人物との交流が見える。徽子自身も前栽合を行った可能性が高く、『元真集』に和歌が残っている。(18) そこでは花薄、荻、蘭、瞿麦、菊の花、紅葉が詠まれており、一部の題は女四宮歌合とも重なる。こうした経験も、徽子が規子の前栽合に関与したと想像される所以である。規子の歌合に参集したのは、順とその門人である正通、為憲らであり、彼らが判定、披講、記録といった進行の中心的役割を担っている。順は天徳闘詩にも天徳内裏歌合にも出詠しており、漢詩にも和歌にも優れた文人であり歌人である。しかしその順も、「霜枯れの翁草」と例えた老齢に達し（六十二歳）、男方には他に有力な歌人は見当たらない。主人たる規子は入内しておらず、徽子もすでに後宮を退いており、当代後宮とは一線を画する境遇にあった。

それでも、前栽に植えわたした秋草に鳴く虫を放ち、洲浜を持ち出して、結番後の酒宴、禄の下賜と、充実した次第が進行する。当座の思い付きや慰みごとの域を遥かに超えており、特段政治的あるいは公的な後援がなくても、これほどの歌合を催すことができた事実は、規子が高い水準の文芸サロンを経営していることを世に周く知らしめたに相違ない。規子を表に立てながら、背後には徽子がいたと見れば、この歌合の開催は、徽子文芸サロンの、規子への継承を示威したものとも考えられる。

『順集』に拠れば、順にはその後、規子の伊勢下向の折、野宮における庚申歌会の詠（貞元元年（九七六）八月二十八日、十月二十七日）があり、伊勢群行後にも献詠（貞元二年（九七七）九月十六日）を行っている。順は徽子から規子へ、サロンへの出入りを続けたらしい。というのも、現存資料から順の徽子サロンとの直接の関係は確認できないが、順は徽子の父である重明親王に召され、詩序を草している。霜葉満林紅の題のもと催された詩宴であった（『本朝文粋』巻十）。順が重明親王と関係する記録はほかには見えないが、嵯峨皇統という点

【系図】

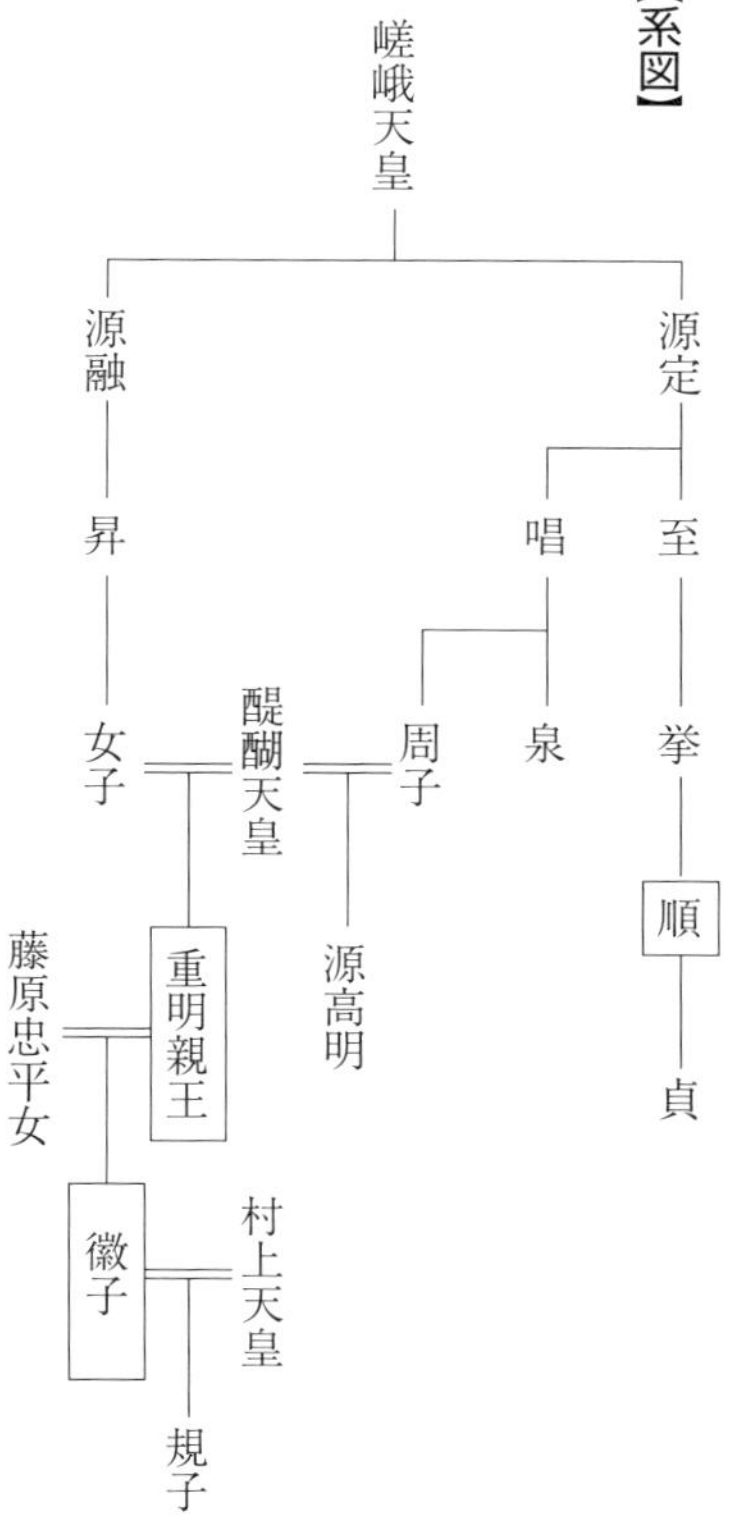

が共通する（【系図】参照）。神野藤昭夫[19]は、順が規子の伊勢斎宮下向に同行するほど近侍した理由に、重明親王との縁を指摘する。さらに先述の詩宴に親王が順を招いたのも、単に文人の一員としてではなく、嵯峨源氏の血縁によるのではないかとする。

徽子が父から引き継いだ、順をはじめとする文人たちとの人脈を、規子へと継承させるべく、女四宮歌合は開催されたのではないだろうか。サロンとは元来、十七、八世紀のフランスで流行した「名流婦人」すなわちサロニエールの文芸活動を指す用語だが、よく似た文化的活動が、平安期の日本でも行われた。目加田さくを[20]は、「文士の後援機関」「創作の機関」「評価の機関」の三つの観点を示す。もちろんここに、サロンは継承されるものなのかとの疑念もあるだろう。しかし、饗宴的であり、その愉悦は当座において消費されるものであったはずの歌合を、これほどまで丁寧に記録せしめた理由は、高いレベルの文化圏、文化的活動が、規子周辺に成立したことを宣揚するためと見るのが妥当ではないだろうか。歌合の記録とはすなわち、現出した時間と空間とを記録することであり、そこに華やかな和歌の遊宴が行われたことを伝える、達意の筆致が求められたのであった。この催事の風聞と記録とは、女房や文人たちの間で享受されたことであろう。それは、新たな文化交流圏の存在を認識させせたであろうし、政治的後見を持たない規子の生活を、華やかに彩り得る方途のひとつともなったことであろう。

女四宮歌合は天徳内裏歌合とは異なり、勝敗の緊張感よりも、優劣を論じる過程に重きを置いた。女房方と男方とは競合対立の関係ではなく、文化的共同体が現出したことを示せればよかったのである。規子のもとに文人たちが集い、興趣を共有したことこそが重要であった。しかしその規子サロンも、歴史的に見れば、徽子が寛和元年（九八五）に死去した翌年、規子も亡くなってしまうことで、はかなくも雲散霧消してしまった。

七　おわりに

女四宮歌合の詠歌表現と、記録が伝える場の情調から、その歴史的位置付けや開催目的を探った。歌合としての形式は極めて整っており、女房方が主催者側、男方は来訪者側である意識が、詠歌に浸透しているが、そこに競合対立の関係は存しない。負判に対する反論は、判歌への返歌として後日送られており、凝った方法だが、負を悲嘆するものではなかった。判詞にも歌を味わう表現が叙されたり、難陳にも冗談とも受け取られる表現があったりする。歌合全体が持つ雰囲気は、勝敗にこだわり緊張感の高い天徳内裏歌合とは異なる。このような性格は、さらに前時代の後宮の歌合が持つ、人々の和合を基調としたものに近く、それは当該歌合の全体に横溢している。

この歌合はなぜ催行され、記録されたか。それは、前代の後宮を彩った徽子が、自らの経験と文化的な財産とを、規子へ遺すべく催行したのだろうと稿者は考える。徽子が父重明親王と関係のあった順を招き、サロンを規子へ引き継がせていくための企画として、歌合という方法を用い、規子のもとに成立した高い水準を持つ文化圏を、内外に示すことが企図されていたのではないだろうか。規子にとってこの歌合を催す利点は、当代後宮とも交流のある徽子の交友関係を引き継ぐことにあるだろう。しかとした後見を持たない規子の不安は、徽子サロンの継承をもって、ある程度解消できると考えられたのではないだろうか。

従来この歌合は、歌論としての判詞、判歌に和歌史上における意義があるとされてきた。文学的にも豊かな表現をもって記録された点も、意義深い。一方、身分ある女性が主催する歌合として位置付け得るならば、後宮の歌合の系譜に連ねて見ることが可能で、整備された形式と和合的な雰囲気とを兼ね備える点が、特徴と位置付けられる。歌合は、ともすれば天徳内裏歌合を頂点に発展したものとの発展史観で捉えられがちだが、むしろ、この女四宮歌合は、天徳内裏歌合の形式面を引き継ぎながら、前時代の後宮の歌合に通じる雰囲気をも引き継いだものと考えることができる。この歌合は、規子への徽子文芸サロンの継承が公知されるべく、仕組まれたものであったのであろう。

＊和歌本文は『新編国歌大観』に拠ったが、『新編国歌大観』は女四宮歌合の判歌に番号を付していない。ここでは『古典大系』等と同様、判歌も一連として付番した。したがって【表3】は、『新編国歌大観』の番号とずれが生じている。また、本文は仮名日記を伴う二十巻本を用いているが、検討箇所に校異がある場合には適宜十巻本本文を記した。

注

（1）峯岸義秋「歌合における評論的世界の形成―天禄三年女四宮歌合を中心として―」、『文学』二十三巻六号、一九五五年六月
（2）岩津資雄『歌合せの歌論史研究』、一九六三年、早稲田大学出版部
（3）なお、『古典大系』では底本を十巻本とし、冒頭の序文部分を二十巻本で補っている。
（4）宮澤俊雅「やまとなに　いひにくきこと―規子内親王前栽歌合の判詞をめぐって―」、『国語国文研究』百六号、一九九七年七月
（5）『和歌文学大辞典』「女四宮歌合」の項（諸井彩子）
（6）『順集』の諸本五系統のうち四系統にこの歌合が入り、都合七種類のテキストが伝えられていることになる。このことについては注（4）宮澤俊雅。
（7）『平安朝歌合大成　一』、七二「天禄三年八月廿八日規子内親王前栽歌合」構成内容の項
（8）注（1）峯岸義秋
（9）注（5）『和歌文学大辞典』
（10）『和歌文学大辞典』「内裏歌合寛和二年六月」の項（藤田一尊）
（11）注（4）宮澤俊雅では順の注を「やまとなに　いひにくきこと」としているが、『順集』本文に見られる表記であり、本章とは使用する本文が異なる。
（12）『新編国歌大観』「寛平御時后宮歌合」解題（村瀬敏夫）
（13）『新編国歌大観』「寛平御時中宮歌合」解題（片桐洋一・中周子）

（14）萩谷朴「東宮御息所小箱合と伊勢伝記資料」、『国語と国文学』三十二巻五号、一九五五年五月
（15）京極御息所歌合については、本書、第一部第一章「京極御息所歌合における後宮の企図」
（16）本書、第二部第六章「村上朝後宮歌合の役割」
（17）西丸妙子は「実質的運営者は母の徽子であったかもしれない」と指摘する（「女御徽子ならびに娘の規子内親王の交友関係」、『福岡国際大学紀要』七号、二〇〇二年二月）。
（18）『元真集』（西本願寺本三十六人集）六七～七三
（19）神野藤昭夫「《源順伝》断章―安和の変前後までの文人としての順―」、『跡見学園女子大学国文学科報』第十三号、一九八五年三月
（20）目加田さくを『平安朝サロン文芸史論』序章、二〇〇三年、風間書房

◆第四章◆

表現から見る寓意の意図——皇太后詮子瞿麦合の寓意について

一　はじめに

寛和二年（九八六）、あるいは永延二年（九八八）の開催とされる皇太后詮子瞿麦合（以下、詮子瞿麦合と略称）は、一条天皇の母詮子の御前において行われた。瞿麦を植え、意匠を凝らした洲浜による、物合としての瞿麦合に、和歌を添えた催事であった。

先行研究には『平安朝歌合大成』[1]をはじめ、『古典大系』[2]、『新潮日本古典集成　古今著聞集』[3]があり、徳植俊之[4]、遠藤寿一[5]に論がある。徳植論は、「ちぎりけむこころぞながきたなばたのきてはうちふすとこなつのはな」（一〇）に、夏の花として扱われるのが一般的な「常夏」の表現と、秋の「織女」が組み合わされる点に注目する。七夕の瞿麦合であるからこそ、「常夏」に「床」がかけられ、秋の「織女」と組み合わされることが生じたとして、物合の開催時期が新しい表現を作り出したと結論付ける。遠藤論は、物合、歌合の「場」の共同性と類型表現の問題に注目し検討するが、詮子瞿麦合の性質や意義については、十分に論じられていない。

この瞿麦合が特徴的なのは、兼盛と能宣が和歌を詠んでいるものの、主催者は詮子で、行事を女房たちが進めた点にある。平安時代の歌合において女房が主導的な立場を担ったことは指摘されていて[6]、その役割は軽視されるものではない。主催者として後宮の女性を冠する歌合が頻繁に行われていたのは村上朝（九四六〜九六七）だが、それ以降、詮子瞿麦合の直近では、記録の限り、天禄三年（九七二）の女四宮歌合がある。しかしそれも、村上後宮の女御たちの歌合催行から年月を経た後である。詮子瞿麦合の場合は、それからさらに十年以上の間がある。女性主催の詮子瞿麦合が、このときどのように行われたのか。まずは和歌の表現に即し、その性質について見直す。

二　詮子瞿麦合について

詮子[7]は、藤原兼家女、母は摂津守藤原中正女時姫。円融天皇の女御で、一条天皇の母。寛和二年、一条天皇の即位に伴い皇太后となり、正暦二年（九九一）九月一六日に出家し、初めて女院号を賜った。父兼家の邸宅、東三条殿を伝領し、東三条院と号した。詮子瞿麦合の名義には「東三条院瞿麦合」の称もあるが、序にあたる記述に「皇太后宮に」とあって、催行はおそらく出家以前であることに注意しなければならない。適切な呼称は「皇太后詮子瞿麦合」であり、ここでは「詮子瞿麦合」と略称する。

証本は、十巻本・二十巻本ともに散佚し、断簡数葉と模本とが伝わる[8]。十巻本も二十巻本も同一原本から出た同系統内の異本であり、根本的に対立するものではないとされており[9]、『新編国歌大観』は二十巻本の忠実な模写本である京都大学附属図書館所蔵本の平松家旧蔵本を底本に用いている。本章でもこれに拠った[10]。

冒頭の序の記述を確認する。通読の便のため、一部のかな表記を漢字に改めて表記したものを掲げる。

七月七日、皇太后宮に瞿麦合せさせたまふ、左頭、少輔内侍、山のゐの中将大千代、右頭、少将のおもと、四位少将小千代、装束は、左の頭、紅の綾の単襲、瞿麦の羅の細長、羅地摺の裳、赤色に二藍の織物の唐絹、方人、なでしこ色の綾の単襲、二藍の唐衣、色摺の裳、洲浜御前にかき出づる童四人、濃き単襲の衵、羅の二藍襲の汗衫、綾の表袴着たり。右は青色に蘇芳襲、方人は朽葉などなり。

また、『古今著聞集』は次のように記述する。(11)

東三条院、皇太后の宮と申しける時、七月七日、なでしこあはせせさせ給ひけり。少輔内侍、少将のおもと、左右の頭にて、あまたの女房、方をわかたれけり。薄物の二藍がさねの汗衫きたる童四人、なでしこの洲浜かきて御前に参れり。その風流さまざまになん侍りける。

二十巻本では左の頭に「少輔内侍、山のゐの中将大千代」、右の頭に「少将のおもと、四位少将小千代」と記されるが、『古今著聞集』では「少輔内侍、少将のおもと」と女房のみが記され、そのほかに「あまたの女房」の存在が示される。より女房の存在に重きを置いた記述である。また、二十巻本では左方装束が詳述されるが、『古今著聞集』では「薄物の二藍がさねの汗衫」とのみ記される。

この序文の後、和歌が記されていく。左右には分かれているものの、一首ずつを番える形式で記されてはいない。全体の構成を【表5】に示した。左方の歌が六首(『古今著聞集』では一首欠く)、右方の歌が五首、最後に左右それぞれ自方の優位を主張する歌が記される。したがって詮子瞿麦合は都合十三首を有する(『古今著聞集』では十二首)。

【表5】歌合全体の構成

左少輔内侍、山のゐの中将大千代			
	[頭]	紅の綾の単襲、なでしこの羅の細長、羅の地摺の裳、赤色に二藍の織物の唐衣	
	[方人]	なでしこいろの綾の単襲、二藍の唐衣、色摺の裳	
	[童]	濃き単襲の衵、羅の二藍襲の汗衫、綾の表袴	
	洲浜1＊	小さき籬ゆひて、なでしこ二本ばかり植ゑたるにゆひつけたる	歌1 歌2
	洲浜2	洲浜の鶴の首にゆひつけたりける	歌3
	洲浜3	瑠璃の壺に花挿したる臺の敷物に葦手して繍へる	歌4 ＊＊
		おなじ洲浜のなでしこにつけたる	歌5
	洲浜4	虫の籠につけたる	歌6
右少将のおもと、四位少将小千代			
	[頭]	青色に蘇芳襲	
	[方人]	朽葉など	
	洲浜1	洲浜に籬ゆひてなでしこ多く植ゑたり。その籬に這ひたる芋蔓の葉に	歌7
	洲浜2	この洲浜の心葉に、水手にて	歌8 歌9
	洲浜3	織姫、彦星、雲の上にあり。又、釣りしたる形などあり。洲浜の洲崎に、水手にて、	歌10
	洲浜4	沈の巌を、黒方を土にて、なでしこ植ゑたるにつけたる	歌11
左優位の歌		かちわたりけふぞそふべきあまのがはつねよりことにみぎはおとれば	歌12
右優位の歌		あまのがはみぎはこよなくまさるかないかにしつらむかささぎのはし	歌13

＊　「洲浜1」「洲浜2」としたが、それぞれ洲浜の部分的な描写を指す。複数の洲浜が出されたという意味ではない。
＊＊　歌4は『古今著聞集』に欠く。

研究史を振り返ると、寛和二年説と永延二年説が存する開催年次の問題は、なお検討の余地がある。また、左右の頭に「山のゐの中将大千代」「四位少将小千代」と記され、藤原道頼・藤原伊周が立てられることから、和歌への寓意も読み取られてきたが、これもまた再考の要があろう。以下、和歌表現に即しながら、詮子瞿麦合の和歌はどのように読み解くべきかを検討する。

三　開催年次

開催年次には両説ある。まず二十巻本目録に寛和二年七月七日とあって、これを採る寛和二年説、もうひとつは、序に道頼を「山のゐの中将大千代」、伊周を「四位少将小千代」と官位を記すことに拠る永延二年説である。『和歌文学大辞典』は「幼名を用いた呼び方は、二人そろって叙爵したばかりの寛和二年が相応しく、同年の七月五日には詮子が皇太后になっていることも勘案すべき[12]」と寛和二年説を採る。『新編国歌大観』解題は、「永祚元年七月頃は主催者東三条院の病悩の時期であり、正暦元年は七月二日に詮子の父兼家が薨じて、こうした歌合が行われたと考えにくいから[13]」と他の年の可能性を低め、序に記される官位呼称を優先したうえで永延二年説を採る。『平安朝歌合大成』は「人的条件に最も難のないのは永延二年であり、開催の動機の最も濃厚なのは寛和二年」とし、道頼・伊周の呼称の矛盾を「後年、当時の記録を材料として、改めて述作することがあり得る」という視点から開催動機を優先した寛和二年説を採る。徳植論・遠藤論は考証を示さず寛和二年説を採る。

開催年は寛和二年説が支持されているようだが、呼称の問題は大きい。寛和二年説は開催の動機として、詮子の周辺事情を考慮する立場であり、永延二年説は道頼・伊周の呼称を重視する立場である。どちらの説に立っても、生じる矛盾は容易に解消されない。改めて開催年次について問題点を明らかにしておく。

【表6】年表

元号	西暦	月	日	事項	開催年次検討
寛和元	985	8	10	内裏歌合	
		11	20	道頼⑭伊周⑫叙爵	
二	986	6	10	内裏歌合	
			23	花山⑲出家、一条⑦践祚	
		7	5	詮子㉔皇太后	↑開催の上限
	☆		7	皇太后詮子瞿麦合？	↑「中将」「少将」の呼称とは矛盾するが、二十巻本歌合目録ではこの年
			21	道頼侍従	
			22	一条天皇即位の儀	
				道頼・伊周昇殿聴さる	
		8	13	道頼左兵衛佐、伊周侍従	
		10	7	道頼従五位下、伊周左兵衛佐	
		12	21	道頼右少将	
永延元	987	1	7	道頼正五位下、伊周従五位上	
		3	26	春日詣試楽の舞人を務める 小右記	
	☆	7	7	皇太后詮子瞿麦合？	↑「中将」「少将」の呼称とは矛盾する
			21	東三条殿再建	
		9	4	伊周左少将	
		10	14	道頼従四位下、伊周正五位下	
			17	伊周蔵人	

元号	西暦	月	日	事項	開催年次検討
永延二	988	1	7	伊周従四位下	
		2	27	道頼右中将	
		3	25	道頼正四位下（兼家六十賀）	
	☆	7	7	皇太后詮子瞿麦合？	↑「中将」「少将」の呼称と齟齬がない
		9	16	新築された兼家邸で宴	
永祚元	989	3	4	道頼左中将	
		3	22	春日行幸	
			25	伊周従四位上	
		4	5	伊周右中弁	
		6	24	詮子「御悩」により非常の赦 小右記、日本紀略	
		7	7	皇太后詮子瞿麦合？	↑「御悩」のため催行は考えにくい
		7	13	伊周右少将	
		9		道頼蔵人頭	
		10	15	道頼正四位下	
		12	20	兼家太政大臣	
正暦元	990	7	2	兼家卒	
			7	皇太后詮子瞿麦合？	↑兼家の死直後に開催したとは考えにくい
			10	伊周右中将	
		12	28	兼盛卒	↑開催の下限

【表6】に開催年次考証のため必要な事項をまとめた。上限は、序に「皇太后宮に」とあり、詮子が皇太后となった寛和二年となる。下限は、作者として名前の挙がる兼盛の卒年、正暦元年（九九〇）となる。瞿麦合の内容から七月七日の催行は動かない。よって寛和二年から正暦元年まで五箇年のうちの、七夕に行われた。すでに指摘されているように、永祚元年（九八九）の詮子の「御悩」、正暦元年の兼家の死は、催行の妨げとなるため、候補から外せる。

次に「山のゐの中将大千代」「四位少将小千代」を検討したい。「大千代」「小千代」は、『大鏡』に道隆の息男道頼を「太郎君、故伊予守守仁のぬしの女の腹ぞかし。大千代君よな。（後略）」、伊周を「いま一所は、小千代君とて[14]（後略）」と記されることによって判明する。「山のゐ」は、山井殿を邸宅としていた藤原永頼の女婿となる（のちに山井殿を伝領する）ことに由来する呼称であり、『栄花物語』に「北の方、山井といふ所に住みたまへば、山井の中納言とぞ聞ゆる」[15]（巻第四）とある。永頼がいつ道頼を婿としたか、時期は明らかになっていない。しかし永頼は永延二年に讃岐介に再任されて以降、昇進が続く。そのため、それより前に道頼を婿として兼家と結びついたのではないかと推定される。[16]永延二年の時点で、道頼は永頼女と結婚しており、「山のゐの中将」の称が生じても不思議はない。したがって瞿麦合の催行、あるいはこの記録が執筆されたのは、「中将」「少将」との官職に加え「山のゐ」を冠することから、永延二年以降となる。

道頼・伊周の称を開催時のものとすれば、永延二年しかあり得ない。しかし歌合目録の記述を尊重するなら、呼称は後に記録されたと考えるほかない。一方で道頼・伊周の呼称を、そもそも記録が後のものと理解するのであれば、永延元年（九八七）の開催も排除できなくなる。したがって寛和二年、永延元年、永延二年の三箇年を、催行の候補として検討する必要がある。

まず寛和二年について考える。道頼・伊周の叙爵は寛和元年（九八五）十一月二十日、昇殿は寛和二年七月二十二日である。詮子瞿麦合がこの年に催行されたとするならば、叙爵後、かつ昇殿が許される前となる。七月以降、両人は順調に昇進を重ねていき、瞿麦合において世に若き一族の後継者として披露されたとの推測も生じる。しかし詮子の皇太后立后はこの年の七月五日で、その祝賀の意を込めたとも捉えられるが、瞿麦合催行までは二日しかない。これほど近接した日程で、催せるだろうか。

次に永延元年について考える。この年、道頼・伊周は春日詣試楽の舞人を務めた(17)。この試楽は右大臣藤原為光の儲けによる。瞿麦合の催行にあたっても、類似の役割が期待されたものか。またこの年の七月二十一日に、東三条殿が再建され、兼家が移っている。東三条殿は永観二年（九八四）三月十五日に焼亡した（『日本紀略』）が、南院は焼失を免れており、詮子の御所とされていた。詮子のもとで催行された瞿麦合は、永延元年の開催であれば、再建完成間近の東三条殿を眼前に行われたことになる。しかし記録に永延元年とされるものはなく、官位表記とも合わないのは重大な欠点である。

最後に永延二年について考える。三月二十五日に常寧殿で兼家の六十賀が行われ（『日本紀略』）、九月十六日に新築された兼家の邸宅、二条京極第で宴が行われた。兼家六十賀の年である。この年に瞿麦合が催行されたとすれば、兼家周辺の慶事のひとつと見ることもできる。しかし兼家のための催事は別途行われており、詮子が遊興を行った理由に兼家六十賀を絡めることはないだろう。官位表記に齟齬はないが、この年に行わなければならない理由もない。

以上、可能性のある三つの年について検討したが、それぞれに問題を孕んでいる。寛和二年は二十巻本歌合目録による記録という証拠を有するが、道頼・伊周の呼称とは矛盾する。詮子周辺の事情は開催動機とも思える一方で、これほどの慌ただしさの中で行うものかという疑念も残る。永延元年は道頼・伊周を左右の頭とする役割の先例ともいえる行事が確認でき、その意義を見出し得るが、二人の官位呼称とは矛盾し、記録類の証拠もない。

永延二年は、官位表記こそ矛盾しないが、開催動機を見出し得ない。

ただ、最も有力なのは寛和二年であろう。詮子の立后から二日後である慌ただしさには近似した例がある。たとえば延喜十三年（九一三）十月十三日の内裏菊合は、その翌日に藤原満子四十賀が行われた。この両催事に関与する主要な人員は重なり、「醍醐を中心とした人々の紐帯を確認する意義があった」と指摘される。(18) 近接した日程であることも、忌避することではないのかもしれない。道頼・伊周の呼称の問題は、永延二年以降に開催時を思い起こしながら、まだ若かった両人を、「大千代」「小千代」と呼ばれていた若き少年たち、と記録した形跡であると考えられよう。それでも開催年の確定には慎重になるべきである。現時点では、寛和二年を有力と考えつつも、開催年を背景とした解釈を和歌に求めることは、避けておきたい。

四　左方・冒頭二首

従来、冒頭の二首に寓意を読み取る解釈がなされ、それが詮子瞿麦合の和歌の特徴のように論じられてきたが、果たして妥当な解釈だろうか。和歌表現に立ち戻って再検討する。

左方冒頭の二首、洲浜は「小さき籬ゆひて、なでしこ二本ばかり植ゑたるにゆひつけたる」とあって、二本の瞿麦に付けられた。和歌は次のとおり。

なでしこにけふは心をかよはしていかにかすらんひこぼしのそら　（一）

ときのまにかすとおもへどたなばたにかつをしまるるなでしこのはな　（二）

一番歌を『古典大系』は

可愛い子のことを将来立派に成長するようにと七夕の今日気にかけて、（織女星になら五色の糸や金銀の針をあずけて、女の子が技芸の上達するように願うのだが）一体彦星の空に何をどうあずけて祈ったらよいかしら。」と訳し、「歌12共に、少年の道頼を后宮に貸したことを詠み込んでいる」との注を付す。『古今著聞集』[19]には、先述のように道頼・伊周の記述はなく、そのため注釈も「なでしこ合の今日はたまたま七月七日である。織女が彦星に心を通わせて、どのようなふうに二人は逢瀬を楽しんでいることだろう」と道頼を寓意しない訳を付している。遠藤論[20]において一番歌は、

「瞿麦＝女性」のつもりで乞巧奠を行おうとするが、「瞿麦＝撫でし子」は「彦星＝道頼」であり、その戸惑いを「いかに貸すらむ」と道化る。

とされており、道頼を后宮に「貸す」との解釈で、『古典大系』に倣う。

「いかにかすらん」の用例は、鎌倉期に下るが「たびごろもなみだとともに立ち出でていかにかすらん袖のしづくを」（『閑谷集』・一二四）がある。また、『和泉式部集』に「いかにせんいかにかすべき世間をそむけばかなしすめばすみうし」（四二九・人によのはかなきことをなどいひて）の歌や、『新古今集』には瞿麦の花に付して送った次の歌がある。

　贈皇后宮にそひて、春宮にさぶらひける時、少将義孝ひさしくまゐらざりけるに、なでしこの花につけてつかはしける　　恵子女王

よそへつつ見れどつゆだになぐさまずいかにかすべきなでしこの花（雑上・一四九四）

これらは「どうしたらいいだろうか」と詠む例であろう。これらの例に倣えば、「どのようなふうにしているだろう」とする解釈が成り立つ。一方で、乞巧奠は七本の針に糸を通し、瓜果の供物を並べ針仕事の上達を願う唐代の儀式があり[21]、それらの供物を織女に「貸す」の理解から、洲浜の瞿麦は織女に「貸す」ものと捉える前提で、「どうやって貸すのだろう」との解釈も可能だろう。ここはどう解すべきか。

上句「なでしこにけふは心をかよはして」の心を通わせるとは、心が往来することであり、「心のかよふ」や「かよふ心」といった表現もある。恋歌の表現手法で、織女と牽牛の関係を連想させる。心を通わせる主体は誰か。和歌を率直に解すれば、「瞿麦に今日は心を通わせ、いったいどうするだろう、彦星の空は」であり、通わせる主体は牽牛となる。しかし措辞は「ひこぼしのそら」とある。「ひこぼし」を詠む例は多いが「ひこぼしのそら」と続く例は見えず、敢えて「そら」という意味も考えるべきであろう。

「ひこぼしのそら」の場合、七夕の、牽牛と織女が年に一度の逢瀬を迎え、二人がともに過ごしている星合いの空と読むべきである。瞿麦の誂えられた洲浜は乞巧奠の祭壇と重なり、二星が共に過ごしている星合いの空にささげられる。心の往来を詠む上句は、牽牛と織女の逢瀬を想像させるが、牽牛（と織女）のいる空はいったいどうするだろうかというこの和歌は、判定を牽牛に委ねる一首として解し得る。つまり、瞿麦の誂えられた洲浜を二星にささげられた供物と見做し、その瞿麦に心通わせるとは、優劣を検討する牽牛のさまとなるのである。物合の判定は判者が行うものだが、ここでは、乞巧奠の祭壇と瞿麦合の洲浜とが重なることにより、判定者としての「ひこぼしのそら」が読めるのである。

二番歌は「ほんの少しの間、織女に貸すと思うけれども、惜しいとも思われる瞿麦の花よ」の意である。前提に、洲浜が乞巧奠の祭壇に見立てられ、瞿麦は織女に貸すものとの理解がある。瞿麦合において瞿麦を賛美することは当然であり、織女にささげられた瞿麦は、少しの間貸すだけと思っても惜しいと感じられるほどに美しいと、最大級の賛辞を呈すると理解すればよいのではないか。

「ときのまにかすとおもへど」の表現が、一番歌の「いかにかすらん」に「貸す」の意を当てはめる解釈を生じさせる。しかしこの二首の「いかにかすらん」と「かすとおもへど」は異なる語句である。それぞれを読み解いていくと、乞巧奠の祭壇と瞿麦の誂えられた洲浜が重ねられる前提は共通だが、その詠み示すところは別の世界観である。

一番歌は瞿麦合に添えられた開扉の一首として、七夕に行われる物合との意識を前面に押し出した。続く二番歌は、乞巧奠の祭壇に供された瞿麦を最大限賛美したと読み解いておく。

五　左方・三〜六番歌

左方の残る三〜六番歌を見ると、三および六番歌は長寿を詠む賀歌、四および五番歌は瞿麦賛美である。三番歌は、

かずしらぬまさごをふめるあしたづはよはひをきみにゆづるとぞみる　（三）

「瞿麦」も「七夕」もなく、ただ祝意のみが表現される。洲浜の鶴の姿から「あしたづ」を詠み、足元の真砂を見出すことで長寿の祝いとする。真砂を踏む鶴を詠む先例に、伊勢作の屏風歌「すみのえのはまのまさごをふむつるはひさしきあとをとむるなりけり」（『伊勢集』・八五）[22]がある。長寿の象徴である鶴が、数えきれない「まさご」の上に立ち、いっそう長寿を引き立たせる。伊勢歌は屏風の、詮子瞿麦合歌は洲浜の鶴を詠出したものである。

同じく長寿の賀歌たる六番歌は、

松むしのしきりにこゑのきこゆるはちとせかさぬる心なりけり　（六）

「松虫」の「松」から長寿の「千歳」を導くが、この用例は少ない。「まつむしのたえず鳴くなる女へし千歳の秋はたのもしきかな」（『元真集』・六六）、「ちとせとぞ草むらごとにきこゆなるこや松虫のこゑにはあるらん」（『拾遺集』・賀・二九五・兼盛）の歌がある程度で、比較的珍しい素材によって賀歌を構成している。「虫の籠につけた

る」（『古今著聞集』では「むしをはなちて」）とある洲浜に付され、虫が本物なのか造り物なのかは定かでないが、視覚的興味を引く洲浜に、聴覚に訴える要素を詠んだ点、高い関心を呼んだに違いない。

四および五番歌は瞿麦を詠み、同一の洲浜に詠出された。洲浜描写は「瑠璃の壺に花挿したる臺の敷物に、葦手にて縫へる」（『古今著聞集』では「敷物」の記述がないだけで同一。また、五番歌はない）、四番歌は、

なでしこのはなのかげさすかはべにはみどりのいろもみえずぞありける　（四）

である。この歌は、宣耀殿女御瞿麦合[23]（天暦十年（九五六））の中務歌「なでしこのはなのかげみるかはなみはいづれのかたにこころよすらん」（一）と上句の類似が指摘されている[24]。瞿麦合の先蹤として、意識されていたものであろう。すると四番歌下句にも、中務歌に見られる、優劣を詠む意識があるのではないか。瞿麦の花の姿が映る川辺には水の色（「みどりのいろ」）も見えないというのは、赤色を基調とした左方が、青色を基調とした右方を圧倒していると、左方優位を詠むと理解できる。上句の表現上の類似のみならず、下句の意図も共通する。

五番歌は瞿麦に七夕の要素を詠む。

たなばたやわきてそむらんなでしこのはなのこなたはいろのまされる　（五）

歌意は、織女が特別に染めるのだろう、瞿麦の花はこちら（左方）の色が勝っている、と捉えられる。織女が左方の瞿麦に手を加えるとの表現を用い、左方優位を詠む。四番歌と同様に、左方の優位を主張しているのである。

六　右方歌

続いて右方を検討する。七番歌の洲浜描写は「籬結ひて瞿麦多く植ゑたり。その籬に這ひたる芋蔓のはに」（『古今著聞集』では「右のなでしこのませに這ひかかりたる芋蔓の葉に書きつけ侍る」）、和歌は、

よろづよにみるともあかむいろなれやわがまがきなるなでしこのはな　（七）

である。万代見ても満足しない、見続けたいと瞿麦への賛美を詠む。瞿麦は「わがまがきなる」、すなわち右方の籬の花と特定し、右方の優位を主張する。

八および九番歌も同じ洲浜で、「この洲浜の心葉に、水てにて」とある。「心葉」は「饗膳の四隅や洲浜の装飾などに立てる造花[25]」とあり、造花に水が流れるごとき書体で揮毫されていた。八番歌は、

とこなつのはなもみぎはにさきぬれば秋までいろはふかくみえけり　（八）

である。歌意は、常夏の花という瞿麦も水際（右方）に咲いたので、秋になっても美しく見えるという。常夏の異名が示すところとは異なり、秋になっても美しい瞿麦と賛美する。「みぎは」には水際の意とともに右方の意も含み、秋になっても美しいのは右方に咲いた（誂えられた）からだとする。したがって八番歌は、造花の不変性を示すと同時に、右方の優位を主張する。

同じ洲浜に付されたと見られる九番歌、

ひさしくもにほふべきかなあきなれどなほとこなつの花といひつつ　（九）

歌意は、季節は秋になったものの、常夏の花という名前のとおり、長い間美しさを保つものだという。特に自邸であることや、右方であることは詠み込まず、単に造花の瞿麦の不変性を賛美する。

一〇番歌の洲浜描写は「織女、彦星、雲の上にあり。又、釣したる形などあり。洲浜の洲崎に、水手にて」（『古今著聞集』では「七夕祭したりけるかたあり。洲浜のさきにみづてにて」）とあり、七夕の二星を模した洲浜に付された和歌である。

ちぎりけむこころぞながきたなばたのきてはうちふすとこなつのはな　（十）

古来続く年に一度の逢瀬を約束する二星をいい、毎年繰り返されるそのさまを「きてはうちふす」とすること

で、「床」を重ね「とこなつのはな」を導く。

一一番歌の洲浜描写は「沈の巌を、黒方を土にて、なでしこ植ゑたるにつけたる」とあり、和歌は、

よよをへていろもかはらぬなでしこもけふのためにぞにほひましける　（一一）

である。色の変わらぬ瞿麦も、今日のために一層美しさを増しているとする。香に関して記述される洲浜の様子から、和歌の「にほひ」の語に香りも含意させ、瞿麦への賛美に徹する一首と理解できる。

七　自方優位の主張

前節までに見た左歌六首、右歌五首に加え、左右それぞれ自方の優位を詠んだ歌が、最後に付け加えられている。

かちわたりけふぞそふべきあまのがはつねよりことにみぎはおとれば　（一二）

あまのがはみぎはこよなくまさるかないかにしつらむかささぎのはし　（一三）

二首それぞれが、七夕と自方の勝利の二つの文脈を持つ。左方一二番歌は、「かちわたり」に歩いて渡ることと、勝ち続けること、「みぎはおとれば」に水際が引けていることと、右が劣っているとの文脈が合わされる。右方一三番歌は、「みぎはこよなくまさる」に、水が増えていることと、右方が勝っていることを合わせいう。「かささぎのはし」に、右方の勢いに流されていく左方を重ねているようにも読み取れる(26)。左右それぞれが強く自方の勝利を確信した和歌を詠んでいるのである。

第六節で検討したとおり、詮子瞿麦合には自方の優位を主張する和歌が散見した。左方一番歌で、優劣の判定を牽牛に委ねるとの詠が提出されたことがきっかけとなっただろう。自方の優位を主張する歌を洲浜に付すこと

で、二星に自方の勝利を願う趣向となっている。それは、物合の和歌のひとつの方法なのだろうか。

瞿麦合の先行例、宣耀殿女御瞿麦合を検討すると、そこに自方の優位を詠む歌はない。瞿麦合の先蹤と意識されていたと指摘されているが(27)、優位は主張されない。詮子瞿麦合四番歌に影響した一番歌が、下句に「いづれのかたにこころよすらん」とあり、どちらの瞿麦が美しいか、判断を川波に委ねるかのような措辞が見えるのが、近いものだろうか。しかしその他詠まれる和歌は、一貫して瞿麦の特別な美しさを述べるものである。

詮子瞿麦合では右方を指す「みぎは」の語が複数用いられる。この語を含む歌合歌を探ると、詮子瞿麦合の周辺で六首見出される。天徳内裏歌合に一首、翌日の贈答歌で、「みぎはよりたちまじりにし白なみのきみがたちよるかひもあるかな」（四九・内侍のすけ）とある。水際の意とともに、右の意も掛けられていよう(28)。河原院歌合では「かげみえてみぎはにたてるたづはみなうへしたちよをおもふなるべし」（二一・恵慶法師）とあり、右方の歌である。右の意が掛けられていてもおかしくはないが、題「霜鶴立洲」に拠るところが大きく、強いて右方の意を読み取る必要もないか。注釈(29)では特に触れられていない。

一条大納言家石名取歌合(30)には、「みぎは」が複数回用いられる。まず、「そこのいしのあらはれてゆくみなせ川みぎはのおとるしるしなりけり」（三）と、左方が右方の劣勢を詠むと、対する右方は「かちまけも《を》なにかいふべきたちゐするまひのけしきを人はみよかし」（四）と、勝敗には無関心であることを詠む。この歌合の現存する和歌は十一首で、一首あるいはそれ以上に欠損があろうが(31)、現存する限りの末尾には「みぎはにはいしのみならずとりつめばはまのあなたはかひもあらじな」（一〇）、「いとどしくみぎはまさりてみゆるかなあらいそなみも心よすれば」（一一）とある。右方は石だけでないと、対する左方は及ばないという右一〇番歌。右が勝っていると認めたように見せかけて、荒波にのまれると詠み左方優位を主張するのであろう左一一番歌。用いられる「みぎは」はいずれも右方を示し、勝っていると右方が詠んだり、劣っていると左方が詠んだりしている。

その他、優劣を争う歌合として想起されるのは論春秋歌合である。春夏の優劣、夏冬の優劣、「思ふ」「恋ふ」の優劣を問答する三つの部、三十三首から成る。「～と～とはいづれまされり」との一首から始まり、「～はまされり」とそれぞれの優を主張する歌が並ぶ。物合で自方の優位を主張するのと様相は異なるが、優位主張の例としてこのような歌合が存したことは留意しておきたい。

八　おわりに

本章では詮子瞿麦合の開催年を再検討し、和歌の表現をつぶさに確認することで、当該催事の特質を追究した。従来は、左右の頭に道頼・伊周が据えられたことから、冒頭の一・二番歌の瞿麦に道頼を寓意するという解釈がなされてきた。しかし、それは寛和二年の開催を前提として想定された説である。寛和二年開催が有力とは考えるが、開催年の確定に疑義が払拭できない以上、断定に基づいて寓意を読むことに、ただちに賛同を呈することはできない。

和歌の表現に即すならば、瞿麦合の洲浜は乞巧奠の祭壇と重なり、一番歌は瞿麦合の優劣判定を牽牛に委ねると理解できる。これを契機に、自方の優位を主張する和歌が散見する結果となった。自方の優位を主張する歌を洲浜に付すことで、二星に自方の勝利を願う趣向となったのである。

自方の優位を主張する方法について、瞿麦合の先蹤と、和歌に「みぎは」を含む歌合歌に限って参照した。石名取歌合には方の優位を主張する方法として複数の和歌に用いられていたが、その淵源や、この方法を用いることの意味合いについてはまだ考究の余地がある。

ここでは和歌表現に即し、詮子瞿麦合の特徴を、一番歌が物合開扉としての役割を担っていたことと、それによって自方の優位を主張する和歌が生じたこととに見出した。そのうえで、詮子瞿麦合を女性主催の歌合として、そして物合の歴史の上に、改めて位置付け直す必要がある。この課題については、稿を改めたい。

注

（1）『平安朝歌合大成　一』「八九　寛和二年七月七日　皇太后詮子瞿麦合」
（2）『古典大系』「（九）寛和二年七月七日皇太后詮子瞿麦合」
（3）西尾光一、小林保治校注『新潮日本古典集成　古今著聞集　上』一九八三年、新潮社
（4）徳植俊之「物合の和歌—瞿麦合と女郎花合をめぐって—」、『横浜国大国語研究』十三号、一九九五年三月
（5）遠藤寿一①「瞿麦合の諸相—寛和二年詮子瞿麦合のための—」（『国文学　言語と文芸』百十一号、一九九五年一月）、②「瞿麦合にみる場の表現—寛和二年詮子瞿麦合と天暦十年芳子瞿麦合—」（『国文学　言語と文芸』百十三号、一九九六年十二月）
（6）峯岸義秋『歌合の研究』一九五四年、三省堂（復刻版は一九九五年、パルトス社）。注（1）『平安朝歌合大成』。浜島智恵子「平安女流歌合の研究」（『愛知県立女子大学　説林』第八号、一九六一年十月）。田渕句美子「歌合の構造—女房歌人の位置—」（兼築信行、田渕句美子編『和歌を歴史から読む』二〇〇二年、笠間書院）。赤澤真理「歌合の場—女房の座を視点として—」（『特別展示　陽明文庫　王朝和歌文化一千年の伝承』二〇一一年、国文学研究資料館）
（7）『和歌文学大辞典』「東三条院」の項（中嶋朋恵）
（8）『和歌文学大辞典』「皇太后宮歌合」の項（藤田一尊）
（9）注（1）『平安朝歌合大成』「本文研究」の項
（10）『新編国歌大観』では「皇太后宮歌合東三条院」と称するが、「東三条院」は正暦二年の出家に伴う称であり、出家前に開催されたであろう瞿麦合の呼称としては適さない。ここでは「詮子瞿麦合」を用いる。
（11）本文引用は注（3）『古今著文集　上』
（12）注（8）『和歌文学大辞典』
（13）『新編国歌大観』「皇太后宮歌合　東三条院」解題（増田繁夫）

（14）本文引用は橘健二、加藤静子校注・訳『新編日本古典文学全集34　大鏡』一九九六年、小学館

（15）本文引用は山中裕、秋山虔、池田尚隆、福長進校注・訳『新編日本古典文学全集31　栄花物語①』一九九五年、小学館

（16）川田康幸「山井三位・藤原永頼の考察―なぜ『栄花物語』は永頼その人を描かなかったのか―」、『信州豊南短期大学紀要』二十二号、二〇〇五年三月

（17）『小右記』三月二十六日条に「来たる二十九日、春日に参らるべし。其の試楽なり。今日の饗の事等、右大臣の儲くる所。晩景、右府、参入せらる。公卿四・五人、又、候ぜらるるなり。舞人〈右少将道頼・左少将俊賢・右少将相尹・侍従道信・右兵衛佐伊周・左兵衛佐経房・右馬助為任・侍従、、右衛門尉兼隆・右衛門尉景理［以上二人、蔵人。］。〉・陪従〈右衛門佐実正・良佐・忠道・公正・左馬助親重・長命・右衛門尉惟風・左兵衛尉兼遠・保命・忠方・遠理・信義。〉。未だ舞事に及ばざる以前、罷り出づ。伝へ聞く、「東対の唐庇に於いて舞ふ」と云々。雨に依るなり」とある。

（18）荒井洋樹「延喜十三年内裏菊合攷」、『国文学研究』第百九十集、二〇二〇年三月

（19）注（3）『古今著聞集　上』

（20）注（5）遠藤寿一②

（21）『荊楚歳時記』「是夕人家婦女結綵縷穿七孔針或以金銀鍮石為針陳几筵酒脯瓜菓於庭中以乞巧有喜子綱於瓜上則以為符応」

（22）詞書「これもおなじ宮の御賀大きおとどのつかまつりたまふ　すみのえの松みるところ」とある。また、『古今六帖』に「七条のきさいの宮の五十賀屏風に」（七一四）としても載る。

（23）宣耀殿女御瞿麦合は久保田淳監修『和歌文学大系48　王朝歌合集』（二〇一八年、明治書院）に収録され、当該歌については「瞿麦の花の影を流れる川波は、どの方に心を寄せているだろうか」と訳し、「川辺に咲く瞿麦を詠む。愛しい女性に喩えられる瞿麦であるから、側を流れる川の波は心をどの瞿麦に寄せるのかと推測することで、瞿麦の美しさを表現」と注を付す。

（24）注（2）『古典大系』頭注に「上句を模している」と指摘がある。

（25）『日本国語大辞典』

（26）注（2）『古典大系』の訳には「きっと増す水嵩に（右方の勢に左は）押し流されたのでしょう」とカッコ書

きで解釈が付される。

(27) 注(5)遠藤寿一②

(28) 注(2)『古典大系』頭注には「「汀」と「右は」と、「方」と「潟」と、「貝」と「効」と、掛詞。「白波」「汀」「たち」「潟」「貝」は縁語」と指摘される。

(29) 注(23)『王朝歌合集』当該歌合は藏中さやか校注

(30) 藤原為光が主催したものと考えられるが、その開催年次は不明(『新編国歌大観』解題(片桐洋一・中周子)、『和歌文学大辞典』「一条大納言家石名取歌合」の項(藤田一尊))。

(31) 「一首を欠いているのは自明だが、全六番の歌合であったのか、より大規模な歌合でさらに多くの歌が脱落しているものなのか、決し得ない」。『和歌文学大辞典』「一条大納言家石名取歌合」の項(藤田一尊)

第二部

村上朝を俯瞰して

◆第五章◆

村上天皇名所絵屏風歌の詠風

一　はじめに

最初の勅撰集である『古今集』は延喜五年（九〇五）、続いて第二の勅撰集である『後撰集』は天暦五年（九五一）の成立であるとされる。一般に、晴の歌を中心に編纂した古今集と、贈答歌を多く収め、歌物語的資料にも依拠し、褻の歌を中心に編纂したとされる『後撰集』とは、撰歌姿勢が異なるものと理解されている。『古今集』から『後撰集』への移行にはどのような過程があったのだろうか。

『後撰集』は村上天皇のもとで撰集されたのであるから、『後撰集』時代の幕開けは村上朝のそれとほぼ等しい。[1]村上朝周辺の和歌に対する研究は、撰和歌所の設置をはじめ『後撰集』の編纂、『万葉集』の訓読、天徳四年内裏歌合などの歌合開催や、『後撰集』撰者である源順らの歌人が注目されてきたが、解明されていない点も多い。特に、『古今集』から『後撰集』へと和歌の時代が変遷していく中での活動状況、つまり、村上朝初期の和歌活動とはどのようなものだったのだろうか。『後撰集』は褻の歌を好んだといわれるが、現実には村上朝においても晴の歌が詠まれる場として歌合や屛風歌が存し、他の時代と比較しても開催が頻繁であることから、むしろ屛風歌の隆盛は村上朝にあると考えられている。(2)

本章では、村上朝初期、『後撰集』成立から三年後の天暦八年（九五四）に成立したとされる名所絵屛風歌を対象に、その詠風を考える。そこにはどのような歌が詠まれ、どのような屛風歌の世界が築かれていたのだろうか。

二　村上天皇名所絵屛風歌について

村上天皇名所絵屛風歌とは、『信明集』『中務集』『忠見集』にその歌を確認することができる。(3)名称のとおり地名を題に歌が詠まれたのだが、その屛風絵は具体的には伝わらない。

源信明は、醍醐天皇に蔵人として仕えた源公忠を父に持ち、自身は備後守、信濃守などを歴任した。歌人としては本屛風歌のほか、朱雀院の娘・昌子内親王の裳着の屛風歌を詠進したことがわかっており、こうした晴の歌が残っている一方、日常詠として贈答歌も数多い。特に中務との贈答が「歌才豊かな男女の機知的な応酬には目をみはるものがある」と評される。(4)中務は敦慶親王と伊勢の間に生まれ、村上天皇に関わる屛風歌や歌合など数多く出詠し、内裏女房であったかとも考えられている。(5)中務の歌風についての先行研究は、多くが母・伊勢の詠作との関連を指摘するもので、中務の歌風を示している。(6)この中務と活動時期や詠出の場の多くを共有する壬生忠見は、卑官であったためにその経歴は不明なことが多いが、屛風歌や歌合歌など詠作記録は多く残され、『後撰集』撰者たちとも詠出の場を共有していることがわかる。(7)

彼らの家集から具体的には、『信明集』に「むらかみの御ときに、国〳〵のなたかきところ〳〵を御屛風の絵にかゝせ給て」とある十五首と「天暦八年中宮七十賀御屏風れうの和歌」とある九首の計二十四首、(8)『中務集』に「村上の先帝の御屏風に、国々の所々のなをか、せたまへける」とある十首、(9)『忠見集』においては題との関係性から二つの歌群合わせて二十四首が本屏風歌として挙げられる。(10)その他に田島智子は、『拾遺集』にのみ、一首入集する清正の歌も含めているが、清正の詠出は疑わしい。(11)

本屏風歌の成立について、増田繁夫(12)は、『信明集』に歌群が二つに分かれていることに関して、歌仙家集本と西本願寺本とでそれぞれ所収の歌が相互に入り混じっていることからこの二歌群は同一屏風のものと考えられるとし、本屏風歌の成立経緯を次の①〜③のように推定する。①天暦八年に翌年の中宮七十賀のための屏風歌詠進の命が信明らに下る。②中宮崩御によりこの屏風は製作中止、もしくは公表されなかった。③村上天皇はこの屏風歌を改めて母后一周忌等の法会に使用することに決め、再度信明らにも改めて屏風歌を召した。つまり中宮七十賀屏風が「発展して諸国名所絵屏風に」なった、とする。また屏風の全体像としては、名所の数が全部で二十七現存するがそれぞれに一画面ずつ対応していたのではなく、いくつかで共有していた可能性を指摘しつつ「具体的な画面構成は不明ながら、強ひて推定すれば、この屏風は二十四ばかりの画面をもつもので、屏風としては六曲一双が二組、つまり四帖二具程度のものではなかったかと思ふ」とする。

一方で小暮康弘(13)は、本屏風歌が二部構成で、「第一部春・夏四帖、第二部秋・冬四帖の構成で合計八帖となる」とし、その推定規模には差異がある。さらに『中務集』および『信明集』の注釈(14)においては、それぞれ和歌ごとに具体的な屏風絵の想定が記される。一首ずつ対応した屏風絵を想定するとその規模は先の指摘よりも大きなものとなる。

屏風の規模については推測が分かれているが、増田繁夫(15)がいうように『信明集』や『忠見集』において二歌群に分かれてはいるが同一の屏風歌と見てよいだろう。なぜなら本屏風歌は名所題の屏風歌としては最初のもので、同名所題の屏風歌が短期間に複数回を費やして別個のものとして成立するとは考えにくいからである。それが中宮崩御後、法会のために発展して成ったという点には慎重になるべきだが、段階的な成立が本屏風歌にはあるという推定は首肯できる。

従来の研究では地名の数やその所在地の分布などに注目して全体像の推定がなされている一方、具体的な和歌については家集の注釈でしかなかった。本屏風歌の特徴として、同一題の歌の比較がいくつかの題に関して可能なのだが、その点は注目されてこなかったのである。しかし、同一題にそれぞれどのような歌を詠み出したのかという歌の比較は、屏風歌の趣向や全体像把握のための一助となるのではないか。

本屏風歌は大和、山城の地名を中心として二十以上の名所が見られるが、出詠した三人全員の詠作が現存しているものはそのうち五題である。本章ではこのうち、大和の地名三例を取り上げ、その和歌表現と当座の趣向を考察していく。三人の詠作が現存していることで同題の間で歌を比較することができ、それは当座の状況を再生することにもなろう。また、大和の地名は詠作例の多い所であり、さまざまな座標軸が想定され、その中で詠み手がどのような意図を持って詠んだのかが明確になると考えられる。

三　冬から春へ移行する「吉野山」

まず「吉野山」について。ここには都合五首が現存する。重複歌や類似歌もあるが、それをどのように理解するかを含め、以下、一首ずつ和歌を挙げ考察していく。なお、便宜的に丸数字で番号を付し、歌を指し示す際に使用した。

①行としのこえては過ぬよしの山いく万代のつもりなるらん　（『信明集』・一五）

初句「行とし」を擬人的に主体とし、それがあたかも山を越えるごとく、過ぎ行くこと、つまり年の経過を詠む。そして「吉野山」に「いく万代のつもり」なのか、と疑問を投げかけてみせる表現が結句に示される。「吉野山」は、たとえば貫之が家集に収めた屏風歌に、

みよしののよしのの山は百年の雪のみつもる所なりけり　（『貫之集』・一七二・よしのやま）

と、定義付けとも取れる詠み方で示すように、雪の降り積もる地として知られる。①歌はこのような雪の降り積もるさまと、冒頭の「行とし」が越えて年の積もるさまとが重ねられ、その積み重ねの結果として「吉野山」を捉える。それを「いく万代のつもり」と見立てるのである。

「いく万代」とは①歌が初例だが、これは従来用いられてきた「いく代」の規模を「万」を加えることによって拡充した表現である。「万代」自体、『古今集』以降は長寿賀歌において用いられる語であり、ここでの用いられ方も「いく万代のつもり」と見立てることによって「吉野山」の永遠性をいう画讃となり、主催者や受賀者の長寿を祝うものともなる。

①歌は雪の降り積もる吉野であることを前提に、「行とし」の積もるさまを詠み、それを「いく万代のつもり」と見立てるが、その見立てに①歌の眼目があるのだろう。

②よしのやまゆきかふあともたえにしをかすみぞはるのしるべなりける　（『中務集』・二一二）

吉野山に「ゆきかふ」跡も絶えた中で霞を見出し、それを春の「しるべ」であるという。「ゆきかふ」は『古今集』に、「交差する」「行き違う」の意で用いられている。用例は次のとおり。

夏と秋と行きかふそらのかよひぢはかたへすずしき風やふくらむ　（夏・一六八・躬恒）

あめふればかさとり山のもみぢばはゆきかふ人のそでさへぞてる　（秋下・二六三・忠岑）

また、季節や人のほかに「舟」や「鳥」の用例も散見する。②歌では何が「ゆきかふ」のかは示されないが、「吉

野山」で「ゆきかふあと」が絶える状態とは、雪深く、人などの通らない時期をいうのだろう。「吉野山」に「霞」を詠む歌の中で最もよく詠まれるのは、

はるがすみたちにしものをいまもなほよしののやまにゆきのみぞふる　（『躬恒集』・三〇九）

のように、冬の景物の雪と春のしるべである霞が共存する地としての「吉野」である。『古今集』にも春到来の象徴としての霞を求めつつ、一方で吉野山はまだ雪深いことを詠む。

春霞たてるやいづこみよしののよしのの山に雪はふりつつ　（春上・三）

したがって、「吉野山」に「霞」を見出すもう一方には、まだ雪深いことをいうのが常套なのであろう。中務は②歌以前に、

みよしのはゆきふりやまずさむけれどかすみぞはるのしるべなりける　（麗景殿女御歌合・二）

と、下の句が同一の歌を詠む[16]が、ここでも上の句には雪の吉野を、下の句には春の霞を見出している。つまり、②歌で中務が詠んだのは雪深い吉野山に霞が立ち、いよいよ待ち望んだ春の到来、という場面なのである。

また校異として、冷泉家時雨亭文庫蔵本などでは「雪にはあとも」とある。この本文を採用した注釈[17]では「あと」に「人跡。人が通った足跡」と注を付し、「降り積もった雪には、人跡も絶えてしまっていましたが」と訳出する[18]。同様の景ではあるが、「ゆきかふ」ほど動作が想像されず、風景に動きのないものとなる。

ところで、第二句を「雪には跡も」としたものが『信明集』にも入集するが、この二者の歌集にはところどころ他者詠が混入しており、当該歌もそのひとつと考えられる。麗景殿女御歌合に詠まれた先行歌からも、中務歌と判断しておくことが相応であろう。

「吉野山」題に忠見が詠んだものとしては次の二首が残っている。

③-1かすみたつよしののやまをこえくればこえくればふもとぞはるのとまりなりける　（『忠見集』・一）

③-2みよしののやまのわたりをわけくればはるのわたりになりにけるかな　（同・二八）

傍線や囲い線を付したが、このような箇所を指摘して増田繁夫は「語彙でも近似するものが多いし、叙述された内容や発想やリズムの点でもすこぶる類似」しており、「かすみたつ」歌は「みよしのの」歌を改作したもののようだと述べている(19)。

③-2の歌では「やまのわたりをわけくれば」として、吉野山を分け入って春を見出すが、「わたり」の語が重複する。また、「わけくれば」という表現には冬を分け入っていくさまが想像されるが、吉野山にも見出した春にも具体的な景物は描かれず、「わけくれば」の動作に対して前後の表現は季節感に乏しく、つり合いがとれない。

③-1の場合には「吉野山」に「霞」が詠まれ、春はその向こう側、山の「ふもと」に見出す、具体的な景である。先に挙げた中務歌にも「霞」が詠まれており、ここに忠見が「霞」を加え具体的な場面を描いたことには他との調整を図るような発展的な意識を読み取ることができよう。したがって、「かすみたつ」歌が提出されたものと捉え、考察を進めたい。

③-1歌の下の句には「ふもとぞはるのとまりなりける」とあり、ここには『古今集』の、

年ごとにもみぢばながす竜田河みなとや秋のとまりなるらむ　（秋下・三一一・貫之）

の歌が背景にあろう。季節の「とまり」を用いることから想像されるところである。そもそも「とまり」とは、舟の泊まる所、港などの意から、宿泊すること、最後の落ち着き場所などの意味が派生する。貫之の詠む「秋のとまり」とは紅葉の漂着場所であり、季節の過ぎ行く先である。ほかに、

今までにのこれる岸の藤波は春のみなとのとまりなりけり　（『貫之集』・二八六）

とも詠んでいる。古今集歌では「もみぢば」を流す「竜田河」を「みなと」と捉えて「秋のとまり」とし、貫之

集歌では「岸の藤波」が「春のみなと」であるとして「とまり」と見立てる。どちらも水辺のものが「とまり」の縁語として働き、具体的に流れ行くイメージを有するが、忠見の「吉野山」詠では霞の立った吉野山を越えた先で、としか述べず、具体的に「とまり」と結びつく要素がない。同じ季節の「とまり」を詠んでいるようだが、貫之歌二首が紅葉や藤波といった自然の景物を「とまり」と見立てたのに対し、忠見歌では詠歌主体が山を越えるという動作から「とまり」を見出すというに過ぎず、ここでは何を見立てたかではなく「吉野山」を越えるという点に注目すべきなのだろう。

「吉野山」を越えることには、『古今集』に貫之が桜と女性とを重ねて詠んだ恋歌で、

こえぬまはよしのの山のさくら花人づてにのみききわたるかな　（恋二・五八八）

の歌がある。恋の部立にあり、恋歌として理解される一首だが、この歌は『古今六帖』の四二二三番に「山ざくら」題の一首としてあり、季節歌としても理解されている。越えるまでは、吉野山の桜の美しさは人づてにうわさでだけ聞くものだ、と越えた先に桜を見出そうという。当該歌に花のことは具体的に示されないが、霞の吉野山を越えて見出すものとしては、霞の次の段階である梅や桜、花の春を想定するのが自然であろう。

さて「吉野山」詠は全部で五首現存するが、このように見てくるとそのうち中務と信明のほぼ同一の歌は歌の傾向からして中務のものであろうし、忠見の二首は「かすみたつ」歌が最終的な詠作だと推測される。したがって各人一首の計三首を「吉野山」題に詠まれたものとするが、この三首の間には詠出された世界に相互の連関を読み取ることができる。

「行とし」を擬人化して年が「吉野山」を過ぎて行くという世界が演出されるのが信明の①歌である。この発想のもととなった景は雪の降り積もるさまにあろうが、幾代も、幾万代も通過していった「吉野山」と見立てることで、画讃として吉野山の永遠性を、ひいては主催者や受賀者の長寿を祝うものとなる。

季節歌として、雪深い吉野山には行き交う人の姿もないが、春の道しるべとなる霞が立ったことを詠むのが中務の②歌である。春霞が立つのは雪ののち、初春の景であるから、時間意識のもとに配するならば雪の吉野山を詠んだ信明歌の後である。

そして、霞の立った吉野山を越える、という主体を持ち出し、越えた先の吉野山のふもとに春の「とまり」を見出すのが忠見の③歌である。霞を越えてくるのであるから、中務歌の後であり、霞の次の段階として花を春の「とまり」としたものと理解できよう。

信明歌では「万代のつもり」と見立てられた雪の吉野山があり、中務歌では「ゆきかふあと」も絶えた雪深い吉野山に霞が立つ。さらに忠見歌では霞の立つ吉野山を越え、「はるのとまり」を見出そうという。これら三首はそれぞれに主題を持ちながらも「吉野山」を舞台として景が展開されていくものとなっているが、そこに「越え」ることや「ゆきかふ」といった動作が詠み込まれていることが季節の冬から春への移行とともに視点を移動させるしかけとして機能する。このような連続性は単なる偶然であろうか。従来の屏風歌において一題に複数の歌が詠まれている例はほとんどなく、本屏風歌の特質といえるだろう。では他の名所題ではどうだろうか。

四　秋と恋の「佐保山」

ここでは「佐保山」を詠んだ和歌を挙げる。

④はつかりのよぶかかりけるこゑによりけささほやまぞおもひやらるる　（『中務集』・一一八）

「はつかり」の声が夜深いころ聞こえたために、今朝は佐保山が思いやられる、と詠む。「雁」の声を夜に聞くことは、「かりがね」として、

さ夜中と夜は更けぬらし雁が音の聞こゆる空に月渡る見ゆ　（『万葉集』・巻9・一七〇一）

雨雲の外に雁が音聞きしよりはだれ霜降り寒しこの夜は　（同・巻10・二一三二）

うき事を思ひつらねてかりがねのなきこそわたれ秋のよなよな　（『古今集』・秋上・二一三・躬恒）

と詠まれる。雁の声を聞きながらその空の「月」を見ること、雁の声が聞こえたそのときから「霜」の降りる寒さに気付くこと、雁の声に自分の心を重ねながら「うき事」を思う秋の夜を、それぞれ詠んでいる。雁は北国から秋に飛来し、春になれば帰る鳥であり、春と秋の季節とともに詠まれる。④歌では秋の佐保山として、具体的には紅葉を想像したのだろう。秋の到来と佐保山の紅葉をいうものは、『古今集』に賀の屏風歌として、

千鳥なくさほの河ぎりたちぬらし山のこのはも色まさりゆく　（賀・三六一）

と、佐保山の紅葉が色づいていることから、千鳥の鳴く河に霧も立ったらしい、とする。ここでは紅葉が確認されたことから、秋の景物としての霧を想像している。雁とともに秋の佐保山の紅葉をいう歌は、『後撰集』によみ人しらずとして入集する、

天河かりぞとわたるさほ山のこずゑはむべも色づきにけり　（秋下・三六六）

の歌が先行する。④歌では雁の姿を見たわけではないが、夜中に雁の声が聞こえたために、もう季節は秋かと、それならば佐保山の紅葉はどうなっているだろうか、と想像している。聴覚的に秋に気付かされ、見た目での変化を想像するのである。

⑤さほやまのもみぢのにしきいくきともしらできりたつそらぞはかなき　（『忠見集』・一〇）

佐保山の紅葉の錦がどれくらいあるのかとも知らないで、霧が立つ空こそはかないものだ、と詠む。ここには次の歌を参考にしたと考えられる。

いく木ともえこそ見わかね秋山のもみぢのにしきよそにたてれば

（『後撰集』・秋下・三八七・忠岑、『忠岑集』・八）

「よそ」に立っているから山の紅葉が「いくき」とも見分けることができない、として紅葉を錦に見立てる。「いくき」とも数えられない紅葉と詠むが、「いくき」という表現はこの時代ほかに用例がなく、この歌をもとに忠見が詠んだことは容易に想像される。⑤歌では逆に紅葉を錦と見立てたうえで、それがどれくらいかとも知らずに立つ霧、とする。主題としては秋の霧が紅葉を隠してしまうことを嘆くものだが、このような歌としては、

秋ぎりはけさはなたちそさほ山のははそのもみぢよそにても見む　（『古今集』・秋下・二六六・よみ人しらず）

が先行する。ここには「よそ」から紅葉を見よう、とあり、忠岑の詠んだ「よそにたてれば」の前段階に相当する場面である。遠くに立って紅葉を見ようとしたというのが古今集歌で、そうしてみたら錦に見え「いくき」ともわからなかったというのが⑤歌である。そして錦となった佐保山の紅葉を、どれくらいあるのかとも見分けられなかった霧が紅葉を隠してしまった、と忠見が詠むのである。したがって、ここには佐保山の紅葉に霧がかかっているという景を認めることができる。

⑥さほ山の柞のもみぢ散りにけり恋しき人をまつとせしまに　（『信明集』・九・佐保山）

ここには二首、前提となる歌がある。

佐保山のははそのもみぢちりぬべみよるさへ見よとてらす月影　（『古今集』・秋下・二八一）

わがやどは道もなきまであれにけりつれなき人をまつとせしまに　（恋五・七七〇・遍照）

上の句と下の句、それぞれ別の歌を合わせて一首の歌とする⑥歌である。秋の歌として、佐保山の紅葉が散ってしまった、と景で始め、それが「恋しき人」を待っている間のことであった、と恋歌として結ぶ。語句もほとんどそのまま、二首を組み合わせている。

さて、これら「佐保山」題のもとになる三首は、紅葉をめぐる情景が連続している。雁の声からまだ見ぬ紅葉

を想像する中務歌、見ようとした紅葉は霧に隠されてしまう忠見歌、そして待っていたらいつのまにか散ってしまった信明歌、である。

恋を具体的に詠むのは信明歌だけだが、他の二首も恋と無関係ではない。中務歌は夜に「はつかり」の声が聞こえたというが、秋の夜長には恋人を待つさまが想起されるものである。また、雁の声に恋が詠まれることは先に挙げた躬恒の「うき事」を詠むほか、

誰聞きつこゆ鳴き渡る雁がねの妻呼ぶ声のともしくもあるを　(『万葉集』・巻8・一五六二)

人を思ふ心はかりにあらねどもくもゐにのみもなきわたるかな　(『古今集』・恋二・五八五・深養父)

はつかりのなきこそわたれ世中の人の心の秋しうければ　(同・恋五・八〇四・貫之)

などしばしば見られるものである。⑤歌では「佐保山」の紅葉を霧が隠し、「そらぞはかなき」と惜しむが、「はかなし」とはすぐに消えてしまい頼りにならないさまをいい、夢や恋、人生そのものなどに詠まれる。恋歌で「はかなし」とは『古今集』に、

ゆく水にかずかくよりもはかなきはおもはぬ人を思ふなりけり　(恋一・五二二)

山しろのよどのわかごもかりにだにこぬ人たのむ我ぞはかなき　(恋五・七五九)

と詠まれ、「おもはぬ人を思ふ」や「こぬ人をたのむ我」と恋での「はかなき」であることが示される。忠見歌では恋として示されないが、紅葉と恋は、

つれもなくなりゆく人の事のはぞ秋よりさきのもみぢなりける　(『古今集』・恋五・七八八・宗于)

唐衣たつたの山のもみぢばは物思ふ人のたもとなりけり　(『後撰集』・秋下・三八三)

として紅葉の散るさまを「事のは」に、紅に染まる紅葉を血の涙として「物思ふ人のたもと」に見立てたりする。⑤歌を恋歌の並びに配するとしたら、紅葉が隠された空に逢うことのできない人を重ね、恋歌として理解できる

だろう。

④、⑤、⑥歌の三首は恋歌要素を背景を持ちつつ、「佐保山」の紅葉を詠む。紅葉のさまは、まだ目で確認していないところから、錦のように美しく色づいているはずが霧に阻まれ、そうしていつのまにか散ってしまった、という季節の一連の展開を持っており、先に挙げた「吉野山」題と同様、季節の連続性が認められた。では、地名が特定の季節を限定しない場合にはどうだろうか。季節とはあまり密接に詠まれない「石上」題を次に挙げてみよう。

五　いい古される「石上」

「石上」の用法の典型を挙げると、次のようになる。

石上布留の山なる杉群の思ひ過ぐべき君にあらなくに（『万葉集』・巻3・四二二）

石上降るとも雨につつまめや妹に逢はむと言ひてしものを（同・巻4・六六四）

いそのかみふるき宮この郭公声ばかりこそむかしなりけれ（『古今集』・夏・一四四・素性）

「石上」の地名「布留」を続けて詠むことや、「布留」の音から「降る」「古る」にかけて詠むなど、「ふる」を導く方法が確立されている。季節や景物ではなく、その名称に依るところが大きいものである。では、本屏風歌で「石上」はどのように詠まれるのだろうか。

⑦年をへていひふるさるゝいそのかみなをだにかへてよをへてしがな（『信明集』・二五）

上句で「石上」という地について「年をへていひふるさるゝ」ものであることを明示する。「石上」はその地名が「ふる」を導くものとして定着し、名に基づいて詠まれてきたが、その地に対して名を変えることを求めており、矛盾するようである。また、二句に「いひふるさる丶」とあり、「石上」が古いものだという土地の性質を述べているが、従来詠まれてきた「石上」が「ふる」を導く語順ではない。「石上」に「ふる」を導かせるのではなく、「いひふるさる丶」という土地の性質に着目することを説明するような詠み方である。

「ふるす」は、動詞と複合してその動作・状態を長く続けることをいい、その結果として、動作をこうむったものが新鮮味を失う気持ちを込める場合が多い。そのことから派生して、見捨てる、という意味でも用いられている。『古今集』には、

こぞの夏なきふるしてし郭公それかあらぬかこゑのかはらぬ　（夏・一五九）

あきといへばよそにぞききしあだ人の我をふるせる名にこそ有りけれ　（恋五・八二四）

人ふるすさとをいとひてこしかどもならの宮こもうきなりけり　（雑下・九八六・二条）

とあり、郭公の鳴き声が続くことや人に飽きることに用いられる。「飽きる」という語義が派生するように、同じ状態が続き使い古され、最初は歓迎されたことでも次第に嫌悪感すら引き起こすのが「ふるす」である。このように考えると「いひふるさる丶」とは、いい古され、珍しさや好意的なものを失ったもとなる。したがって⑦歌で「石上」は、いい古されてしまった名を変えてこれからの世も永らえてほしいものだ、とされるのであろう。

⑧春くればまづぞうちみるいそのかみめづらしげなきやまだなれども　（『忠見集』・三）

春が来るとちょっと目をやる石上である、珍しくはない山田だけれど、として、「石上」の地を珍しくないものと捉える。「山田」は山の中の田であり、秋の収穫時の「稲」を伴って詠まれることが、『古今集』にも見られる。

山田もる秋のかりいほにおくつゆはいなおほせ鳥の涙なりけり　（秋下・三〇六・忠岑）

ほにもいでぬ山田をもると藤衣いなばのつゆにぬれぬ日ぞなき　（秋下・三〇七）

ここではどちらも実景として稲を詠み、「露」を合わせることから涙を連想させるが、⑧歌の場合にはそのような具体的な情景はない。また、季節は冒頭に「春くれば」と記されており、「稲」が詠まれる秋の「山田」とは景物としても重ならない。「石上」の春には、

はるごとにきてはみるともいそのかみふりにしさとのなにはかはらじ　（京極御息所歌合・二四）

との例があり、変わらないものとして「石上」を捉えている点、⑧歌と同類である。

春の「山田」に「稲」は存在せず、田んぼとしてこれといって目にとまる光景ではない。「めづらしげなき」とはこのような、どこでも同じ風景であることを示しているのであろう。春が来ると視線を「石上」に向けるものの、そこには珍しくもない山田がある。これは「石上」の「ふるき」性質、昔から変わらないという性質をいったものであろう。

⑨いそのかみふるきわたりをきてみればむかしかざししはなさきにけり　（『中務集』・二四）

石上の古いあたりに来てみたら昔かざしにした花が咲いていた、として「石上」の地に春を見出す。「ふるきあたり」ということが「むかし」のものを詠むことを導き、「石上」の地に昔と変わらないものを見出す歌となる。このような趣向のものとしては『古今集』に、

いそのかみふるき宮この郭公声ばかりこそむかしなりけれ　（夏・一四四・素性）

の歌がある。「石上」が「ふるき宮こ」であることから、そこで聞いた郭公の声が「むかしなりけれ」として昔と変わらないものであることと結びつくのである。

古今集歌で昔と変わらないものは郭公の声であり、明らかである。一方、中務歌では「かざししはな」とあるだけで何の花かとは記されない。「かざし」にする花としては梅や菊がある。

梅の花今盛りなり思ふどちかざしにしてな今盛りなり　（『万葉集』・巻5・八二〇）

秋の菊にほふかぎりはかざしてむ花よりさきとしらぬわが身を
（『古今集』・秋下・二七六・貫之）

これらは宴などでその植物の生命力にあやかる呪術的なものとして「かざし」にされているが、「石上」にそのような宴を想定する要素はなく、「かざし」にすることから植物は特定されない。では、「石上」に花といった場合にはどうだろうか。

いそのかみふるのやまべのさくらばなこぞみしはなのいろやのこれる
（亭子院歌合・七・季方）

いその神ふるの山べの桜花うゑけむ時をしる人ぞなき
（『後撰集』・春中・四九・遍照）

いそのかみふるめかしきかするものは花たちばなのにほひなるべし
（小野宮右衛門督君達歌合・三・なぞなぞ、このごろふるめかしきかするもの）

いそのかみふりにしならのみやこにも色はかはらず花さきにけり
（『古今六帖』・みやこ・一二三四）

桜や橘などと示される場合も、変わらないとだけ詠まれる場合もある。しかしそもそも「石上」に花の景が頻繁に詠まれることはなく、ここでは花の区別は求められない。うつろいの時間意識とともにある春という季節の中に、変わらないものという視点を持ち出すことによってそれにあやかるような「かざし」が詠まれたものとして理解できよう。

さて、これら「石上」題とはどのようなものだろうか。⑧、⑨歌が「春」を詠んではいるものの、どちらも具体的な物事を詠み込まずにいる。むしろ、「春」という芽吹き、再生の季節であるにもかかわらず、この場所は昔と変わらない、珍しくはないと詠むことで、⑦歌のような「年をへて言ひふるさるゝ」地としての「石上」をいうのである。

ここには季節的な変化による配列を見出すことはできないが、まずは⑦歌の詠む歌によって「石上」の「いひふるさるゝ」ものである点を前提とし、春が来るとまずは目を「石上」に向けてみるが、珍しくはないものであることを、⑧歌が確認する。そしてそこに、実際に「きてみれば」、昔かざしにした花が咲いている、やはり昔と変わらない風景を見出す、⑨歌がある。石上の性質を、段階的に確認するような三首となっているのである。

六　おわりに

村上天皇名所絵屏風歌のうち和歌史上用例の多い大和の地名から、春の「吉野山」、秋の「佐保山」、名に負うところの「石上」を扱った。和歌表現を考察し、どのような名所像が詠まれ、相互にどのような関係性があるのかを検討した。ひとつの名所に対して複数の視点から、季節感やその地の捉え方も少しずつ違えて詠むことからは、絵に時の経過や画中人物の移動を読み取ろうとするひとつの姿勢が享受者には読み取れる。このことは、三首が一つの屏風絵に並べて鑑賞された可能性を示し、出詠者の間で相互に関係性を持たせてひとつの場を完成させようとしたものとして読むことを可能にする。

一題に対して二者が詠んだ和歌を番え優劣を競う歌合とは異なり、複数人が共通世界を詠作する屏風歌には、屏風絵を立体的に捉えるべく、共通の景や情を持ちつつも多方面からのアプローチを仕掛けることが企図されたと考えられる。絵がどの程度詳細に描かれ、いつ提示されたのかは不明だが、示された名所の世界を和歌によって、情景を多角的・重層的にしていく趣向があったのではないだろうか。

本屏風歌は名所絵屏風歌の始発であると同時に、同一題に複数人が出詠した形跡が残るという点で新しいものである。それぞれが独立した一首として完成されていながらも、相互に関連性を持ったと理解できるものが複数現存しており、これは村上朝にいたっての新たな趣向であった。

具体的な和歌表現は、前代に活躍のあった貫之の屏風歌と直接的に結びつくようなものよりも、広く知られていたと見られる万葉集歌や古今集歌をもとにした部分が多数見受けられる。これは、屏風歌の特性を貫之歌から受け継ぐというよりも、一首の歌として独立させつつ、配列によって情景の展開をつくる『古今集』編纂意図のように、連続した配列意識による世界観の創造を目指したというべきであろう。

本屏風歌におけるこのような特性はその後の屏風歌にどのように関わり、村上朝の和歌活動はどのように発展していくのだろうか。屏風歌の隆盛期といわれ、一方で勅撰集においては前代と大きく方向を違えたこの村上朝の和歌活動は、具体的な和歌の考察とともに、その場がどのように成立していたのか、さらにそれが和歌史上どのような位置付けになるのか、より立体的に捉えることが求められてくるものと思われる。

注

（1）天暦元年（九四七）～康保四年（九六七）

（2）家永三郎『上代倭絵全史』（一九四六年、高桐書院）に屏風絵の分類について考察があり、それを踏まえて秋間康夫（『拾遺集と私家集の研究』第二部　私家集とその周辺の研究「名所絵屏風歌考」、一九九二年、新典社）は、屏風歌はその絵柄によって四季絵、月次絵、物語絵、名所絵に大別され、それぞれ宇多朝、醍醐朝、朱雀朝、村上朝に発展してきたもので、全体的な隆盛は村上朝にあると述べている。

（3）詞書等、考察上特に留意しない場合には省略した箇所がある。

（4）『和歌文学大辞典』信明の項（平野由紀子）

（5）『和歌文学大辞典』中務の項（杉谷寿郎）

（6）伊勢と中務の関係を述べた主な論文としては次のようなものがある。新井裕子「中務歌の表現」（『中古文学』五十三号、一九九四年五月）、加藤雄一「伊勢から中務へ―詠法の継承―」（大阪大学『語文』八十八号、二〇〇七年六月）

（7）『和歌文学大辞典』忠見の項（藤岡忠美）

（8）本文は『私家集大成』に「信明集Ⅰ」として収録される、正保版本歌仙家集。Ⅱとある西本願寺本三十六人集には「このおなし御時に、くに〳〵のところ〳〵ゑにかゝせたまへりし御屏風に」とある。

（9）本文は『私家集大成』に「中務集Ⅰ」として収録される、西本願寺蔵三十六人集。Ⅱとされる書陵部蔵三十六人集では「村上先帝御時、御屏風のゑに、国〻の名ある所〻をかゝせたまひてめしゝに」とある。

（10）『忠見集』は西本願寺本三十六人集。

（11）田島智子『屏風歌の研究　資料編』二〇〇七年、和泉書院

（12）増田繁夫「村上朝の名所絵屏風─屏風歌論二─」、『大阪府立大学文学部紀要　人文研究』第三十三巻、一九八一年

（13）小暮康弘「〔天暦八年（九五四）〕村上天皇名所絵屏風歌」、『群馬女子短期大学紀要』二十号、一九九三年、二十二号、一九九五年

（14）木船重昭『中務集相如集注釈』一九九二年、大学堂書店。平野由紀子著、日本古典文学会監修『信明集注釈私家集注釈叢刊13』二〇〇三年、貴重本刊行会

（15）注（12）増田繁夫

（16）麗景殿女御歌合の出詠者は、中務、忠見、兼盛の三名だが、作者名が明らかな歌は一部。「みよしのは」歌は作者名を付していないが、中務歌と見てよいだろう。

（17）注（14）木船重昭

（18）高野晴代、高野瀬恵子、森田直美ほか（②歌に関しては高野瀬）「中務集注釈（一）」（『日本女子大学紀要文学部』第五十八号、二〇〇九年三月）においても「雪のために人跡も絶えてしまっていたが」とあり、同様の解釈である。

（19）注（12）増田繁夫

◆第六章◆ 村上朝後宮歌合の役割

一　はじめに

村上天皇は、漢詩・和歌・管絃に秀でた文化的指導者であった。詩宴を催すこともしばしばで、御製の詩句は、『和漢朗詠集』、『新撰朗詠集』、『類聚句題抄』などに残る。和歌の面では、撰和歌所を設置し、『後撰集』編纂や『万葉集』に訓点を施させた功績が大きい。また、琴や琵琶を愛好し、箏の琴の手ほどきを女御らに行った。(1)

和歌に関する功績としては、歌合を挙げることも欠かせない。天暦七年（九五三）十月に内裏菊合を開催した頃から公的に歌を重視し始め、天皇主催の歌合もたびたび催されていた。特に天徳四年（九六〇）の内裏歌合は行事記録も残り、後に晴儀歌合の範とされたことはよく知られている。一方で、『村上御集』は後宮の女性たちとの贈答歌を主とすると指摘されるように(2)、私的にも和歌を重視しており、先行研究の注目もここに集中する。(3)

村上朝においては和歌が公私ともに重視されていくが、それには後宮の活動が重要な役割を果たしていた。天徳内裏歌合は「女房歌合」として男の詩合に対抗したものと記録され、左右頭などに後宮の女性たちを配している。ここに公的に開催された歌合と後宮の関係が明らかに示されるのだが、それ以前に行われていた後宮の歌合はその資料的な不十分さもあってか、漠然と天徳内裏歌合を到達点とした発展史観で捉えられるだけで、問題とされてこなかったのが現状である。

本章では、村上朝を追究するうえで欠かせない後宮と歌合との関わりを見直す。これは、天徳内裏歌合の評価に付随してのみ考えられてきた後宮の歌合の位置付けを再度考察することで、村上朝の和歌事情の一端を明らかにするものである。なお、本章末尾に【表7】として村上朝の後宮と歌合一覧を付した。

二　村上朝の後宮

『一代要記』を参照すると、村上天皇の後宮は次のように記される。[4]

皇大后　藤原朝臣安子〈天慶九―五月廿七日為女御、去五日敍従四下、天徳二―十月七日為皇后卅二、康保
―四月廿九日薨、右大臣師輔公女、〉

女御　従四上徽子女王〈中務卿（式部）重明親王女、母太政大臣忠平女、承平六―九月為齊王、年八、天暦二―四月
七日為女御、去年二月入内、年廿、〉

従四上庄子女王〈中務卿代明親王女、母右大臣定方女、天暦四―十月廿日為女御、天皇崩後為尼、寛
弘五―七月十六日卒、七十八、〉

无位藤原朝臣述子〈太政大臣實頼三女、母時平女、天慶九―十二月廿七日為女御、天暦元―十月（五月（五））三日卒、
贈従四上、〉

従四下藤原、、芳子〈左大臣師尹一女、母定方女、天徳二―十月廿八日為女御、康保四―七月廿九日卒、〉
尚侍 正三〔従二〕位藤原、、貴子〈太政大臣忠平一女、延木年中入文彦太子宮、應和二―十月 十八日薨、卅、同月卅日贈正一位、〉
従三位藤原、、灌子〈應和四―正月従三位、尚侍、元典侍、〉
更衣 源計子／藤祐姫／藤正妃／藤脩子／藤有序

皇后、女御、尚侍、更衣まで、十二人が記される。これは醍醐天皇が、中宮穏子のほかに十六人の女御・更衣がいたことに比肩する多さである。先代の朱雀天皇が女御二人、後代の冷泉天皇が中宮のほかに女御三人、さらに後の円融天皇が中宮のほかに女御三人、更衣二人であることに比べると、醍醐・村上の後宮のにぎわいが明らかである。村上が醍醐に倣い、『後撰集』編纂をはじめとする文化的な政策を行ったことはよく知られていることだが、後宮のにぎわい、皇子女の多さという点も共通する。

さて、それぞれの女御・更衣たちについてその背景を含めて以下に確認していく。確認したいのは、その出自と、『栄花物語』や御集から窺える村上天皇との関係性である。

中宮安子[5]は、右大臣師輔の女で、天慶三年（九四〇）に村上天皇が元服して間もなく嫁している。親王もしくは大臣の女が初めて参る夜に降りる輦車宣旨[6]が、太政大臣の孫という理由で安子参入の折に輦車が許される厚遇であった[7]。そして三人の皇子、四人の皇女を生んだ（他に男女ひとりずつ夭逝している）。多くの女御たちの中でもひときわ重きを置かれた存在であったことは明らかである。一方で二人の関係について、『大鏡』には「帝も、この女御殿にはいみぢじう怖ぢ申させたまひ、ありがたきことをも、奏せさせたまふことをば、いなびさせたまふべくもあらざりけり。いはむや自余のことをば申すべきならず」（師輔伝）[8]と帝に対する安子の発言権の強さが窺われ、続けて、芳子に嫉妬して土器の破片を投げ込むという暴挙に及んだ逸話も記される。また、御集に残る歌で安子に関するものは五首あるが、いずれも贈答の形ではない。(9) 村上天皇の元服後間もなく嫁しており、師輔の後見も強力で、厚遇されたことは間違いない事実だろうが、その反面、残される逸話からは二人の間柄が円満であったとはいい難い。

斎宮女御徽子(10)は、醍醐天皇第四皇子・重明親王（村上天皇とは異母兄弟）の女で、母は忠平女。承平六年（九三六）に伊勢斎宮となり、天慶八年（九四五）母の死により退任し、帰京。その後、天暦二年（九四八）に入内している。父重明は徽子入内後であるが式部卿となっており、また当時生きていた村上天皇の兄としては最年長で、かつ政治的中心にいた忠平らとも関係が深い。(11) 斎宮であったという境遇から他の女御たちとは異なる感性で後宮生活を送っていたか。(12) 御集に残る贈答歌は他の女御たちに比べて特に多く、(13) 天皇との交流の親密さが窺われる。

麗景殿女御荘子は、代明親王の女で、天暦六年（九五二）に楽子内親王を、康保元年（九六四）に具平親王を生んでいる。楽子と具平の間には十年以上の差がある。御集に天皇との贈答歌は見られない。『栄花物語』には、「麗景殿の御方の七の宮ぞ、をかしう、御心掟など、小さながらおはしますを、母女御の御心ばへ推しはかられけり」（月の宴）(14) とされ、「七の宮」具平親王のかわいらしくて幼少ながら気配りなどもできることを褒め、そのことから「母女御の心ばへ推しはかられけり」と母である荘子の気性を褒めることになっており、荘子自身の才智や特技に関するものは記されない。(15) 徽子と同じく親王を父に持つとはいえ、その父は早くに没しており、後見の心もとなさが際立ち、天皇との贈答歌も残らず、関係の濃淡を窺うすべがない。

弘徽殿女御述子は、左大臣実頼の女（母は時平女）であるが、入内して間もなく、天暦元年（九四七）に没している。『日本紀略』(16) に、「女御藤原述子卒東三條第。〈年十五〉依疱瘡之間産生也。號弘徽殿女御。左大臣（実頼）女也」（十月五日条）と、十五歳で懐妊中に疱瘡にかかってのことであったと記される。このときまだ天皇に皇子女はおらず、父実頼や祖父忠平の期待は大きく、この結果にひどく落胆したことであろう。同時に、天皇にとっても大きな喪失であった。述子を悼む歌が御集に残る。

おなじ女御（一字分空白）せ給ひて、雪のふる日

ふるほどもなくてきえぬるしら雪は人によそへてかなしかりけり　（三）

物の中に御ふみの有りけるを御覧じて

みながらになみだのみこそながれけれとどめおきける玉づさにより　（四）

左大臣女御うせ給ひにければ父おとどの許につかはしける

いにしへをさらにかけじとおもへどもあやしくめにもみつなみだかな　（一二〇）

宣耀殿女御芳子は、参議（村上天皇即位時）師尹の女。その容貌を記されることが多く、『大鏡』には「かたちをかしげにうつくしうおはしけり」（師尹伝）(17)とされ、車に乗る際、身体は乗り込んでも髪のすそはまだ母屋の柱のもとだった、というほど長髪の持ち主である。教養もあり、『枕草子』にも『古今集』をすべて暗記し、箏の琴も上手であったと、話題に上る(18)。箏の琴に関しては、村上天皇から手ほどきを受けたともされる(19)。御集には長恨歌を踏まえた贈答歌が残る。

もろまさの朝臣のむすめの女御に

いきての世しにての後ののちよりもはねをかはせる鳥となりなん　（一〇七）

御返し

秋になることのはだにもかはらずはわれもかはせる枝となりなん　（一〇八）

天皇が芳子と比翼の鳥となることを望み、芳子は天皇の心が変わらないのであれば連理の枝となることを望む、来世も共にあらんことを願うもので、二人の間柄の深さを推し量るものとなる。ほかに五首の歌が御集に残り、

天皇は芳子を「私物」[20]として寵愛していた。

按察更衣正妃は、藤原在衡の女で、保子、致平、昭平の三人の皇子女を持ち、これは安子に続いての多さであるが、寵愛のほどは詳しくわからない。『拾遺集』に、

延喜御時[21]、按察のみやす所ひさしくかむじにて、御めのとにつけてまゐらせける

世の中を常なき物とききしかどつらきことこそひさしかりけれ

御返し

つらきをばつねなき物と思ひつつひさしき事をたのみやはせぬ　（雑恋・一二五九、一二六〇）

とあり、「かむじ（勘事）」の事情は不明だが、久しく内裏を離れていた時期があったようだ。また、『栄花物語』には「按察の御息所、ことにおぼえなかりしかども、宮たちのあまたおはしますにぞかかりたまふめる」（月の宴[22]）とあり、特別に寵愛された事実の見られない人物である。

広幡御息所計子は、宇多天皇の孫にあたる源庶明を父に持つ[23]。庶明は広幡に邸宅を持っていたことから広幡中納言と呼ばれる。計子は後宮の中でも才女として逸話を持つ人物である。

あふさかもはてはゆききの関もゐずたづねてとひこきなばかへさじ

此歌をよろづの女御たちにつかはしたりければおもひおもひに御返しをみな申したるに、広幡の宮す所はたき物をひきつつみてまゐらせて御返りはなくて有りければ、猶人よりは心ばせある人になんおぼしめしける　（『村上御集』・八三）

天皇から贈られた和歌を、計子だけが折句沓冠歌「あはせたきものすこし」と理解し、薫物だけを返したという。『栄花物語』には「あやしう心ことに心ばせあるさまに、帝も思しめいたりける」「さればこそ、なほ心ことに見ゆれと、思しめしけり」（月の宴[24]）される。また、『十訓抄』には、「この御息所、御心おきて賢くおはしましけ

るゆゑに、かの帝の御時、梨壺の五人に仰せて、『万葉集』をやはらげられけるも、この御すすめとぞ。順、筆をとれりける」（第七ノ八）[25]とあって、『万葉集』の訓読作業が広幡御息所の勧めによるという逸話も載る。そのまま事実として信じることは難しいが、広幡御息所の文才評価がこのように享受されているのだろう。また、御集に残された歌の「久しく参り給はざりければ」（九七）、「久しく参らざりければ」（一一八）といった詞書からは里がちであった様子が窺える。

祐姫は、中納言（村上天皇即位時）藤原元方の女で、広平親王を生んでいる。村上天皇の第一皇子であるものの、続いて安子に皇子（憲平）が誕生し、三カ月で立太子したことにより、皇位継承の道は閉ざされ、父元方は落胆。死後、物の怪となって皇太子に祟った話が、『栄花物語』に繰り返し描かれている。

残る脩子、有序には皇子女がいないことから『栄花物語』にも記されず、御集に和歌も残らない。

三　後宮と歌合

前節で後宮のそれぞれの人物について確認したが、天皇との関係には濃淡がある。次に後宮の様相と歌合の開催を併せて考えてみたい。醍醐・村上朝は後宮に多くの女性がいるが、この二つの代を比べてみると歌合に関する事情が異なる。醍醐朝に行われた歌合は、宇多周辺で行われているものが目立ち、当代の後宮とはほとんど縁がない。一方で村上朝の歌合は、内裏で行われる歌合とは別に、後宮と密接に関係した歌合が見られる。ここに村上朝期の特徴が見られる。それでは後宮での歌合とはそもそもどのような変遷をたどったのだろうか。

①宇多天皇・醍醐天皇

後宮で行われる歌合の古いものとしては、寛平御時后宮歌合が挙げられる。これは宇多天皇が母・班子の六十賀を祝う目的で行った歌合で、すべての和歌は残らないが、四季と恋の五題、各二十番、合計二百首という全体像が想定される。しかし行事の記録や判はなく、歌数の多さから机上の撰歌合かとも考えられている(26)。実質的な推進者である宇多はこれを『新撰万葉集』の材料としており、後宮の歌合ではあるがその内容に後宮の意図が反映されたものではない。歌合の形式ではあるが、多くの歌を列挙することに意味があったものと考えられる。

次に確認できるのは、京極御息所褒子歌合で、十巻本の仮名日記が当日の状況を伝える。褒子（藤原時平女）が延喜二十一年（九二一）三月に宇多とともに春日神社に参詣した折、大和守・藤原忠房が二十首の歌を献じた。御幸の後、献上された歌を本歌として、女房たちに返歌を詠ませ、その返歌を左右の方に分けて二十番の歌合とし、さらに夏の恋の二番を加えて披講したものである(27)。この歌合の形式自体特殊なものだが、歌の内容は基本的には行幸賛美となっている。冒頭の構成を確認する。

めづらしきけふのかすがのやをとめをかみもこひしとしのばざらめや　（一　本歌）
やをとめをかみししのばばゆふだすきかけてぞこひむけふのくれなば　（二　返歌左）
ちはやぶるかみしゆるさばかすがのにたつやをとめのいつかたゆべき　（三　返歌右）

行幸賛美を、「やをとめ」を用いた女性賛美にして詠んだ忠房の本歌に、女官の立場から恋歌の返歌のようにして返した二首である。

さくらばなみかさのやまのかげしあればゆきとふるともぬれじとぞおもふ　（四　本歌）
このまよりはなのゆきのみちりくるはみかさのやまのもるにざるべき　（五　返歌左）
かすがのにゆきとふるてふはなみにぞみかさの山をさしてきにける　（六　返歌右）

玉座の天蓋を御笠山に見立て、宇多の御力を詠んだ忠房の本歌に、行幸の際の花が舞い散る景を詠んだ返歌二首である。

やへたてるみかさのやまのしらくもはみゆきさぶらふさくらなりけり　（七　本歌）
よそにてもきみしみつれば山ざくらこころやすくやいまはちるらむ　（八　返歌左）
やへたてるくもゐに見えしさくらばなかへるたむけにけふやちるらん　（九　返歌右）

「みゆきさぶらふさくら」を詠んだ明らかな行幸賛美の本歌に、行幸の折に見た御笠山の桜の現在を、祝意を込めて詠む返歌二首である。

冒頭三つの本歌および返歌を挙げたが、本歌の忠房は土地の者の立場から、返歌は同行した女官の立場からの、行幸賛美である。この歌合は褒子の名を冠し、女房たちが歌を詠みはするものの、後宮主催の歌合ではない。褒子の邸で行いながらも、采配は宇多によるもので、行幸を回想・賛美することが共通の目的としてあった。

次に、醍醐朝の後宮で行われた唯一の歌合と見られる、近江御息所周子歌合がある。「宮すどころのざうしにて、宮の花といふうたをあはす、右はあはせず」とあり、一題一首で二十首、歌合とはいっても左右で番えた形跡はなく、春から初夏にかけての植物と歌とを合わせている。「さるとりのはな」や「みつつじのはな」といった和歌の題材となる植物ではなく名称にひかれたと見られるものもあり、二十首のうち五首は物名歌である。「宮すどころのざうし」で行われ、「宮の花」を詠んだのであるから、周子を囲む女房たちによって季節を供する娯楽であったのだろう。

村上朝にいたる以前の、後宮の女性の名を冠した三つの歌合だが、二つは宇多によるもの、一つは歌合とはいっても結番のないものだった。そしてどれもが、歌を番え優劣を競うということに意識が向いてはいなかったようだ。

②村上天皇

村上朝に入ると、まず天暦十年（九五六）二月に麗景殿女御荘子、同年五月に宣耀殿女御芳子が歌合を行っている。

荘子の歌合は、霞・春風・梅花・鶯・春雨・若菜・桜花・柳・欸冬・藤花・不会恋・会恋の十二題、各題二首ずつ番えられていた(28)。物合以外で初めて詳細な題が設定され、この点が天徳内裏歌合の前触れとも見られる要因となっている。しかし勝敗に重きが置かれた天徳内裏歌合とは異なり、荘子の歌合の結番方法は歌会的な要素を持つ。たとえば春雨題を挙げると、

をやみなくふらばふらなむはるさめはのにもやまにもはなのさくまで　（九・左勝）

はるさめのふりそめしよりのもやまもあさみどりにぞみえわたりける　（十・右）

春雨に野山を合わせて詠む例はないが、ここでは双方に用いられる。また、左歌ではこれから降り続けといい、右歌では降り続けた結果を示しており、春雨の時間的経緯が詠み継がれている。このように左右歌の間に緊密な関係性が構築されて結番が散見しており、勝敗よりも左右歌の詠み出す情景を座で共有する意識が見られる歌合であった(29)。

同じく天暦十年に行われた、芳子の歌合は(30)、現存最古の瞿麦合とされている。この歌合は三番六首からなっており、勝負は記されない。冒頭の一番を挙げてみると、

なでしこのはなのかげみるかはなみはいづれのかたにこころよすらん　（一・左・中務）

ももしきにしめゆひそむるなでしこのはなとしみればこさぞまされる　（二・右・兼盛）

左歌は芳子に心寄せる瞿麦を詠み、右歌は宮中に咲く瞿麦を通して、芳子賛美の歌とする。残る二番も主褒めとなっているようで、瞿麦合ではありながら、その質の優劣を競い合うものではなく、芳子を中心としてその場をともにする人々の融和をはかったような構成である。

次に挙げられるのは、おそらく天徳三年（九五九）八月に、斎宮女御徽子が行った前栽合である。この歌合は原形をとどめておらず、『元真集』に残される歌から七題七番であったかと推察されている。[31] 紅葉の歌は二首あるものの、他は一首で、結番があったかどうかも判然としない。また、先に挙げた芳子の瞿麦合は主褒めを共通趣向としていたようだが、この歌合では様子が異なる。たとえば虫題では、

ひとしれであきのくれぬるをみなへし虫のねよりもたづねつるかな

（『元真集』・六七・おなじ八月廿三日、女みやの前栽合歌）

と詠まれるが、上の句は忘れられてしまった女性が重ねられているようで、「虫の音」によって訪ねられたとはするものの、素直な主褒めや題となった素材への賛美ではない。また、紅葉題では、

たつたやまふかきもみぢもきみみずはよるのにしきとなほぞくちまし

（『元真集』・七三）

「君」が見なければ「夜の錦」であった甲斐がないという、これも「君」の訪れが途絶えてしまった人のようである。歌合としての実態が不明だが、歌の内容はそれぞれに物語のような背景を想像させる。このように歌の背景に物語を想像させる機制は、その場をともにする人々が、主褒めや素材褒めと同様に共有する楽しみであり、融和をはかるものであっただろう。現存しない他の歌合歌にも同じ方法が用いられたと推察する。

天徳三年九月十八日庚申に行われた中宮安子の歌合も、『元真集』にその歌が残り、七首の異なる題の歌であるため七題七番であったか。詞書に「庚申に中宮の女房歌合せむといふによめる」とあり、庚申待ちの夜に中宮のもとで歌合を行うために詠出されたものであった。「月影」「声」といった庚申待ちの夜の要素や、中宮のもとであることを意識した詠み合わせが見られる。

その後、歌合自体は私的な開催記録も増え、多様な歌合が行われるようになっていくが、後宮の歌合は寛和二年（九八六）の円融院女御詮子の瞿麦合まで見当たらず、この村上朝期に特に多かったといえる。

四　政治勢力と後宮

二節で村上朝の後宮の女性たちの背景を確認したが、当然のことながらこの様相は藤原摂関政治と結びつく。摂関制（摂政、関白という職名とその実効性はまだ定着していなかったが）の開始期ともいえるのは良房、基経にあり、その後は、基経の子・時平、（時平の死後、一時源光が登用されるが、光の死後は）時平の弟・忠平[32]、次いで忠平の子・師輔、実頼が政治政権の中心となった。

村上天皇のもとには、忠平の嫡男実頼が述子を、二男師輔が安子を、五男師尹が芳子をそれぞれ入内させている。また、徽子の母は忠平女寛子で、つまり五人の中宮・女御のうち四人は忠平に結びつき、藤原氏の後宮政策が見て取れる。

ただし、政治勢力による後見と歌合の開催とは必ずしも直結しない。歌合を開催するのは荘子、芳子、徽子、安子。女御と中宮であるから、相応の身分が必要だったのだろう。規模の大小によって異なるが、歌の制作を歌人に依頼し、洲浜などの調度をそろえ、相応の資金を必要とするのが歌合という行事だとすれば、後見の勢力は重大である。その面で環境が整っているのは中宮安子である。安子の歌合は、『元真集』などの私家集に散見し、何度か行われたようだが、まとまった歌合としての記録は少ない。三節で確認した後宮の歌合の様相からわかるように、最も形式が整い、歌数も多いのは荘子のものである。荘子は父代明を早くに亡くしているし、そもそも村上天皇女御の中で藤原摂関家と唯一接点を持たない。

後見を祖父に求めることもあるが、荘子の場合には母方の祖父定方も承平二年（九三二）に没しており、可能性としては父代明の縁で親王らに支援者がいたことが考えられる。たとえば、外戚の援助を受けられなかった允明（醍醐天皇皇子）の元服を代明、重明らが取り仕切ったことや、代明の没後に、重明が代明の子である恵子・延光の腰結や加冠を行ったことなどに鑑みれば、父没後の後見を同じ皇族の出の叔父たちが担っていた可能性もある。荘子の歌合と同じ題で徽子も歌合を催したとも見られ、同じく親王の女という出自の二人に共通の支援者がいたのかもしれない。また、荘子はのちに、応和三年（九六三）、藤原伊尹の子らとその母であり荘子と姉妹関係にある恵子と春秋いずれがすぐれているかを歌で詠みあっており（宰相中将君達春秋歌合）、その詠歌能力が知れることはもちろん、恵子らとの交流も認められる。荘子に関する資料は少なく、その具体的な支援者を明らかにすることはかなわないが、強力とまではいかずとも、後宮生活が成り立つ程度の後見をする人物はいたはずである。[33][34]

政治勢力による後見の有無と歌合の開催とをそのまま結びつけて考えることはできない。では、開催することにどのような目的があったのだろうか。三節で見たように、芳子の瞿麦合は主褒めであり、安子の歌合はその開催が庚申であることから、君臣和楽のものであった。徽子の前栽合が植物を詠み込みつつ、その背景に物語を想像させる仕組みであることは、斎宮を務め、歌集を残すほどであった徽子周辺の和歌サロンともいえる環境がもたらしたものであろう。荘子の歌合歌が左右間で連関性を持つことは、天徳内裏歌合に見られる競技性とは大きく異なり、初期歌合に多く見られる傾向である。このように、歌合としてはそれぞれ形式、規模、様相が異なっており、天皇など共通の主催者が意図的に催させたとは考えにくい。[35]

ではなぜ、形式や規模、様相の異なる歌合を女御たちは催したのか。広幡御息所計子の背景に触れた折に見たように、村上天皇は後宮の女性たちに向けて共通の謎かけをし、それに対する反応を愉しんでいた節がある。歌合に関しても同様に、歌合という共通の文化行為を、女御たちがそれぞれに実践し、村上天皇に示していった。天徳内裏歌合に、自邸で歌合を主催していない更衣たちが何らかの形で携わっているのも、歌合という共通行為のもとに彼女たちがどのように対応するか、天皇はその様子を窺い知ろうとしていたのではないだろうか。その結果、女御たちの資質を把握し、関係の濃淡を計ると同時に、文化的発展の素材を作り出していった。

　中宮歌合や徽子歌合が部分的にしか伝わらない中で正確に対比することは難しいが、荘子の歌合だけが異質なほど形式が整い、規模を大きなものとしているのは、後見が心もとないという不安な現実こそが、開催動機ではないか。荘子以外の女御たちは、忠平の縁者である。荘子の父代明はすでになく、政治的な後見を頼れない荘子は、文化的な方面で行動をとった。村上天皇へ向けた、自邸の文化的な発展を示したものではないか。

　荘子と同じく親王の女として入内した徽子は、父重明の没後、私邸にこもりがちであったようで、『栄花物語』には「式部卿宮の女御、宮さへおはしまさねば、参りたまふこといとかたし。さるは、いとあてになまめかしうおはする女御を、など、つねに思ひ出でさせたまふをりをり、御文ぞ絶えざりける」（月の宴）[36]とあり、『斎宮女御集』の詞書にもその事実を示す箇所がある。[37]また、森本元子は「重明親王薨去の前はほとんどの贈答が、帝の贈歌に徽子女王が返歌するという形であったものが、薨去ののちは、反対にほとんどが、女御の贈歌に帝が返しをおくるという形になっている」と指摘する。[38]重明の薨去を機に、帝との距離が生じた。その徽子も、父重明没後数年を経て前栽合を催す。

　徽子と荘子は、それぞれ二人の皇子女を生んでいるが（徽子は皇子を亡くしているが）、その二人の誕生には十年以上の間がある。帝の寵愛は間断なく深かったわけではなく、長く続いていた、もしくは皇族出身、叔父と姪の関係であったがゆえに続けざるを得なかったか。いずれにしても二人の境遇に符合する部分は多く見出せる。この二人が持つ後宮での意識は、他の女御たちのような一族の期待を背負って天皇の寵愛を競っているそれとは異なろう。

五　おわりに

村上朝の後宮を、歌合という視点から考察してきた。それ以前に行われた後宮の歌合は、その実態は天皇や上皇といった立場の人物が主導し、明らかな目的を持って行われてきた。それが村上朝の後宮では、女御たち自身の、興味関心から発生した歌合となる。藤原摂関家が行ってきた後宮政策も歌合の面には及ばず、文化的な嗜好がより実質的に垣間見えるものであった。

村上朝の後宮の歌合は、漠然とした天徳内裏歌合を到達点とした発展史観で捉えられるだけで、問題とされてこなかった。しかし歌合の内実を確認してみれば、天徳内裏歌合が勝敗を重視した行事であるのに対して、後宮の歌合は共通意識をもとにした歌を番えたり、歌の背後に物語性を持たせたり、歌を「番える」という意識が必ずしも勝敗とは結びつかないものだった。このような特徴は、私家集が物語化していくように[39]、次第に物語を嗜好していく時代性と重なる。後宮はのちに多くの物語文学を生む場となるが、初期歌合に見られる歌同士の連関性は、その萌芽的なものだったともいえるのではないか。

注

（1）『和歌文学大辞典』「村上天皇」の項（加藤静子）

（2）『新編国歌大観』「村上御集」解題（橋本不美男）にも示され、これについての論文も多数（注（3）など）見られる。

（3）堀恵子「村上御集の研究」（『平安文学研究』第六十輯、一九七八年十一月）、橋本ゆり「村上御集の徽子女御歌群」（『リポート笠間』第三十三号、一九九二年十月）、今野厚子『天皇と和歌―三代集の時代の研究―』（新典社研究叢書百六十一、二〇〇四年、新典社）、権赫仁「現存本『村上御集』に見る二部構成」（『和歌文学研究』第八十一号、二〇〇〇年十二月）、高橋由記「和歌からみた村上朝の後宮」（倉田実編『王朝人の婚姻と信仰』、二〇一〇年、森話社）などの論考がある。

（4）引用は石田実洋、大塚統子、小口雅史、小倉慈司校注『續神道大系　朝儀祭祀編』（二〇〇五年、神道大系編

纂会）による（底本は東山御文庫収蔵鎌倉時代写本および国立歴史民俗博物館所蔵高松宮伝来禁裏本中の断簡）。本文には安子の前に「皇太后藤朝臣穏子」が記されるが、村上天皇母であり、今回の考察からは省略した。また、「皇大后安子」に関して、「大―贈皇太后となったのは康保四年のことなので衍とすべきか」との注が付されている。

（5）安子については、甲斐稔「『栄花物語』と藤原安子」（『國學院大学大学院紀要―文学研究科―』第十六輯、一九八五年三月）に論がある。

（6）『西宮記』巻十三「諸宣旨」に、「牛輦車の宣旨〈親王・大臣の女、初めて参る夜、輦を聴さる〉」とある（『新訂増補故実叢書第七』「西宮記第二」一九五三年、明治図書出版）。

（7）『北山抄』第四「息所参る事」に「成明親王元服の夜、大納言師輔卿の女参入す。太政大臣の孫たるを以て輦車を聴す。吏部王記に見ゆ」とある（『新訂増補故実叢書第三十一』「北山抄」一九五二年、明治図書出版）。

（8）以下、『大鏡』の引用は橘健二、加藤静子『新編日本古典文学全集34　大鏡』（一九九六年五月、小学館）による。当該箇所は百四十八頁。

（9）注（3）高橋由記は「「恨み」「飽き」「忘れ草」など恨む歌ばかりで、贈答の形では残っていない。『御集』からは歌数も歌意も、とくに安子の存在が強調されるようには感じられない」と指摘する。

（10）森本元子「斎宮女御集の歌考―村上天皇との贈答歌」（『相模女子大学紀要』四十五号、一九八二年二月）、目加田さくを「斎宮女御徽子」（『私家集論（二）』一九九五年、笠間書院）、西丸妙子による一連の論文（①「斎宮女御徽子の周辺―後宮時代考察の手がかりとして―」、『福岡女子短大紀要』十一号、一九七六年三月。②「斎宮女御徽子の周辺（二）―村上朝後宮時代―」、『福岡女子短大紀要』十二号、一九七六年十二月。③「斎宮女御徽子の村上天皇への心情表現」、『福岡女子短大紀要』五十号、一九九五年十二月）

（11）忠平の女寛子と重明の間に生まれたのが徽子

（12）注（10）西丸妙子③に指摘される。

（13）徽子の歌集の原初形態と思われる部分がすっぽりはめ込まれているとも指摘されている（注（3）堀恵子）。

（14）以下、『栄花物語』の引用は山中裕、秋山虔、池田尚隆、福長進校注・訳『新編日本古典文学全集31　栄花物語①』（一九九五年、小学館）による。当該箇所は四十一頁。

（15）『栄花物語』の記録をどの程度事実と考えるかは問題で、具平親王を高評価することは物語筆録の姿勢とも関わるが、ここでは村上天皇の後宮を窺う数少ない資料のひとつとして、参考までに挙げることとした。

(16) 黒板勝美編『新訂増補國史大系第十一巻』「日本紀略後篇」一九六五年、吉川弘文館

(17) 注(8)『新編日本古典文学全集34 大鏡』。当該箇所は百十七頁

(18) 『枕草子』第二十一段「清涼殿の丑寅の隅の」の中で、中宮定子が語る。

(19) 『箏相承系図』に、村上天皇からは具平親王、徽子女王、女御芳子、右大将済時に伝えられたと記される（書陵部蔵資料目録・画像公開システムにより確認可能）。

(20) 『栄花物語』「月の宴」に「帝も、わが御私物にぞいみじう思ひきこえたまへりける」（注(14)当該箇所は二十九頁）とある。

(21) 天暦御時の誤りか。

(22) 注(14)当該箇所は四十一頁

(23) 計子個人に関する論文としては、鬼塚厚子「天暦後宮人物論―広幡御息所について―」、(『佐賀大国文』六、一九七八年）が挙げられる。

(24) 注(14)当該箇所は二十八頁

(25) 引用は『新編日本古典文学全集51 十訓抄』（浅見和彦、一九九七年、小学館）による。当該箇所は二百九十六頁。

(26) 『新編国歌大観』「寛平御時后宮歌合」解題（村瀬敏夫）

(27) 『新編国歌大観』「京極御息所褒子歌合」解題（藤岡忠美）。また、『古典大系』、岡田博子、小池博明、西山秀人「京極御息所褒子歌合注釈」（『上田女子短期大学紀要』第二七～二九号、二〇〇四～二〇〇六年）に注釈がある。なお、当該歌合については本書第一部第一章「京極御息所 歌合における後宮の企図」で言及しており、内容が一部重複する。

(28) 歌仙家集本系『忠見集』などの他文献にのみ見える天暦十年（九五六）三月二十九日開催の斎宮女御徽子女王歌合は、本歌合と歌題が共通しており、両歌合が近い時期に同歌題で開催されたとする説がある一方、斎宮女御徽子女王歌合は本歌合の誤伝とする説がある。

(29) 本書、第一部第二章「麗景殿女御歌合の結番方法」

(30) 芳子が女御となったのは天徳二年であるから、この歌合開催の時点ではまだ女御ではなく、宣耀殿御息所瞿

麦合とも称される。

（31）『平安朝歌合大成　一』「五三　天徳〔三年〕八月廿三日〔斎宮女御徽子女王〕前栽合雑載」。当該歌合の和歌本文の引用も同書による。

（32）時平の子は没し、忠平には兄が二人いるが、仲平は子どもがおらず、兼平は若くして没している。その結果、忠平が時平の跡を継ぐ形になった。

（33）『吏部王記』承平四年十二月二十七日条。代明が装束を、重明が屯食を設けたことが載る。

（34）『吏部王記』天慶三年八月二十六日条

（35）初期歌合にこのような性質があることは井手至「「逐次」的和歌配列法の源流」（伊藤博、井手至編『古典学藻』小島憲之博士古希記念論文集、一九八二年十一月、塙書房）、一瀬恵理「平安朝歌合における類似表現をめぐって」（『横浜国大国語研究』第八号、一九九〇年三月）に指摘される。

（36）注（14）当該箇所は四十一頁

（37）森本元子「斎宮女御の生涯」（『私家集と新古今集』一九七四年、明治書院）に一八、六五、一二〇番歌の詞書を指摘している。

（38）注（37）森本元子

（39）たとえば『伊勢集』や『信明集』がその例である。

弘徽殿	父	宣耀殿	父
女御述子	実頼	女御芳子	師尹
		（入内時期不明）	
入内			
女御			
卒	左大臣（48）	参議（28）	
		権中納言（29）	
		中納言（32）	
		歌合（瞿麦）/昌平	
		女御	
		権大納言（41）	
		永平	
		大納言（48）	
関白太政大臣		卒	右大臣（50）
			没（52）

【表 7】村上朝の後宮と歌合一覧

元号	西暦	村上天皇	歌合	中宮	父	斎宮	父	麗景殿	父
		事績(年齢)		安子	師輔	女御徽子	重明	女御荘子	代明
延長4	929	誕生				(承平6年斎宮)		(入内時期不明)	
									(937没)
天慶3	940	元服(15)		入内					
天慶7	944	皇太子(19)							
	945					(帰京)			
	946			女御 / 皇子 薨					
天暦1	947	即位(22)		右大臣(40)					
	948		陽成院一親王姫君達歌合	〔承子〕		入内			
	949					女御/〔規子〕			
	950			憲平[冷泉]		式部卿(45)		女御	
	951			〔承子　薨〕					
	952			為平				〔楽子〕	
	953		○内裏菊合	〔輔子〕					
	954					没(49)			
	955		○内裏紅葉合	〔資子〕					
	956		坊城右大臣殿歌合(師輔前栽合)					歌合	
天徳1	957		蔵人所歌合						
	958			立后					
	959		(八月詩合)	歌合/守平[円融]		歌合(前栽合)			
	960		○内裏歌合		没(53)				
応和1	961								
	962		○内裏歌合(庚申)	〔皇女　薨〕		皇子　薨			
			河原院歌合						
	963		宰相中将君達春秋歌合						
康保1	964			〔選子〕/ 卒				具平	
	965								
	966		源順馬名歌合						
			○内裏前栽合						
	967	出家、崩御(42)						出家	
	968								
	969								
	970								

【凡例】
1. 内裏で開催されたものは名称のはじめに◯を記し、内裏以外で開催された歌合はアミカケで記した。
2. 誕生した皇女には〔　〕を付した。
3. 女御たちの父の官職については、村上天皇即位時のものを記し、年齢を(　)で併記した。

◆第七章◆

『拾遺集』の中の歌合

一　はじめに

勅撰集はそれぞれ、撰者、天皇、あるいはその時代なりの意図を持って編纂され、それぞれの勅撰集ごとに基準を持って採歌された。大雑把な見方だが、おおよそ、『古今集』は和歌を公的な文学たらしめんとし、反対に『後撰集』は日常的な贈答詠を中心とすることで『古今集』を継ぎ補い、『拾遺集』は『古今集』へ回帰するように晴儀の歌を重視した。

三代集の時代はそのまま歌合の隆盛時期とも重なり、多くの歌合が催行された時代に当たる。歌合はその場の遊興、参加者の和楽を重視するその性質上、すべてを記録するものは多くない。それでも勅撰集には数々の歌合歌が採られ、勅撰集を彩ってきた。特に『拾遺集』はその冒頭に歌合歌を配し、八十首以上の歌合歌を採る。ここでは、『拾遺集』に入集する歌合歌について、その撰歌意図を和歌表現から探ることで、歌合の様相の一端を勅撰集という視点から解明する。

二　勅撰集と歌合歌

勅撰集と歌合歌との関係については、特に三代集に関して、萩谷朴が早くに状況を整理した。(1)『古今集』成立（延喜十三年（九一三）三月）以前に行われた二十度の歌合のうち、『古今集』に入集する歌合は十一度、総歌数百二十二首に及ぶ。当時の風潮としても、歌合歌を採らずにはいられなかっただろう。その『古今集』に比して『後撰集』に入集する歌合歌は少なく、萩谷は「『後撰集』は、歌合史第二次隆昌期に入ってからの編纂ではあったが、まだ第一次衰退の惰性的期間で、村上天皇独自の歌合奨励策が打ち出される以前の成立であった」と考えている。(2)『後撰集』と歌合歌については、徳原茂実が具体的に検討した論がある。(3)徳原は「詞書に歌合の歌と明記して収められている歌はわずか十一首」だが、『古今集』成立以後、『後撰集』の編纂開始（天暦五年（九五一））までの間に催された歌合は二十二度（『平安朝歌合大成』による）、内裏歌合をはじめ特色ある歌合が行われていた。それでも歌合からの採歌が少ない理由を、『後撰集』の性格にあるのではとする。「「人の心を種」としない虚構、すなわち題詠の歌は、可能な限り排除」する『後撰集』は、編纂時に流行のさなかにあった屏風歌、物名題歌、歌合歌を求めていなかったと「仮説」を立てている。

一方『拾遺集』は、歌合を極めて重視した集である。採られた歌合は二十八度、歌は述べ八十五首に及ぶ。最近では岩波文庫『拾遺和歌集』(4)の解説に、『拾遺集』が重視する歌合について述べられるが、それ以前に、たとえば中周子(5)は歌合歌に注目して『拾遺抄』から『拾遺集』へどのような増補改変が行われたかを論じる。それによれば、『拾遺抄』と『拾遺集』の歌合歌の撰歌基準は同一であり、作者名や歌合名などの事実の訂正・補足は見られるものの、編纂方針は共通であると考察する。採歌源となった歌合を分析すると、『拾遺抄』以前に催行された、各種各層の歌合を広く網羅しており、なおかつ、専門歌人の詠歌を中心とした文芸性の高い歌合から採っているという。

『新日本古典文学大系　拾遺和歌集』の「所収歌合一覧」(6)によれば、『拾遺集』には二十八種の歌合から八十八首が入集しているとされる(7)。中には歌合名を記さない歌合歌もあり、これらを含まず、二十七種の歌合から八十四首ともされる(8)。歌合の種類は内裏歌合から歌人の私邸で行われた小規模な歌合までさまざまである。

最も古いのは寛平御時后宮歌合で、六首載る。最も時代の新しいものは後十五番歌合で、十八首載る。同一の歌合から十首以上が採られるのは後十五番歌合のほか、天徳内裏歌合（十四首あるいは十二首）(9)、前十五番歌合（十五首）である。『拾遺集』成立の背景に藤原公任の『拾遺抄』という私撰集の存在は強く、公任の関与した前十五番歌合、後十五番歌合からの採録が多いことは成立の問題も深く関わっているのだろう。

天徳内裏歌合からの入集が多いことについては中周子の論があり(10)、『拾遺集』における天徳内裏歌合の評価と影響関係について述べられる。撰歌の基準が歌合での判定評価と同じであったことが指摘され、歌合の判詞が歌論として注目され興味深い。

一方で、先述したように、採られる歌合の種類は幅広い。内裏歌合はその権威性という面で勅撰集とも重なる意義が見出される。私邸で行われた個人の歌合は、その時代の歌人の評価とも関わり、時代が見出す和歌の流行を垣間見ることができよう。そこで改めて注目したいのが、後宮の歌合である。歌合の権威性という面では内裏歌合には及ばないだろうが、一貴族が催すものとももまた一線を画す。採歌された後宮の歌合、その和歌に、いったいどのような撰歌基準があり、それらを載せることで何を示そうとしたのだろうか。以下、順を追って検討する。

三　『拾遺集』と後宮の歌合歌

『拾遺集』所収の歌合歌を概観すると、後宮で催された歌合、あるいは同様の事情が窺えるものは【表8】のようになる。入集歌数が一首である三種の歌合は、歌合としての開催事情は不明で、『拾遺集』や私家集の情報によって歌合と推定されるものである。まずは複数入集する歌合から検討する。以下に各歌合の名称と概略、入集歌を列挙する。

【表8】『拾遺集』所収後宮歌合

歌合名称	入集歌数
寛平御時后宮歌合	6
左兵衛佐定文歌合（后宮胤子歌合）	7
京極御息所歌合	5
（女四宮勤子内親王歌合）	1
近江御息所歌合	3
麗景殿女御歌合	4
（中宮歌合）	1
（麗景殿女御・中将御息所歌合）	1

＊歌合の名称は『新編国歌大観』により、必要に応じて（　）内に『平安朝歌合大成』の名称を記した。

①寛平御時后宮歌合

寛平四年（八九二）頃、宇多天皇の母后班子女王の居院で催された。その開催にあたっては、母后の六十賀を祝う天皇の意図が働いたと見られる。内容は春・夏・秋・冬・恋の各二十番、計百番から成る大規模な歌合であるが、行事や判定の記録もなく、かつ歌合史の初期にこれほどの歌合が催されたと思われないことから、是貞親王家歌合と同じく机上の操作による撰歌合とも見られている(11)。この歌合から採られたのは次の六首である。

浅緑のべの霞はつつめどもこぼれてにほふ花ざくらかな　（四〇・菅家万葉集の中）

年の内はみな春ながらくれななん花見てだにもうきよすぐさん　（七五）

あきの夜に雨ときこえてふる物は風にしたがふ紅葉なりけり　（二〇八・貫之）

霜のうへにふるはつゆきのあさ氷とけずも物を思ふころかな　（二二九・定文が家の歌合に）

ふゆの池のうへは氷にとぢられていかでか月のそこに入るらん　（二四一）

かしまなるつくまの神のつくづくとわが身ひとつにこひをつみつる　（九九九）

②左兵衛佐定文歌合（后宮胤子歌合）

『平安朝歌合大成』に「后宮胤子歌合」として記載される歌合からの入集が七首ある。しかし、『拾遺集』中にこの名称は見られない。「定文が家の歌合に」、あるいは「右大将定国四十賀」の屏風歌とされるか、題しらず歌として載る。当該歌合に関しては多くの問題を含んでいる。廿巻本歌合の目録に班子女王歌合に続いて后宮胤子歌合として記録されることから、『平安朝歌合大成』ではその存在を認め、成立を胤子の卒年である寛平八年（八九六）以前と仮定している。しかし内容も、班子女王歌合との混同をはじめ、定文歌合、定国四十賀屏風の詠作とするなど他の機会のものであることが示される歌が複数ある。当該歌合として伝わる本文には乱れたところが多く、ひとつの歌合として確立されていた証拠が乏しいのである。ひとまずここに胤子歌合歌と見られる入集歌を列挙する。

郭公をちかへりなけうなゐこがうちたれがみのさみだれのそら　（夏・定文が家の歌合に・一一六・躬恒）

おほあらきのもりのした草しげりあひて深くも夏のなりにけるかな　（夏・右大将定国四十賀に、内より屏風てうじてたまひけるに・一三六・忠岑）

河霧のふもとをこめて立ちぬればそらにぞ秋の山は見えける　（秋・二〇二・深養父）

霜のうへにふるはつゆきのあさ氷とけずも物を思ふころかな　（冬・二二九・定文が家の歌合に）

浦ちかくふりくる雪はしら浪の末の松山こすかとぞ見る　（冬・二三九・人麿）

あふことを松にて年のへぬるかな身は住の江におひぬものゆゑ　（恋一・六二六）
住の江の松を秋風ふくからに声うちそふるおきつしら浪　（雑秋・右大将定国家の屏風に・一一一二・躬恒）

③京極御息所歌合

十巻本に記される仮名日記によってその詳細が知られる。京極御息所（藤原時平女褒子）が延喜二十一年（九二一）三月に宇多法皇とともに春日神社に参詣の折、大和守藤原忠房が二十首の歌を献じた。御幸の後、この二十首に対する返歌を女房たちに詠ませ、それを左右の方に分けて二十番の歌合とし、さらに夏の恋の二番を加えて披講した。判者は忠房本人を召してあたらせた。講師には伊衡と淑光とがあたり、左右の服色を赤青に分けて風流な趣向を尽くすなど、当日の盛儀の模様が仮名日記に詳しく記されている。なお底本の十巻本には訂正の筆がいたるところに加えられているが、これは主に二十巻本の本文に拠って改訂したものと考えられる。[12] 京極御息所歌合から『拾遺集』に入集するのは次の五首である。

延喜廿年亭子院のかすがに御幸侍りけるに、くにの官廿一首歌よみてたてまつりけるに
めづらしきけふのかすがのやをとめを神もうれしとしのばざらめや　（神楽歌・六二〇・忠房）
京極御息所かすがにまうで侍りける時、国司のたてまつりける歌あまたありける中に
鶯のなきつるなへにかすがののけふのみゆきを花とこそ見れ
ふるさとにさくとわびつるさくら花ことしぞ君に見えぬべらなる
春霞かすがののべに立ちわたりみちても見ゆるみやこ人かな　（雑春・一〇四四、一〇四五、一〇四六・忠房）
さくら花みかさの山のかげしあれば雪とふれどもぬれじとぞ思ふ　（雑春・一〇五六・題しらず・よみ人しらず）

この五首を概観して明らかなとおり、すべてが忠房の贈歌に当たる和歌である。一〇四四歌からの三首は、忠

房の贈歌であることを明示し、続けて配列する。一方、一〇五六歌は題しらず、よみ人しらずを貫く。

④近江御息所歌合

延長八年（九三〇）以前の春、醍醐天皇更衣源周子のもとで催された二十題二十首の歌合。ただし、歌合日記に「右はあはせず」とあるように、左右の和歌を番わせたものではなく、春から初夏にかけての植物と歌とを合わせたものである。歌題には梅・柳・花桜・山吹・藤といった代表的な景物のほか、楝・梶の木の花、山ぢさ、さるとり、岩柳など、当時の和歌では珍しい植物名も選ばれている。先行の物名歌合である宇多院歌合の影響を受けていると見られ、全二十首中六首が物名歌である。歌の作者は不明だが、周子の女房たちとその周辺の人物によるものと目される(13)。近江御息所歌合からの入集は次の三首である。

あさごとにわがはくやどのにはざくら花ちるほどはてもふれで見む　（春・六一・延喜御時ふぢつぼの女御歌合のうたに）

なくこゑはあまたすれども鶯にまさるとりのはなくこそ有りけれ　（物名・三五七・さるとりの花）

さきし時猶こそ見しかもの花ちればをしくぞ思ひなりぬる　（雑春・一〇三〇）

⑤麗景殿女御歌合

麗景殿女御荘子女王のもとで催された歌合。十巻本所収の完本がある。二十巻本にも収められていたが断簡七葉が伝わるのみ。歌題は、霞・春風・梅花・鶯・春雨・若菜・桜花・柳・欵冬・藤花・不会恋・会恋の十二題。各題ごとに二首ずつ番えられているが、十巻本は会恋のみ二番四首が番えられ、全体で二十六首。しかし、末尾の二首については疑問が残る。作者として兼盛・忠見・中務（二十巻本は「あつただ」）らが知られる。なお、歌仙家集本系『忠見集』などの他文献にのみ見える天暦十年（九五六）三月二十九日開催の斎宮女御徽子女王歌合は、本歌合と歌題が共通しており、両歌合が近い時期に同歌題で開催されたとする説がある一方、斎宮女御徽子女王歌合は本歌合の誤伝とする説がある。(14)

鶯の声なかりせば雪きえぬ山ざといかではるをしらまし　（春・一〇・天暦十年三月廿九日内裏歌合に・朝忠）

さきさかずよそにても見む山ざくら峯の白雲たちなかくしそ　（春・三八・天暦九年内裏歌合に）

あひ見ても猶なぐさまぬ心かないくちよねてかこひのさむべき　（恋二・七一六）

ゆめのごとなどかよるしも君を見むくるるまつまもさだめなきよを　（恋二・七三四・天暦御時歌合に・忠見）

四　分布状況

さて、前節で挙げた歌合歌が、部立別にどのように分布するかを考えてみたい。一覧にすると【表9】のようになる。これを見る限り、春歌にやや多い印象だが、特定の部立に集中してはない。雑春も含めるとさらにその数は多くなる。

また、もうひとつ明らかなのが、同一の歌合であっても連続して記載されることは稀で、同じ歌合の歌であるということは配列にほとんど関係していないということである。唯一、③京極御息所歌合の歌が続けて三首並ぶが、これは京極御息所歌合が返歌合という特殊な形式であることと、その入集歌は贈歌のみ、つまり同一作者のものであることとも関わっているだろう。

では詠み手についてはどのように分布するだろうか。【表10】にまとめたが、そもそも歌合歌の作者が明示されないことも多く、『拾遺集』入集歌に限ってみても当然、よみ人しらず歌である率は高い。作者が示されるのは、忠房が五首[15]で最も多く、次に躬恒の二首、他に貫之、人麻呂、忠岑、深養父、朝忠、忠見らがそれぞれ一首ずつ載る。

忠房の詠作が五首あり、そのうち三首が続けて配列されることは特異であり、個人詠として忠房詠が特に注目されているのだろうか。忠房の『拾遺集』入集歌は京極御息所歌合歌以外には二首（七〇七、八六二番歌）あるが、忠房の入集歌のほとんどが京極御息所歌合によるものともいえる。その理由はどこにあるのだろうか。

【表 9】『拾遺集』に入集する後宮歌合歌の部立別採歌状況

歌合 / 部立	①	②	③	④	⑤	採歌数
春	40, 75,			61	10, 38	5
夏		116, 136				2
秋	208	202				2
冬	229, 241	229, 239				4
物名				357		1
神楽歌			620			1
恋一		626				1
恋二					716, 734	2
恋五	999					1
雑春			1044, 1045, 1046, 1056	1030		5
雑秋		1112				1

＊丸付数字は本文に示す以下の歌合名称と対応
①寛平御時后宮歌合、②佐兵衛佐定文歌合（后宮胤子歌合）、③京極御息所歌合、④近江御息所歌合、⑤麗景殿女御歌合

【表 10】詠者別入集歌数

よみ人しらず	10
藤原忠房	5
凡河内躬恒	2
紀貫之	1
柿本人麻呂	1
壬生忠岑	1
清原深養父	1
藤原朝忠	1
壬生忠見	1

五　京極御息所歌合の入集歌について

忠房詠については、まず神楽歌の巻軸に載る。

延喜[16]廿年亭子院のかすがに御幸侍りけるに、くにの官廿一首歌よみてたてまつりけるに

めづらしきけふのかすがのやをとめを神もうれしとしのばざらめや　（神楽歌・六二〇）

詞書に春日参詣の折であること、国守の立場で歓迎の意を表す歌であることが示される。和歌の内容を見ると、宇多の御幸をめったにないことと喜び、そこで奉納される八乙女の舞を神も賞美しないはずはないとする。これが神楽歌に分類されることは適切な配列であろう。また、『拾遺集』の巻頭を歌合歌で始めることと並んで、巻軸にどの歌を配するかも編纂意識が垣間見える、神楽歌の巻軸に歌合歌を配することも、歌合を重視する集の視点として評価することもできる。

次に雑春に三首続けて載る。

京極御息所かすがにまうで侍りける時、国司のたてまつりける歌あまたありける中に

鶯のなきつるなへにかすがののけふのみゆきを花とこそ見れ

ふるさとにさくとわびつるさくら花ことしぞ君に見えぬべらなる

春霞かすがののべに立ちわたりみちても見ゆるみやこ人かな　（雑春・一〇四四、一〇四五、一〇四六）

詞書には「京極御息所」が春日詣の折にと記され、先に神楽歌に見られるような「亭子院」（宇多）の御幸であることが示されるのとは主体が異なる記述である。

和歌を見ると、「けふのみゆきを花とこそ見れ」（一〇四四）とする表現は、京極御息所一行の春日詣が華やかであることを印象付ける。「ことしぞ君に」見えることができたのだとする歌は（一〇四五）、旧都に咲く落胆から、

一行に詣でられたことによる歓喜を表出する。春霞が野辺一面に立ち満ちて見るのは「みやこ人」であると、上空の視点から一行の華やかさを見物するかのように表現して見せる歌となっている。

神楽歌に配される一首は「亭子院」を主とする春日参詣であることが主眼となり、奉納される八乙女に照射される。一方「京極御息所」が詣でたことを詞書に示すこの三首は、いずれも女性の集団である華やかさに注目した歌である。詞書に示される主体の相違は、同じ場の歌といえども和歌の中心に何を見出すかを読み取ったうえで配置されるのだろう。

もう一首、京極御息所歌合の歌だが、題しらず、よみ人しらず歌として雑春に入集する歌がある。

さくら花みかさの山のかげしあれば雪とふれどもぬれじとぞ思ふ　（雑春・一〇五六）

この歌は、舞い散る桜を降る雪と見立て、それでも濡れないのは三笠山の「かげ」、すなわち宇多の御加護であるとすることで行幸を賛美する。詠歌状況を取り除く「題しらず」歌として詠むと、三笠山の「かげ」が何を指すのかは明かされず、人事を隠した、桜を雪と見立てた歌として享受される。春ではなく雑春に収められるのも、隠しきれない背景が要因だろうか。

以上の五首が京極御息所歌合から『拾遺集』に入集した和歌である。それぞれの和歌の性質に応じた配列が検討されている。詞書の記述からもわかるように、歌合歌として意識されたとは考えにくい。京極御息所歌合の特殊な形態にも起因するのだが、これら忠房詠は春日参詣の折に献上された晴れの歌としての役割が前面に表出される。

忠房詠が五首ここに入集した要因は、ひとつには、『拾遺集』そのものの撰歌方針があろう。「古今を拾遺する」ともされる『拾遺集』は、その入集歌人について「今」よりも「古」を重視する傾向があり、それは貫之の詠歌が百首以上採られることにも象徴される。忠房も古今集時代の歌人であり、その傾向とも合致しよう。また、歌合歌や屛風歌が多く採用され、いわゆる晴の歌を重視するといわれる。忠房詠は歌合歌だから選ばれたわけではない。京極御息所歌合から選ばれたのは、忠房の贈歌だけである。忠房の贈歌は大和守である忠房が献じた贈歌であり、その要素は紛れもなく晴の歌である。そこに後日、女房たちが返しの和歌を詠むことで歌合としたのだが、それら後日の和歌は採られない。晴の歌としての枠組みで、忠房の贈歌が選び取られたのである。『拾遺集』が京極御息所歌合の忠房詠を特に多く入集させた理由は、その特殊な晴の性質にあった。

六　撰歌基準

忠房の五首を採った理由がその特殊な晴の性質に起因するとしたら、他の後宮の歌合に関してはどのような基準があったのだろうか。入集歌数が多いのは左兵衛佐定文歌合（后宮胤子歌合）だが、先に述べたようにそもそも歌合としての確たる証拠に乏しいという問題がある。寛平御時后宮歌合に関しても、実態は撰歌合であったと想定され、『拾遺集』に採られた理由も「古今を拾遺する」との意識のもとに採録されたものだろうか。ここで検討すべきは開催年次が『拾遺集』時代と近い、近江御息所歌合や麗景殿女御歌合であろう。

ただし近江御息所歌合も「右はあはせず」という、歌合としてはその形態に問題を孕む。それでも詞書には歌合であることが示されたうえで採録される。配されるのは春、物名、雑春にそれぞれ一首ずつである。順に見ていこう。

延喜御時ふぢつぼの女御歌合のうたに

あさごとにわがはくやどのにはざくら花ちるほどはてもふれで見む　（春・六一）

「にはざくら」を題とした物名歌である。庭桜を詠むのは当時珍しく、当該歌以降、『大斎院御集』に

そのころ、ゆきいみじうふりて、おまへのにはざくらのうづもれたるをみて

春をあさみ雪のしたなるには桜とくとくさけるはなかとぞみる

（『大斎院御集』・九六）

と詠まれるほか、『和泉式部集』『赤染衛門集』に一例ずつ詠まれる。女性歌人に詠まれるものかとの印象もあるが、そもそも用例が少ない。『拾遺集』入集歌は、毎朝私が掃く家の庭の桜の花が散っている間は手を触れずに見よう、という。「わがはく」とあることから詠歌主体が手ずから散り敷く桜を掃き清める。それも「あさごと」であり、その作業は常態化されたものである。そんな桜を、散るまでは手も触れないで見ようというのだから、枝に咲く桜を美しさゆえに手折るような立場にはない。美しい桜の庭のある邸宅に勤める立場の詠歌主体が描かれる。当該歌を受容する、周子を中心として囲む女房たちの、和楽する姿が想像されよう。

物名歌に採られるのは「さるとりのはな」の一首である。

なくこゑはあまたすれども鶯にまさるとりのはなくこそ有りけれ

（物名・三五七・さるとりの花）

鳴く声はたくさんするが鶯に勝る鳥の声というのはないのだなあ、と詠む。「さるとりのはな」はサルトリイバラを指す。トゲのある植物で、「猿捕」とされるのはこの特徴による。かなり特殊な題で、和歌に詠まれるのはこの一首が残されるだけである。(17) 歌合歌ではあるが、この特殊な物名題ゆえに入集したのだろう。

三首目は雑春に次の一首。

さきし時猶こそ見しかももの花ちればをしくぞ思ひなりぬる

（雑春・一〇三〇）

桃の花自体は『万葉集』にも詠まれるが、梅や桜と比すればその数は圧倒的に少ない。勅撰集においても『古今集』『後撰集』にその例は見られない。時折見られる場合も、花の美しさそのものを愛でるよりも、大陸からの渡来物であることから唐土の伝承や漢籍の影響のもとに詠まれている。その中で、当該歌の詠みぶりは、咲いていたときずっと見ていた、それでも散るとなると惜しいなあと思うのだと、その開花を愛で、散ることを惜しむ、

桜と同様に見て楽しみ、散って惜しむものである。雑春に採られるのは、従来多く詠まれてはこなかった桃の花を、通常の春歌として採るにいたらなかったということか。

近江御息所歌合から採られた三首を見ると、物名歌、雑春歌はその題や素材の特殊性が注目できる。春歌に収められる一首は、屋敷に仕える者の視点であり、題としての珍しさもさることながら、その歌が受け入れられる状況に関心が寄せられよう。詞書に「女御歌合のうた」と明示され、その歌が披講されるのは女御の下に集う女房たちであるという、その状況と詠歌内容が適合し、当時急増していた後宮の歌合に『拾遺集』の関心が寄せられたと推察される。

麗景殿女御歌合の四首は、春歌に二首、恋歌に二首、それぞれ二十首以上の間を隔てて採録される。まず春歌二首は次のとおり(18)。

　　天暦十年三月廿九日内裏歌合に
鶯の声なかりせば雪きえぬ山ざといかではるをしらまし　（春・一〇・朝忠）
　　天暦九年内裏歌合に
さきさかずよそにても見む山ざくら峯の白雲たちなかくしそ　（春・三八）

この二首は「内裏歌合」と示され、女御の存在は『拾遺集』においては伏せられている。詠歌内容は、一首は、雪残る山里では鶯の声によって春を知るのだといい、もう一首は咲いたか否かを遠くから見たいとして遠景の桜を望む。

恋歌の二首を次に示す。
あひ見ても猶なぐさまぬ心かないくちよねてかこひのさむべき　（恋二・七一六）
　　天暦御時歌合に

ゆめのごとなどかよるしも君を見むくるるまつまもさだめなきよを
（恋二・七三四・忠見）

前者は歌合歌であることは示されず、「はじめて女の許にまかりて、あしたにつかはしける」（七一四番歌）とある後朝の歌のひとつとして配されている。後者は夜ばかりでなく昼も逢いたいと、関係が成立した後、さらに募る思いを詠む。「天暦御時歌合に」とあり、歌合歌であることは示されるが、女御の存在はここでも伏せられる。あえて「天暦御時」と記すことの意味は、天徳内裏歌合をその開催年次ではなく「天暦御時歌合」と記すことと同様に、この歌合を当代の晴儀歌合として提示することによって示したい権威性があったのではないか。

麗景殿女御歌合の四首を見ると、その存在は内裏歌合のもの（あるいは歌合とは無縁のもの）として入集している。このことは、そもそも麗景殿女御歌合に内裏が深く関与していたのではないかと推測させるが、今はその検討は置いておき、少なくとも『拾遺集』入集にあたっては内裏歌合として受容されていたことのみ特徴として見ておきたい。

近江御息所歌合および麗景殿女御歌合の『拾遺集』入集歌についてその撰歌基準はどこにあったのかを検討した。近江御息所歌合に関しては、後宮の歌合として意識されたであろう歌は一首で、残る二首はその題や素材の特殊性に拠るものだろう。麗景殿女御歌合に関しては、内裏歌合として認識され、その詠歌内容も素直に春あるいは恋の状況を詠んだものであった。

七　おわりに

『拾遺集』に採録された後宮の歌合について、いったいどのような撰歌基準があったのか、いくつかの歌合を挙げて具体的に考察してきた。特徴的だったのが、京極御息所歌合における忠房詠が特に多く採られていたことである。これは忠房詠が持つ贈歌としての特殊性に起因するものと考えられるが、そもそもひとつの歌合から続けて配列されること自体が『拾遺集』には珍しい現象である。

冒頭でも確認したように『拾遺集』に採られる歌合歌は、内裏や後宮、私邸での催しを合わせて二十八種の歌合から計八十八首とされるが、同一歌合において結番された和歌がそのまま連続して記されるのは天徳内裏歌合の二組（一〇〇、一〇一、六二一、六二二）だけである。結番ではないものの同一歌合の歌を続けて配列するものも他に三例しかない。『拾遺集』が見る歌合という性質についてどのように捉えるべきなのか。

『拾遺集』の歌合歌はその結番や配列から解放されて載る。歌合を撰歌源として見る『拾遺集』の目は、和歌を番えるという歌合のプロセスを重視してはいなかったのだろう。冒頭に挙げたように、中周子[19]は天徳内裏歌合の判定基準が『拾遺集』に採る際にも反映されていることを指摘しており、興味深いが、これは判詞の存在が大きくに影響している。未だ判詞の拡充されていない時代の歌合を、どのように採録するか、『拾遺集』がどのように歌合を見ていたかが大きな疑問である。

実際、採録された歌合の多くが判を伴っていない。判の付けられた歌合であっても、入集する歌は勝、負、持いずれの場合も存し、その数を比較してみても大きな差異が生じない。天徳内裏歌合の場合には持と勝の歌が多く、負歌は忠見の「恋すてふ」歌くらいだが、それも判詞の存在や忠見と兼盛の結番の話題性によるものか。『拾遺集』は確かに歌合歌の入集歌数は多い。巻頭に歌合歌を据えていることも事実である。しかし歌合というイベント性に関心が強かったとするには、もう少し細かな言及が必要である。歌合は和歌を番えることによって生じる左右の優劣勝負にそのイベントとしての特質がある。一方で記録として書き残した際にはひとつのまとまった歌集とも近似する、あるひとつの機会に生じた和歌の集積となる。勅撰集や私家集よりも小さな世界で成立する、和歌の集合なのである。そして『拾遺集』が採歌源として歌合を見る目は、歌合の結番という特質は取り払われ、特定の場に詠み合わされた和歌の集合体という点に向けられていた。その結果、題や素材などの特殊性を持つ歌が採られ、結番をそのまま載せるものはほとんど生じなかったのである。

注

(1) 萩谷朴「三代集と初期歌合」、『鑑賞日本古典文学　第七巻　古今和歌集・後撰和歌集・拾遺和歌集』一九七五年、角川書店
(2) 注(1)萩谷朴
(3) 徳原茂実「後撰和歌集と歌合歌」、『武庫川国文』第九十一号、二〇二一年八月
(4) 小町谷照彦、倉田実校注『拾遺和歌集』二〇二一年、岩波書店(「解説」は倉田実執筆)
(5) 中周子「基盤としての『拾遺抄』」、『拾遺和歌集論考』二〇一五年、和泉書院
(6) 小町谷照彦校注『新日本古典文学大系7　拾遺和歌集』一九九〇年、岩波書店
(7) 『平安朝歌合大成』に依拠したものとされる。
(8) 中周子「歌合と勅撰集—天徳内裏歌合と拾遺集—」、『和歌文学論集5　屛風歌と歌合』一九九五年、風間書房
(9) 注(1)萩谷朴において、「疑問のあるもの」として二首に( )が付される。
(10) 注(8)中周子
(11) 『新編国歌大観』「寛平御時后宮歌合」解題(村瀬敏夫)
(12) 『新編国歌大観』「京極御息所歌合」解題(藤岡忠美)
(13) 『和歌文学大辞典』「近江御息所歌合」の項(西山秀人)
(14) 『和歌文学大辞典』「麗景殿女御歌合」の項(加藤裕子)
(15) ただし一〇五六番歌はよみ人しらず歌として記載される。
(16) 二十一年の誤り
(17) 漢名「茇葜」(バッカツ)の表記で『出雲風土記』や『延喜式』にも見られる(平田喜信、身崎壽『和歌植物表現辞典』一九九四年、東京堂出版)。

(18) この二首の間で開催年次に異同が生じているが、後者のほうが誤りで、麗景殿女御歌合は天暦十年の開催である。

(19) 注(5)中周子

第三部

内裏および臣下の歌合

◆第八章◆

坊城右大臣殿歌合表現の影響

一　はじめに

天暦十年（九五六）八月十一日、右大臣藤原師輔が前栽合を催した。それは坊城の邸宅に[1]、北の宮康子内親王を迎えて行ったものとされる。本歌合に関しては、十巻本・二十巻本ともに完本が現存する。十巻本は簡潔な仮名日記を備えており、その内容は次のとおり。

天暦十年八月十一日坊城殿にきたの宮おはしますに月のいとおもしろきにをとこがたをむながたおまへのせざいをだいにてよめる[2]

「月のいとおもしろきに」とあることから、観月の前栽合であったと想定できる。歌題は月、薄、萩、山菅、松、刈萱、檀、女郎花、池、萏の十題。十番の歌合を構成するほか、番外歌一首がある。方人即歌人で、左方男、右

方女の対抗形式であり、判の勝負付けも見える。(3)

内裏や後宮で歌合が盛んに行われた村上天皇の時代に、師輔が個人の邸宅で催行した点が注目できる。もちろん現実には歌合は臣下たちの間にも大小さまざまに催されていたのだろうが、全体が記録されているものという と数は限られる。また、観月宴に伴う前栽合という点は、康保三年(九六六)内裏前栽合の先蹤である。康保三年内裏前栽合は『栄花物語』「月の宴」にも描かれる盛大な催しであり、その行事次第は『古今著聞集』にも記録される。村上朝最末期に催行された前栽合に、師輔の催したこの前栽合の影響はなかったとはいえまい。ここでは、村上朝の歌合の様相を探るひとつとして、臣下である師輔の催した前栽合を、和歌表現の面から考察する。

二 坊城右大臣殿歌合

師輔は、「九条殿、九條右相府、坊城右大臣」(4)とも称される平安中期の歌人。生年は延喜八年(九〇八)、没年は天徳四年(九六〇)五月四日。藤原忠平の二男で、母は源能有の娘昭子。室、藤原盛子との間に伊尹・兼通・兼家・安子などがおり、子孫は摂関家として栄えた。醍醐帝皇女の三人の内親王を妻とした。『後撰集』以下の勅撰集に三十五首が入集する。

師輔は、天暦元年(九四七)の村上天皇即位時に兄である実頼が左大臣となるに伴い、右大臣となった。師輔自身の官位は右大臣に留まるが、最初の妻である盛子との間に生まれた安子を村上天皇に入内させた。村上天皇は安子への寵愛深く、その父である師輔に対する信頼も厚かった。儀式次第の動きなどに対して師輔とともに事を運んでいく場面が、師輔の日記『九暦』に散見する。そして安子を母とする憲平親王(のちに冷泉天皇となる)、守平親王(のちに円融天皇となる)が即位することで、師輔は外戚として政権と強固な関係を築き、一族を繁栄に導いた。

本歌合開催の天暦十年という年は、歌合史の中でどのような位置にあるか。村上天皇の時代にはさまざまに歌合が催されており、一覧にすると【表11】のようになる。天暦十年という年も、荘子、徽子、芳子の催した歌合が存し、村上朝の歌合の隆盛の只中に置かれる印象である。内容の面から見ると、康保三年に行われる内裏前栽合とは観月宴という舞台設定が共通する。村上天皇と師輔の関係からすると、この歌合を先蹤とする意識が働いていたとは想像に難くない。具体的にどのような関係が見出せるかについては後節で検討する。

本歌合は観月宴の前栽合に伴うものであり、十題十番と番外歌一首の計十一首を存する歌合である。先行研究は萩谷朴『平安朝歌合大成』(5)が最も詳しい。そこで指摘されるように、本歌合は『袋草紙』や『八雲御抄』にも取り上げられず、現代にいたるまで大きく注目されてこなかった。その中で研究史上、唯一注目された点が、本歌合仮名日記の「きたの宮おはしますに」との記述に対し、「きたの宮」が誰を指すかについてである。

これには二説ある。研究史のとおりに順を追って確認すると、まず久曾神昇(6)が師輔の「北の方」となった「内親王宮」と解し、勤子内親王、雅子内親王、康子内親王のうち、開催時に存命であった康子内親王を指すとした。次に堀部正二(7)は、「北の宮」を皇后の異名と解し、のちに皇后となった村上天皇女御安子であるとする説を示した。続いて杉崎重遠(8)は、「北の宮」の用例を検討したうえで、康子内親王を指すと断言し、峯岸義秋(9)も康子内親王であるとした。『平安朝歌合大成』(10)は、康子内親王が朱雀・村上両帝と同じく穏子を母とし、醍醐天皇の鍾愛のためか婚期を逃したまま、天暦八年(九五四)、三十六歳にて三宮に准ぜられたことを「北の宮」の称となった理由としている。

「北の宮」とは、語源としては「后の宮殿が内裏の北にあるところから」(『日本国語大辞典』)とされるように、皇后を指す語である。師輔と関係のあった皇后として安子が想起されるが、それは歌合開催より後のことである。

【表 11】村上朝における歌合一覧

元号	西暦	村上天皇(年齢)	日付	歌合	内容
天慶 3	940	元服（15）			
天慶 7	944	皇太子（19）			
天暦元	947	即位（22）			
天暦 2	948		9.15	陽成院一親王姫君達歌合	古歌の心に対する返歌を左右に番った返歌合
天暦 7	953		10.28	内裏菊合	一番二首の菊合
天暦 9	955		閏 9	内裏紅葉合	二番四首の紅葉合
天暦 10	956		2.29	麗景殿女御（荘子）歌合	春十題恋二題の十二番二十四首
			3.29	斎宮女御（徽子）歌合	荘子歌合（↑）との混同が問題となっている
			5.29	宣耀殿女御（芳子）瞿麦合	三番六首の瞿麦合
			8.11	坊城右大臣殿歌合（師輔前栽合）	十題十番と番外歌一首
天暦 11	957		2	蔵人所衆歌合	一題四番
天徳 3	959			中宮歌合	天徳 2 年 7 月以前（『清正集』による）
			8.23	斎宮女御（徽子）前栽合	虫、花薄、荻、蘭、瞿麦、紅葉の七首が載る（忠見集による）
			9.18	中宮女房歌合	庚申、花薄、萩、女郎花、きりぎりす、松虫の七題か
天徳 4	960		3.3	内裏歌合	十二題二十番
応和 2	962		3	資子内親王歌合	『新拾遺集』『万代集』『夫朴抄』によって三首知られる
			5.4	内裏歌合	一題「時鳥を待つ」九番
			9.5	河原院歌合	十題十番二十首
応和 3	963			宰相中将君達春秋歌合	春秋いずれが優れているかを贈答歌風に詠み合った歌合
康保 3	966		5.5	源順馬名歌合	馬の毛の名を歌題風に脚色した全十番の歌合
			8.15	内裏前栽合	観月宴の前栽合
康保 4	967	出家、崩御（42）			

＊参考『平安朝歌合大成』、『新編国歌大観』解題、『和歌文学大辞典』

「坊城殿」にいた「きたの宮」が「皇后」という理解は難しい。ここにいたのは師輔自身の「北の方」であると考えるのが妥当だろう。「北の宮」と表されることに疑問もあろうが、他にも康子内親王を「北の宮」と記す例はある。天暦十一年（九五七）七月二十三日の年紀を持つ菅原文時の作で「北宮御卌九日願文」との標題の下に哀切の情を述べるものが載り、「北宮」は「康子内親王」と注される。[11]康子内親王は同年六月六日に御産のため坊城第で薨去しており、[12]七月二十四日が四十九日に当たる。また、『高光集』十二番歌の詞書にも康子内親王が「北宮」と記される。[13]師輔の妻で天暦十年当時に存命であり、「北宮」と称されることもあった人物として、康子内親王であると想定するのが、現在最も適当な理解である。

この「北の宮」の問題以外に特段注目を集めてこなかった本歌合であるが、その実態はどのようなものだったのか。以下に和歌表現の特性、和歌史上の影響関係に目を向け、その位置付けを考察する。

三　祝意の反復

【表12】に和歌一覧を掲出した。明らかな祝意が看取されるものが半数程度ある。『平安朝歌合大成』[14]は1、2、9、10、17、18、19、20歌に対して祝意を認める。また、【表12】内には和歌表現の重複する箇所に傍線を付したが、共通表現については次節で検討する。ここでは反復される祝意性に注目する。その象徴となるのが冒頭の一番である。

一番月題は、左右どちらも「万代」を初句に掲げて本歌合の主催者への祝の心を示し、「秋の月」「秋の夜の月」とすることで題を満たす。

　万代の松にかかれる秋の月ひさしきかげをみよとなるべし　（1・侍従君）

【表12】坊城右大臣殿歌合和歌一覧

題		和歌本文
月	1	万代の松にかかれる秋の月ひさしきかげをみよとなるべし
	2	万代のかげをみよとやおほぞらのてりまさるらむ秋の夜の月
薄	3	おほかたののべよりまさる花すすき秋はてぬともうつらざらなん
	4	おもふことこめてはくるし花すすきほにいでていはんそよとこたへよ
萩	5	あきはぎの花のさかりとさをしかのよぶかきこゑといづれまされり
	6	したばよりいろづくはぎといひながらことしはつゆも心おくらし
山菅	7	くさむらにおくつゆむしのひねもすになくこゑやまずけふはきこゆる
	8	かぎりなくたのまるるかなつゆばかりうつろふいろにあらぬやますげ
松	9	いはちかみかげをうつせるよろづよのまつはふたへにたのまるるかな
	10	君がよとまつのみどりとくらべつつひさしきよにあはむとぞ思ふ
刈萱	11	かるかやのほにいでて物をいはねどもあゆく草ばにあはれとぞ思ふ
	12	くさふかくなりゆくのべのかるかやを思ひみだると人やみるらん
檀	13	この秋のまゆみのもみぢいかなればそめぬにいろのふかくみゆらん
	14	いろにいでてまだみえぬまはおぼつかないまやまゆみのもみぢするとき
女郎花	15	をみなへしつねよりいろのことなるはのべのくさばもこころあるらし
	16	をみなへしさまざまみえしいろよりも心ことにもにほふ秋かな
池	17	つきもひもうつるとみればいけのうちのそこの心ぞおもひやらるる
	18	ほりおける心からにやいけみづのみなそこさへはめでたかるらむ
蛬	19	きりぎりすこゑなつくしくあきのよのあくといふことのなきよとぞ思ふ
	20	いろいろの花みるごとにきりぎりす君ちよまでとなくこゑぞする
*番外	21	おもふことなきみながらもあきといへばおほかたにこそあはれなりけれ

万代のかげをみよとやおほぞらのてりまさるらむ秋の夜の月　（2・大輔君）

左歌の「松にかかれる」は屏風歌に多く見られる表現である[15]。松にかかるものは「藤」の用例が圧倒的に多く、他に少数だが苔や白雪、白露といった例がある。それがこの場合、松にかかるのは「秋の月」である。松に何が「かかる」のか、聴衆の予想は通例からすれば植物の類にあったのだろうが、予想を裏切り「秋の月」が詠まれた。「松にかかれる秋の月」とある当該歌は、月の光が松を照らす様子を想像させる。その月の光は、松にかかることで長寿性が付加され、観月宴の永遠性を寿ぐ。

右歌では「おほぞらの」月を詠み、この用例は、『古今集』「おほぞらの月のひかりしきよければ影見し水ぞまづこほりける」（冬・三一六）をはじめとして用例は百首を超える。古今集歌のように初句に用いられる例が多いが、『元輔集』などの私家集には初句以外の例もしばしば見受けられる。ここでは「おほぞらの」は結句の「秋の夜の月」にかかるが、間に「てりまさるらむ」が挿入され、広大な空に照り映える今宵の月が特定される。そこに「万代」を見出す当該歌は、左歌同様、観月宴の永遠性を寿ぐ。

この二首は、観月宴のもとに催された前栽合のため、前栽を題とする他の歌とは様相が異なり「月」を題として詠まれた。その内容は「万代」を見出すことで当座を永遠なるものとして賛美する、観月宴の前栽合の幕開けとなる和歌であった。ここに二首とも「万代」を詠み込むことは、当座賛美、主催者賛美という観点から生じた表現である。

本歌合歌で私家集に収められるのは一首、一番左歌が『高光集』に載る。高光は師輔八男で、天暦十年三月に侍従任官しており、「侍従君」と記される。高光が詠じた開幕の一首において、長寿性が付加され賛美される月には、康子内親王の寓意があると見るべきであろう。続く右歌にも同じ趣向の和歌が詠まれ、左右の結番を通して、月の影を康子内親王の影響力と見立て、その長寿性を祝う歌となっている。

その後も賛美の視点は繰り返し詠まれる。祝意とまではいわずとも、当座あるいは主催者賛美は反復される。うつろわない薄や山菅（3、6）、主催者に心を寄せて気遣う萩や池（6、17）は、繰り返し詠まれることで共感を呼ぶ。それは場を一にするこの集団が、同じ枠組みを共有するものとして自覚する装置であり、そのつながりを強固にするものでもある。「万代」を初めとして、本歌合の根底に賛美の視点が共通の枠組みとして存していたことを確認しておきたい。

四　結番をまたぐ連関性

次に、共通表現を持つ和歌について確認する。月題には「万代の」の共通表現が生じるが、同時に「かげをみよ」の表現も左右歌に存する。左歌においては句をまたいで「ひさしきかげをみよとなるべし」と表現され、右歌では二句目に「かげをみよとや」とされる。しかしこの表現は用例が少なく、偶発的に表現が共通したとは考えにくい。

その他の歌に目を向けると、類似した表現が散見する。題となった語句を除き、表現が重複する箇所を【表12】内の和歌に傍線を付して示した。たとえば8（山菅題の右歌）、9（松題の左歌）はともに「たのまるるかな」の表現を用いる。それぞれの歌を確認する。

かぎりなくたのまるるかなつゆばかりうつろふいろにあらぬやますげ　（8・薩摩）

菅は『万葉集』以来詠まれる素材だが、その歌の発想は多彩で、神事に用いられることがわかるほか、最も目立つのは、その長く伸び細くからみあう根にまつわる発想だという(16)。しかしここでは神事の様相も根の様子も現れていない。いったいどのような特徴を見出した歌なのか。

菅はありふれた植物だが、前栽合に詠まれることで賛美の対象となる。菅を賛美の対象とする発想として注意しておきたい先例が、藤原忠平の東院前栽合（延長五年（九二七）の開催か）[17]に詠まれる「ときはなるやまのやますげよよをへてかはらぬいろは君のみぞみる」（二二）の歌である。ここでは「やますげ」が代々を経て変わらないことを「君」だけが見るのだと、「君」の長寿を寿ぐ。東院前栽合は、当時左大臣であった忠平の東院新造に際して、寝殿の西東に植えられた前栽の草花を歌題とした歌合である。受賀者は忠平で、賛美される山菅は忠平の新しい邸宅に誂えられた山菅である。

東院前栽合歌の場合、このように歌が導かれるのは初句に「ときはなる」があることに起因するが、坊城右大臣殿歌合歌の場合には「ときはなる」に当たるような前触れはなく、唐突な賛美である印象を受ける。少しもうつろう色ではない、とはいうものの、なぜうつろわないのかが示されない。東院前栽合の詠作が前提として意識されていたのだろうか。あるいは、『万葉集』に「さくはなは　うつろふときあり　あしひきの　山菅の根し長くはありけり」（巻20・四四八四）と詠まれるように、根に注目したのだろうか。しかし万葉集歌のように「根」が明示されてはおらず、ここで根に注目した歌とするには、根は暗示されていると捉えるほかない。万葉集歌の発想を元に、東院前栽合の詠が成されたのかとも推察されるが、山菅に不変をいうこと自体、用例は少なく特異な視点である。いずれにせよ、うつろわない山菅であることを「かぎりなくたのまるるかな」と詠み、この上なく信頼できる、不変であることを寿ぐのが、山菅題の右歌である。

次に松題の左歌を挙げる。本文上の問題が生じており、その点を先に考察する。

いは《け》ちかみかげをうつせるよろづよのまつはふたへにたのまるるかな　（9・小法師）

初句は、『新編国歌大観』の底本である二十巻本では「いはちかみ」とあるが、ここは十巻本の本文にある「いけちかみ」の方が正しい本文であろう。「いは」であれば「岩が近いので」と訳されようが、和歌の内容を考えると「岩」は不審である。下の句で「ふたへにたのまるるかな」とあって、二重に頼りにされるというのに、岩が近いことがどのように関わるのか。ここでは水面に松の影が映るからこそ二重となるので、「いけ」でなくてはならない。

語句の用例としてはどうか。「いけちかみ」の用例を探すと、『元輔集』に二首見られるだけであった。「十一月、いけのほとりのつるむれたり」[18]の詞書のもと、「池近み群れたる鶴の千年をばたが世の中の数と知るらむ」(前田家蔵本・一三四)と詠まれるものと、「冷泉院にわたらせ給うて、池のもとの初雪といふことを、殿上のをのこどもの詠み侍りしにかはりて」の詞書のもと「池ちかみ降る初雪のなごりには玉の台ぞあらたまりける」(書陵部甲本・七二)[19]と詠まれるものの二首である。どちらも詞書に池の存在が示される。坊城右大臣殿歌合においても池題があり、殿前に池があったと推定できる。用例がほとんど見られず、和歌として使いなれない語句だったのかもしれない。一方の「いはちかみ」には他例はない。岩が近いことが何をもたらすのか、特殊な状況設定が必要であろう。

続く語句は「かげをうつせる」で、水面に姿が映ることを指している。下の句に「万代の松はふたへにたのまるるかな」とあるのは地上の松と水面の松があることに拠る。これが「岩」であれば、松の姿が岩に映ることになるが、景色として不自然である。影を映す水面という用例は枚挙に暇がない。前栽の景としては松と池とが想定され、「池ちかみ」という初句が適当である。水面に映る松を認めて二重の永遠性を寿ぐ。しかしそれも、明るく照らす月の存在が前提となっていることは、忘れてはならない要素である。

8、9の共通表現「たのまるるかな」の用例は、『古今集』に「水のあわのきえてうき身といひながら流れて猶もたのまるるかな」(恋五・七九二・友則)があるように、結句に用いられている例が比較的多いが、上の句に用いて倒置とする例も散見する。8では二句目に、9では結句に用いられるが、用法として違和感があるというほどのものではない。しかし、どちらにも「たのまるるかな」が用いられている点は興味深い。ここに連続して用いられる必然性はあるか。

内容から考えると、8では「すげ」が色うつろう物ではないことに対して「たのまるるかな」と詠み、9では水面に映る松と実物の松とあることから二重に「たのまるるかな」という。続けて用いられる必然性はなく、「たのまるるかな」が導かれる理由も異なる。8に「たのまるるかな」の語が詠まれたことが、次の歌に同様の句を生じさせたか。

その他、詳述する紙幅がないが、10、11にも、結句に「あはむとぞ思ふ」「あはれとぞ思ふ」という型の似た句が用いられる。さらに12、13は結句に「みるらん」「みゆらん」とあり、言葉遣いが似通う。女郎花題15、16には「いろ」「こと」と表現が共通する。

冒頭の月題をはじめ、複数の和歌、それも結番をまたいだ形でも類型表現あるいは同一表現が繰り返される現象は何を示すのだろうか。あえて近似した表現を用い、それ以外の部分で対する歌との差別化を図るということも考えられようが、ここでは結番をまたいで生じる類似表現があり、対する和歌とは無関係の現象である。和歌の内実からは、祝意性を繰り返し詠みながら、左右の結番という競争意識とは別の、その場の遊興を重視する性質であるように読み取れる。

五　康保三年内裏前栽合

康保三年内裏歌合においては、前節で指摘したような類似表現が繰り返される事象が見られる。康保三年内裏前栽合とは、その年の八月十五日の夜、清涼殿の台盤所において行われた、村上天皇が主催する内裏歌合である。

【表13】康保三年内裏歌合における共通表現の特徴

歌番号	和歌	作者
(27)	ももしきによろづの花をうつしうゑて　やちよの秋のためしにぞみる	時清
(28)	ここのへにさきみだれたる花みれば　ちとせの秋は色もかはらじ	通雅
29	ここのへににほひそめぬるをみなへし　行さきまでもみゆるつきかな	右近の命婦
30	秋の夜の花の色色みゆるかな　月のかつらもくものうへにて	介の命婦
31	野辺よりはいかにか思ふ花のいろも　月のかつらも匂ひくらべて	兵庫の蔵人
32	秋の夜の月のひかりのひとつにて　くさぐさにほふ花のをりかな	少弐の蔵人
33	秋の夜の月と花とを見るほどに　なきそふるかなすずむしのこゑ	兵衛の蔵人
34	あきのそらすめるこよひの月なれば　花のひもとくかげもみえけり	大輔の蔵人
35	月影のうすきこきをもてらす夜は　いかでか花の色にわかまし	衛門の蔵人
36	秋の夜のつねよりあかき月影は　のどかに花の色をみよとか	播磨の蔵人

歌合といってもその実態は観月宴に伴う前栽合であり、和歌は前栽合に付随するものという位置付けであった。記される和歌は、勝敗や判詞がない左右一首ずつの一番と、後宴歌会のものと見られる三十四首である。後宴歌会の和歌は、天皇、臣下、女房と身分順に記録されるが、このうち女房歌において共通表現が連続する和歌に見られるという特徴がある。【表13】にその一覧を示した。

【表13】には、臣下の歌の末尾二首（歌番号に（　）を付した）と、女房の歌八首を挙げた。女房歌の冒頭に「ここのへ」とあるのは、臣下の歌の最末尾の歌の表現を重ね取ったもので、以下、隣り合う和歌に重複表現が多いのが特徴として見て取れる。この後宴歌会の和歌にはそれぞれに題の指定はなく、同じ場に詠出されたにすぎない。その中でこれほど共通表現が用いられていることは、意図的に前歌の表現を重ね取って読み進めていったものと想定される。

臣下の歌において共通表現は隣接せず、点在する。特徴的なのは、和歌史上は月に対して「さやけし」を用いるのが通例のところ、御製の「のどかなる月」の表現を承け、「のどかなり」を用いる歌が「さやけし」より多く詠まれる点である。隣接する和歌に生じるか、点在するかという相違はあるが、その場で和歌相互に影響関係が生じた証左である(20)。

坊城右大臣殿歌合の場合にはどう考えられるだろうか。左男方、右女房方であり、左右には優劣が付けられ、結番があった。しかし共通表現が生じているのが番えられる歌だけではなく、連続する結番間においても生じるところを見ると、左方の男方の詠作の契機として、女房歌が存していたことになる。

女房たちの詠作手段として表現を重ねて詠み連ねるという方法がこの時期に見られるものであり(21)、坊城右大臣家歌合の場合には男性臣下がその方法をまねたものと考えられようか。歌会のような、歌がその場で作られた状況で生じたものだろう。もちろん同一表現が近接する箇所に見られることが、そのまま当座で詠作されたこととはならない。しかしこうした表現が生まれ、そしてそれが許容されるのは、詠出される和歌を事前に用意し、当座で左右に分かち番えた競技意識の高い歌合とは異なる状況である。

六　前栽合として

前栽合としての位置付けはどうか。菊や女郎花などの植物とともに歌合を行った記録は寛平年間から見られるが、複数の植物を題とした前栽合となると延喜年間、藤原忠平の本院左大臣家歌合が古い例か。十二題二十首が

残り、全十二番とも、それぞれ一首を記す後尾の四題を二番に番えた全十番とも見られる。(22)

この歌合に詠まれた「おほかたののべなるよりはをみなへしねやのつまにてみるはまされり」(八)の歌は、「おほかた」「のべ」の表現が、後続する前栽合である坊城右大臣殿歌合および康保三年内裏前栽合に継承される。まず、坊城右大臣殿歌合の薄題左歌には、

おほかたののべよりまさる花すすき秋はてぬともうつらざらなん　(3・よしもち)

との歌が詠まれる。上の句に「おほかたののべよりまさる」とあり、世間一般の、野辺にある花薄とは違う殿前の花薄であることが示される。また、女郎花題左歌には、

をみなへしつねよりいろのことなるはのべのくさばもこころあるらし　(15・きむあきら)

との歌が詠まれる。「つねよりいろのことなる」と、普段とは違う美しさを放つ女郎花を見出すが、それは野辺にあるものでも主催者を賛美する心があるからなのかとする詠みぶりである。

野辺のものであることを引き合いに、当座の植物の特別さを見出す。本院左大臣家歌合の例は、句の構成としては坊城右大臣殿歌合の薄題左歌と近く、女郎花を詠む点では女郎花題左歌と共通する。植物は「野辺」が日常の舞台であり、前栽合として特別に誂えられた場合に「野辺」とは異なる美しさを発揮するのだと見做す方法である。そしてこれは、康保三年内裏前栽合にも継承される。(23)野辺での振る舞いは日常、殿前や内裏での姿は特別であるという場の論理が働いていていよう。

次に見られる前栽合は四節で触れた東院前栽合である。原態は十五題十五番三十首と見られるが、十巻本、二十巻本とも欠損があり、現存するのは十五題二十二首である。歌合日記によれば、実頼・師輔ら忠平の子息たちが左右の方人を務めたとある。(24)忠平は師輔の父、時平とは兄弟である。忠平は時平の前栽合を意識しただろうし、師輔は忠平の前栽合での方人の経験(25)も踏まえ自身の歌合を催しただろう。彼らがその権力誇示のひとつとして

行った催事であったと考えられる。東院前栽合との関係は、四節で萱を賛美の対象とする例として取り上げた。直接忠平前栽合の影響があったのか、あるいはそれ以前の『万葉集』の例も踏まえてのことなのか、断言できないが、忠平前栽合からの表現面での影響も想定してよいだろう。

そして次に見られるのが、坊城右大臣殿歌合である。これは康子内親王を迎えての催事であり、康子内親王のために企図されたものであったことは、前栽合の展開としては新しい。当時の村上天皇後宮において女御たちの催す歌合が頻繁であったことも関連する事象である。本章のはじめ【表11】において確認したように、歌合の催行に女性が深く関与する時流と合致する。

また、古くはたとえば昌泰元年（八九八）亭子院女郎花歌合で、温子の詠として「きみによりのべをはなれしをみなへしおなじこころにあきをとどめよ」（一二一）があり、「主催者によって野辺を離れた女郎花は野辺にあった時と同じ心で秋を引きとどめておくれ、とこれも女郎花の場に着目している[26]」と、物合の場を礼賛する方法として指摘される。結果として「場」を礼賛する意図として読めるのだろうが、「おなじこころ」とあり、野辺と同じさまを「場」に求める。その他の歌にも女郎花の場を特別なものと意識する例が見られるが、ここで問題とした、野辺が日常で、当座ではそれに勝る特別な美しさを放つと表現するものとは位相が異なる。しかし根本に、内裏あるいはそれに準じる貴顕の主催する物合の場を特別視するという場の論理が働くことは、疑いようがない。もっと広く、物合史の上に整理し直す必要がある。

七　表現上の影響

和歌史の上で、本歌合がもたらした影響はいかなるものか。すでに述べてきたように、観月宴に伴う歌合の後継として康保三年内裏前栽合があり、影響が推察される。本章で取り上げている坊城右大臣殿歌合とは、内裏で行われる天皇主催であることや、歌は後宴の歌会の方が多いことが相違点ではある。しかし、観月宴に伴う前栽合という点では最も近い先例であり、まったく意識されないというのも不自然であろう。

具体的な和歌表現の継承は、前節で挙げた「おほかたの野辺」のほかに、「ことしは」という特殊な限定方法がある。坊城右大臣殿歌合では、

したばよりいろづくはぎといひながらことしはつゆも心おくらし　（6・佐の君）

と詠まれ、「ことしは」、として、この年の萩の性質であるという限定の仕方をする。これは康保三年内裏前栽合では、「心してことしは匂へをみなへしさが野はなぞと人はいへども」（一二）、「花の色もことしはことににほひけりのどけき秋の月のかげゆゑ」（一三・共政）と詠まれ、その年の名月を特記する。

「ことしは」という表現は、『古今集』には「かぞふればとまらぬ物を年といひてことしはいたくおいぞしにける」（雑上・八九三）があり、『後撰集』では「物思ふとすぐる月日もしらぬまにことしはけふにはてぬとかきく」（冬・五〇六・敦忠）[27]と詠まれる。

古今集歌は数えると止まることのないことから「とし（疾し）」というのだと気が付いたという、「ことし」を感じる詠歌主体である。後撰集歌は冬部の巻末に配され、「しはすのつごもりの日」に逢うことのないまま今年が終わってしまうことに気が付いたとする恋の歌である。「今日」や「今宵」といったある一日を特定する方法よりも広範囲を示す「ことし」の語は、より巨視的な気づきを得たものである。

康保三年内裏歌合の場合には、八月十五日の観月宴であることが記されており、年に一度であること、つまり中秋の名月を観賞する場であることが示される。当座性を示す語句が用いられる物合歌には先例があり、徳植俊之はそれを「現在時表現」と称す。[28]「現在時表現」の例としては、「今日」や「こよひ」といった当日を指す語句

が多く、本歌合においてもこれらの表現が認められる。

坊城右大臣殿歌合の和歌において、「ことしは」と特定することにどのような意味があるのか。歌意は、通常は下葉から色づくものといわれる萩が、今年は、露も遠慮して置くようだ（まだ色づかない）、となろう。ここであえて「ことし」と限定することは、当座の萩が当季の始発であると見做す賛美の方法である。

そもそも、萩は『万葉集』に愛好される植物で、これを詠んだ歌が百四十首ほどあるといい、植物を詠んだものとしては最も多い(29)。ここでは、萩は下葉から色づくという概念をもとに、それをしない萩は露が「心」を「置」いているからだ、つまり遠慮しているのだとする。何に遠慮するというのか。そこに「ことし」の特殊性が見出せる。

普段と違うのは坊城第に康子内親王が迎えられていることであり、それを露が遠慮する理由だとするのではないか。今年はまだ色づかないというのは、萩が紅葉することによる季節の深化は当座がもたらすと見做す賛美の方法なのである。その当座は、師輔の坊城第に康子内親王を迎えたそのときであり、この前栽合を契機として秋が進展していくものと理解しておきたい。ここに寓意を詠み込む必然性はあるかとの疑念も生じるが、露が遠慮したその理由を、「ことし」の特殊性に読み取りたい。

表現史上、従来とは異なる視点で詠む歌が、次の檀題の二首である。


この秋のまゆみのもみぢいかなればそめぬにいろのふかくみゆらん　（13・なかとほ）

いろにいでてまだみえぬまはおぼつかないまやまゆみのもみぢするとき　（14・宮内君）

檀は「弓」の材として詠む例が圧倒的に多い。『古今集』に載る檀は、六〇五番歌、一〇七八番歌の二例があるが、植物としての生態とは無縁である。当該歌は紅葉する檀を詠む用例のほぼ先頭にあたる。紅葉することの古い例はたとえば『古今六帖』に二首（四〇九六番歌、四〇九七番歌）ある。また、『枕草子』「花の木ならぬは」章段(30)には次のように記される。

花の木ならぬは、楓。桂。五葉。たそばの木、しななき心地すれど、花の木ども散り果てて、おしなべて緑になりにたる中に、時もわかず、濃き紅葉のつやめきて、思ひもかけぬ青葉の中よりさし出でたる、めづらし。まゆみ、さらにも言わず。（後略）

「濃き紅葉のつやめきて」に続くことから、檀の紅葉が賞されることがわかる。

和歌表現として紅葉することを詠む方法が定着する以前の檀に対し、左右ともに「まゆみ」の「もみぢ」が詠まれることからは、ここに実物としての紅葉する檀があったことを想定してよいだろう。これ以降、現物に添えられて「まゆみ」の「もみぢ」を詠む例が散見するのも興味深い(31)。坊城右大臣殿歌合が紅葉する檀を詠む初例とはいえまいが、かなり早い段階の例である。

本節ではいくつかの具体的な表現に即して和歌史における影響関係を確認した。康保三年内裏前栽合が、観月宴における歌合の先蹤として坊城右大臣殿歌合を意識していたことが表現上に認められる。また、「萩」や「檀」の例からは、表現史上、定着を見る前の表現がここに存し、坊城右大臣殿歌合は和歌史において軽視できるものではない。

八　おわりに

坊城右大臣殿歌合について、詠出された和歌表現の特性および和歌史における影響関係について考察した。詠出歌全体を通覧したときに見えてくる表現の特性は、通底する主催者賛美の心と、その表現の連関性にあった。

本歌合に詠者として名の記される人物に専門歌人の名は見えない。また、私家集に収められた詠作も高光の一首以外には見られない。事前に歌人に和歌詠作を依頼したとは見えず、歌人として名高いとはいい難い臣下および女房が、当座即詠で行った歌合であった可能性が高い。共通表現が結番をまたいで連鎖していくところを見ると、左方の男方の詠作の契機として、女房歌が存していたことも考えられる。

和歌史上に坊城右大臣殿歌合の影響関係を考えてみると、先行する前栽合としては時平と忠平が催行しており、大いに影響を受けたものだろう。康子内親王を迎えたという点は新しく、それは後宮歌合の隆盛という時代の影響もあろう。また、観月宴に伴う歌合の後継として康保三年内裏前栽合にも影響を与えた。内裏で行われる天皇主催であることや、後宴歌会の歌が多いという相違点はあるが、「野辺」の使い方や「ことしは」という限定方法といった具体的な和歌表現における影響が見出せる。また、萩の下葉に注目することや紅葉する檀に注目することは、その発想のほぼ始発に位置する。坊城右大臣殿歌合の和歌表現が軽視されるものではなかった。

しかし本歌合の和歌が勅撰集に採られることはなく、注目が集まらなかったことも事実である。それは、内裏および後宮における歌合が隆盛していた時代において、個人の邸宅で催された、専門歌人の関与しない私的な歌合であった点が起因するものか。それでも歌合全体が残っている点は重大である。現存する資料の少ない時代ではあるが、私邸で行われる歌合との比較検討する必要がある。それについては稿を改めたい。

注

（1）「坊城」は都城で坊ごとにその周りを囲った垣を指し、平安京では、左右両京の第一坊にだけ築かれた。師輔の邸宅「坊城」がどのあたりにあったのかは定かでない。

（2）本文は仮名日記を有する十巻本本文、宮内庁書陵部マイクロ収集１５４·１５６「歌合類聚　十巻本」に拠った。国文学研究資料館新日本古典籍総合データベースＤＯＩ：10.20730/100069371。『新編国歌大観』の底本に用いられる二十巻本（陽明文庫蔵）は仮名日記を持たないため、ここでは用いなかった。本文異同に関しては検討を加える。なお、通読の便のため濁点を付した。

（3）『和歌文学大辞典』「坊城右大臣殿歌合」の項（加藤裕子）

（4）『和歌文学大辞典』「師輔」の項（三木麻子）。以下、師輔に関する記述はこれに拠る。

（5）『平安朝歌合大成　二』「四八　天暦十年八月十一日坊城右大臣師輔前栽合」

（6）久曾神昇『伝宗尊親王筆歌合巻の研究』第五款 天暦十年八月十一日坊城右大臣殿（九條殿）歌合（一九三七年、尚古会）

（7）堀部正二『纂輯類聚歌合とその研究』一九四五年、美術書院

（8）杉崎重遠「北宮考」（『王朝歌人伝の研究』一九八六年、新典社（初出『国文学研究』九・十輯、一九五四年三月、早稲田大学国文学会）

（9）峯岸義秋『歌合の研究』一九五四年、三省堂

（10）注（5）『平安朝歌合大成』「成立名称」の項

（11）『大日本史料第一編之一〇』に康子内親王薨去の記事に続けて「願文集」引用として載る。この記事については注（8）杉崎論文においても指摘されている。「願文集」とは、国書総目録で確認すると彰考館蔵本で、嘉承・久安頃の成立とある（国文学研究資料館日本古典籍総合目録データベース著作ID146156）。その写しと見られるものが早稲田大学中央図書館に所蔵され、オンラインで閲覧でき（請求記号ハ04 06210）、当該箇所についても確認できる。標題の下に「文時作」と記され、末尾に日付と「別当　大納言」とある。これは、施主が「別当　大納言」源高明で、願文を菅原文時に依頼して作らせたものと考えられる。

（12）『日本紀略』『九暦』

（13）『新編国歌大観』底本は増補本である西本願寺本が用いられ、そこには「北の方」と書かれるが、「増補のない根本的本文形態を留める」（日本文学Web図書館『新編私家集大成』解題〔新編補遺〕（新藤協三））。唐草装飾本（『冷泉家時雨亭叢書　平安私家集七』に影印が所収される）では「北宮」である。

（14）注（5）『平安朝歌合大成』「史的評価」の項

（15）『躬恒集』一三八番歌（前歌に「延喜十七年承香殿御屛風和歌」とある。また、『古今六帖』に初句を変えて載る（一二六八番歌「ちよをふる」、三九五九番歌「ときはなる」）。『貫之集』五〇番歌（四四番歌に「延喜十

五年の春斎院の御屏風の和歌」とあるものから続く屏風歌のひとつ）。『忠見集』四〇番歌。『元真集』五番歌。

（16）『歌ことば歌枕大辞典』「菅」の項（植木朝子）

（17）『新編国歌大観』「東院前栽合」解題（杉谷寿郎）。『和歌文学大辞典』も同年の開催と見る（「東院前栽合」の項（西山秀人））。

（18）天慶四年正月、右大将殿（実頼）の御屏風の歌十二首のひとつ。

（19）『元輔集』の本文は後藤祥子『元輔集注釈』（私家集注釈叢刊6、二〇〇〇年、貴重本刊行会）による。

（20）本書、第三部第九章「康保三年内裏前栽合における後宴歌会」

（21）本書、第一部第一章「京極御息所歌合における後宮の企図」

（22）『和歌文学大辞典』「本院左大臣家歌合」の項（三木麻子）

（23）たとえば「草草のはなも色色つきよにて野べのためしのかひもありけり」（四・師尹）、「野辺よりはいかにか思ふ花のいろも月のかつらも匂ひくらべて」（三二・兵庫の蔵人）の歌がある。

（24）『和歌文学大辞典』「東院前栽合」の項（西山秀人）

（25）忠平前栽合の仮名日記に「御子どもの君達左右と方わきて」（十巻本）とある。

（26）荒井洋樹「延喜十三年内裏菊合攷」、『国文学研究』第百九十集、二〇二〇年三月

（27）詞書「みくしげどのの別当にとしをへていひわたり侍りけるを、えあはずして、そのとしのはすのつごもりの日つかはしける」

（28）徳植俊之「菊歌攷—冬の菊歌をめぐって—」、『和歌文学研究』第六十一号、一九九〇年十月

（29）『歌ことば歌枕大辞典』「萩」の項（植木朝子）

（30）本文引用は松尾聰、永井和子校注『新編日本古典文学全集18　枕草子』一九九七年、小学館

（31）たとえば『大弐高遠集』には「かははなれぬるあきなめりとあれば、御かへりをまゆみにつけて」（四五）、「あるをとこのしりたりける女のもとに、まゆみのもみぢにつけて」（一二九）との例があり、『和泉式部集』にも「まゆみいろづきたり」との詞書で和歌がある。

＊歌番号の表記を、坊城右大臣殿歌合の歌に関しては表との統一のため、算用数字を用いた。

◆第九章◆

康保三年内裏前栽合における後宴歌会

一　はじめに

康保三年（九六六）八月十五日の夜、清涼殿の台盤所において観月の宴に伴う前栽合が、村上天皇主催のもと行われた。記録される和歌は、勝負付や判詞がない左右一首ずつの番いと、後宴歌会のものと見られる三十四首である(1)。

この前栽合について先行研究は、まず峯岸義秋『歌合の研究』(2)が歌合史の展開の中で触れ、萩谷朴『平安朝歌合大成』(3)で本文・副文献資料・本文研究・構成内容が整理され、その評価は「前栽合とはいいながら、絵画と彫刻という作り物を自然物に代替してしまったところに、歌合の風流が行きつく一つの限界を見出したというべきであろう」、「村上天皇一代の間における歌合物合の頻繁な試みは、天徳内裏歌合の綜合美において遂に完成の頂点に達し、それ以後は奇趣に新味を見出そうとして、この前栽合を生み出したものであろう」と述べられ、これを「惰性的性格」としているとおり、評価は高いものではない。

行事の詳細は『栄花物語』や『古今著聞集』に伝えられ、催事として注目されたようだが、研究対象とするものは先の『歌合の研究』や『平安朝歌合大成』が主だったものであり、関心が寄せられていない。しかし台盤所で開催された点、天皇・臣下・女房が詠作する点は重要である。台盤所は内裏出仕の女性たちの控えどころであり、そこで前栽合を催行するとは、どのような意識なのだろうか。平安朝の歌合において、女房が主導的な役割を担ったことはすでに指摘されており、[4]軽視されるものではない。たとえば天徳四年（九六〇）内裏歌合は、清涼殿西廂に御簾を垂れて会場とした。台盤所二間と鬼間二間に左女房、朝餉の二間を右方女房の座としたが、これは女房が居並ぶ空間を創出したものである。本前栽合は歌序に「康保三年八月十五夜大盤所にて前栽合させたまふ」[5]と舞台設定が示されるが、それ以上のことは記されない。開催場所を台盤所とした意義はどこにあったのだろうか。本章では和歌表現を分析し、その特徴を見出すことを通して、本前栽合の意義を考察する。

二　康保三年内裏前栽合

康保三年内裏歌合前栽合の基本事項を整理しておく。二十巻本証本は散佚し、末流本と考えられる書陵部本・群書類従本・静嘉堂文庫本が現存するが、いずれも同系統で本文に大差はないとされる。[6]以下、書陵部本を底本とする『新編国歌大観』本文に拠る。

歌合次第を記す仮名日記、殿上日記などは存しないが、行事の詳細は『栄花物語』『古今著聞集』に伝えられる。『栄花物語』は次のように記す。

康保三年八月十五夜、月の宴せさせたまはんとて、清涼殿の御前に、みな方分ちて、前栽植ゑさせたまふ。

左の頭には、絵所別当蔵人少将済時とあるは、小一条の師尹の大臣の御子、今の宣耀殿女御の御兄なり。右の頭には、造物所別当右近少将為光、これは九条殿の九郎君なり。劣らじ負けじと挑みかはして、絵所の方には洲浜を絵に書きて、くさぐさの花、生ひたるに勝りて書きたり。遣水、巌みな書きて、銀を籬のかたにして、よろづの虫どもを住ませ、大井に逍遥したるかたを書きて、鵜船に篝火ともしたるかたを書きて、虫のかたはらに歌は書きたり。造物所の方には、おもしろき洲浜を彫りて、潮みちたるかたをつくりて、色々の造花を植ゑ、松竹などを彫りつけて、いとおもしろし。かかれども、歌は女郎花にぞつけたる。

左方、

君がため花植ゑそむと告げねども千代まつ虫の音にぞなきぬる

右方、

心して今年は匂へ女郎花咲かぬ花ぞと人は見るとも

御遊びありて、上達部多く参りたまひて、御禄さまざまなり。これにつけても、宮のおはしましをりに、いみじく、事の栄えありて、をかしかりしはやと、上よりはじめたてまつりて、上達部たち恋ひきこえ、目拭いたまふ。花蝶につけても、今はただ、おりゐなばやとのみぞ思されける。（月の宴）(7)

左の頭に藤原済時、右の頭に藤原為光を据える。それぞれが絵所別当、作物所別当であったことから、左方は絵所が描いた洲浜、右方は作物所が作り物の洲浜を用意した。絵は実物の花に勝るかのごとく描かれ、画中に虫を住ませ、大井逍遥のさまを描き、虫のそばに和歌を記すものであった。右方は彫刻という方法である。花は造花が誂えられ、歌は女郎花に付けられたとある。

これと比べると『古今著聞集』(8)は、後宴に及ぶ事の次第に注目した記述をする。

康保三年閏八月十五日、作物所、画所相分ちて、殿の西の小庭に前栽を植ゑられけり。右大将藤原朝臣・治部卿源朝臣・朝成朝臣、中の渡殿に候す。朝臣等、後涼殿の東の簀子に候す。次に両所、酒撰をもて男女房にたまふ。夜に入りて、侍臣、唱歌し管弦を奏す。また、尊光・永頼に花の枝にゆひつくる処の和歌をとりて、よませられけり。公卿侍臣に仰せて歌を奉らせけり。右大将延光朝臣ぞ題をば奉りける。「十五夜、後庭の秋の花を翫ぶ」とぞ侍りける。深更に及んで、侍臣、和歌を奉る。保光朝臣をしてよませられけり。さらにまた管弦の興ありて、その後、公卿に禄をたまはせけり。（第十九巻「草木」）

「作物所」と「画所」とが分かれ、清涼殿に「前栽を植ゑられけり」とある。『栄花物語』のような洲浜のさまは記されない。また「前栽を植ゑられけり」とあるのみで、実物の前栽が誂えられたようにも読める。酒宴、管弦、そして「花の枝にゆひつくる処の和歌をとりて、よませられけり」と、前栽に付けた和歌が披講されたという。その後、藤原延光が題を奉り、臣下が和歌を詠出することになった。さらに管弦が行われ、最後には禄が与えられた。『栄花物語』の描写は前栽の様子が中心で、巻の題号は「月の宴」だが、関心は前栽のさまにあったようだ。『古今著聞集』は宴の次第が中心で、第十九巻「草木」という位置であり、こちらは宴の次第に関心があったらしい。『古今著聞集』は巻第五「和歌」に多くの和歌にまつわる事績を載せる。それとは別に前栽合や根合、花合に関する記事を「草木」に収めており、当該前栽合も植物に関するものとして記される。

その他の文献にどのような扱いで採録されているのかを確認すると、『万代集』や『夫木抄』の詞書には、いずれも前栽合と記される(9)。また、『元輔集』には「壺前栽の宴せさせ給ふに人に代りて」とあり(10)、十番国光の歌が載る。これは、詠進歌を専門歌人に依頼していたものがあったことを示す。また、「壺前栽の宴」とあって「前

栽合」と記されないことは前栽合に添えられるものとは別の、後宴のための和歌という意識があったと解しうる。(11)

このように、本前栽合には二つの記録と、複数の和歌が他文献に見られるが、それぞれの関心の在りどころにより、描出される様相が異なる。絵と造花の洲浜という特異な側面を持つが、和歌を含めたこの催事全体をどのように評価し、意義付けることができるだろうか。以下、和歌の面から考察する。

三　洲浜の二首

洲浜に添え、番えられた二首を検討する。まず左歌。

君がため花うゑそむとつげねども千代松虫のねにぞきこゆる　（一）

下句がよく似る歌として『平安朝歌合大成』が、『後拾遺集』に載る「いろいろの花の紐とく夕暮れに千代松虫の声ぞきこゆる」（秋上・二六六・元輔）を指摘している。詠進者が元輔であったか、あるいは前栽合歌を踏まえ元輔が詠んだか、どちらともいえない。しかし元輔が前栽歌合に関与していたことは、先述の国光歌代作の形跡からも推測できる。

左方の洲浜は、『栄花物語』に「大井に逍遥したるかたを書きて、鵜舟に篝火ともしたるかたを書きて」とある。大井逍遥と前栽合との共通点は、季節性と時間帯である。観月宴の場と、鵜船の篝火が現実の月明りに照らされる、この情景の明暗の二重うつしは、鑑賞者の興を引くものとなったことだろう。左方洲浜絵に描かれた虫の傍らに添えた歌は、月を詠み込まない。虫を「松虫」と見立て、その声が聞こえるとの表現を取る。暗闇の中の篝火と、その絵を映し出す月の光という、景の中核に意図的に触れない。あえて祝意にのみ焦点を当てたのは、場の愉悦は観月に向かうものの、天皇の賛美をも重視する構図となる。

対する右歌。

心してことしはにほへをみなへしさがのはなぞと人はいへども　（二）

「ことしは」と限定する点がやや不審だが、場が中秋の月を賞する宴であることに鑑みれば、年に一度の名月の夜に限定し、他年と区別する意で「ことし」と表現したものと理解できる。当座性を示す語句が用いられる物合歌には先例があり、徳植俊之はそれを「現在時表現」と称す。[12]「現在時表現」の例としては、「今日」や「こよひ」といった当日を指す語句が多く、本前栽合においてもこれらの表現が見られる。その中にあって、「ことし」ということには珍しさを感じるが、この特定方法は当座において他にも見られる。後宴歌会の歌の中にある、

花の色もことしはことににほひけりのどけき秋の月のかげゆゑ　（二三・共政）

の歌である。二番歌も二三番歌も、今年の月の宴は特別だとして、特異な美しさを求めた和歌である。ただし今夜が特別というのと、今年が特別というのとでは、その示すところは異なり、後者は年に一度という点が強調される。下の句は、左方が大井川逍遥を描くことから、対応するかのように地名「嵯峨野」が詠まれる。しかし「さがのはなぞと人はいへども」と、地名だけでは読み解けない文脈である。「さが」を「性質」の意と捉えると、そうした性質の花であると人がいっても、との文脈が顕現する。

「さがのはな」の参考として、後宴歌会の歌の中に

うつろはぬさがの色にてをみなへしいくらばかりの秋をにほはむ　（二〇・時中）

の歌がある。これは変化しない「さが（性質）」の色の女郎花と詠む。造花の女郎花を指し、いったい何度の秋を経てきたのだろうかと、その永続性に目を向け、祝意を重ねている。

「さが（性質）」を詠む和歌の用例を探すと、たとえば『拾遺集』に載る遍照の歌「ここにしも何にほふらん女郎花人の物いひさがにくきよに」（雑秋・一〇九八）があり、「さがにくき」と詠む。また、時代は下るが、『新古

今集』に実定の「秋のさが（性質）」と「嵯峨野」とをかける「かなしさは秋のさがののきりぎりす猶ふるさとにねをやなくらむ」（哀傷・七八六）がある。

右方の洲浜は、『栄花物語』に「おもしろき洲浜を彫りて、潮みちたるかたをつくりて、色々の造花を植ゑ、松竹などを彫りつけて、いとおもしろし」とある。添えられたのは造花であったことがわかるが、それがどんな花であったかは記されない。そして「かかれども歌をば女郎花にぞつけたる」とある。「かかれども」とはどのような意味なのだろうか。

『平安朝歌合大成』は、和歌は「活けものの女郎花の枝」、つまり本物の花に付けられたと読む。一方、『栄花物語』の注釈(13)では、「このように趣向を凝らしているけれども、和歌は女郎花に付けてある」とだけ訳し、花の真偽に触れない。彫り物の洲浜には造花が誂えられたが、和歌は生花の女郎花に付けられたというのか。あるいは、いろいろな造花、松竹が据えられたが、その中の女郎花に付けられたというのか。

右方の歌は「さがのはなぞと人はいへども」、そうした性質の花なのだと人がいっても、という。女郎花は浮気なものを譬える用例が多く、ここでイメージされるのは、一時的な、はかない性質だろう。それでも今年のこの明月の夜には気を付けて咲けと、女郎花に呼び掛ける。女郎花に一般の性質と異なる美を求めるのだから、これは洲浜の造花に添えたと見るべきであろう。造花であれば、はかないものになりようもない。『栄花物語』は右歌の下句が「さかぬはなぞと人は見るとも」となっており、咲かない花、造花だと人は見てもと解し得るのである。

冒頭に番えられた和歌二首は、洲浜とともに鑑賞されることを前提として詠作された。左歌は洲浜の虫にのみ焦点を当て、主催者を賛美する。右歌は造花の女郎花に付け想像以上の美しさを女郎花に求める歌を詠んだ。ただ洲浜のさまを伝える文献は『栄花物語』だけであり、原資料の歌合日記等は現存しない点は注意しなければならない。これが真に本前栽合の実態であったのか、『栄花物語』によって作られた「実態」であったのか、断言はできない。

四　後宴の和歌（一）　男性歌

結番されたのは前節の二首だけで、その後に列挙される三十四首の和歌は、後宴歌会のものであった。『古今著聞集』に事の次第が伝えられており、その記述から、主催者村上天皇からの仰せがあって和歌が詠まれたこと、延光が「十五夜、後庭の秋の花を翫ぶ」の題を出し、保光が講師を務めたことがわかる。

後宴歌会の和歌は、題のとおり、花と月、そして祝を主題とした。『古今著聞集』からは、当日当座で出題されたように読めるが、事前に想定することが十分に可能な内容であり、あらかじめ腹案を用意して当座に臨んでいたとも考えられる。ほとんどが花と月とを賛美しており、そうでない場合は率直に祝を詠んでいる。

後宴歌会の冒頭は御製である。

花をのみみるだにあるをのどかなる月さへそへる秋にまるかな　（三）

花を見る宴であることに加え、おだやかな月をも賞美する場であることをいう。前栽合だけでも十分な愉悦をもたらすものであったのに加え、月も穏やかで、主催者として満ち足りた詠となっている。

御製の和歌にある「のどかなる月」の表現は、影響が大きかった。【表14】にまとめたが、後宴歌会の和歌で「のどか」「のどけし」の語[14]は他に九首用いられる。一首は女房詠、八首は臣下詠である。さらにその中で、「のどか」「のどけし」の対象が何かを検討すると花と月に分かれる。御製は月を対象とするが、同じく月を対象とする歌は御製以外に五首ある。しかし和歌史をたどれば、「のどかなる」月、「のどけき」月を詠む先行作はわずかに一例、『貫之集』に見られるのみで[15]、同時代に目を向けても僅少である。

「のどけし」は、春の日差しが穏やかなさまなどを形容する語である[16]。「久方のひかりのどけき春の日にしづ心なく花のちるらむ」（『古今集』・春下・八四・友則・桜の花のちるをよめる）や、「さくらばなのどかにもみむふくかぜをさきにたててもはるはゆかなむ」（『躬恒集』・二一二）、「はるかぜのふかぬよにだにあらませばこころのどかにはなはみてまし」（亭子院歌合・一一）の例があるように、多く春の日や花、あるいは心に対して用いられる。しかし「のどけし」の語が月に用いられるのは限定的である。「のどけし」には水辺に関連する和歌も多く、そのバリエーションに水に映ずる月影を詠んだ作例が見られることが指摘されるが、[17]時代は下る。

月に対する形容詞としては、主に「さやけし」が用いられる。[18]「さやけし」は、あざやかなさま、はっきりしているさまをいい、水流や波の音を形容する例が多く、聴覚・視覚いずれにも明瞭であることを含意する。それが時代とともに月光またはそれに照らされた情景の明瞭さを表し、圧倒的となる。[19]

【表14】に示したように、「のどけし」を用いる歌の中で月を対象とするのは五首、花を対象とするのは三首にすぎない。これは「のどけし」を主として春の日や花の形容として用いる和歌史の傾向とは異なる。また、「さやか」を用いる歌は五首、「のどか」の約半数である。「さやか」の対象はすべて月であり、これは和歌史の傾向と軌を一にする。

「のどかなる」月を詠むことは、表現史的にあまり前例を見ないものでありながら、これほどに多用されることは、御製の影響が強いと想定される。御製からの表現を、出詠者たちはその場で踏襲したのであろう。そうであれば、当座詠であった可能性が高い。

五　後宴の和歌（二）　女房歌

後宴歌会歌のうち、末尾の八首は、その最初である二九番歌に「女房」と記される。【表15】にまとめた。傍

【表14】「のどか」「のどけし」と「さやか」「さやけし」

歌番号	和歌		作者	対象
「のどか」「のどけし」				
3	花をのみみるだにあるをのどかなる	月さへそへる秋にまるかな	御製	月
8	色もかもこよひはまされ秋のはな	のどけき月のかげにみえつつ	延光	月
11	ゆくみづにかげのどかなる花みれば	ちるまつほどのたのもしきかな	兼家	花
19	秋の花かさらずにほふよろづよを	のどけき月のかげにみるかな	安親	月
21	をみなへしにほへとあだにおもはぬに	のどけき月の影にかくれん	高遠	月
22	よろづよの秋にとにほふ花の色も	心のどかにみゆる月かな	文利	月
23	花の色もことしはことににほひけり	のどけき秋の月のかげゆゑ	共政	月
24	水の面に月さへすめる秋のよに	のどけき花のかげを見るかな	宣方	花
36	秋の夜のつねよりあかき月影は	のどかに花の色をみよとか	播磨の蔵人	花
「さやか」「さやけし」				
5	さきにほふ花のあたりのつねよりも	さやけかりけり秋の夜の月	朝成	月
9	夜もすがら月のひかりのさやけきに	みれどもあかぬはなのかげかも	保光	月
10	月かげのいたらぬにはもこよひこそ	さやけかりけれはなのしら露	国光	月
17	月かげのさやかならずは秋ふかみ	ちくさににほふはなをみましや	斉光	月
26	うゑてける花の匂ひのかひもあるか	さやけき月にしづえみゆれば	永頼	月

線を付した部分、一見してわかるように、相前後する和歌に共通する表現が用いられている。冒頭二九番歌の「このへ」の語は、男性歌の末尾に、

ももしきによろづの花をうつしうゑてやちよの秋のためしにぞみる　（二七・時清）

九のへにさきみだれたるはなみればちとせの秋は色もかはらじ　（二八・通雅）

と詠まれた二首と関係しているだろう。「ももしき」や「九のへ」の表現が、女房歌の最初歌の「ここのへに」を誘発したと見える。内容を検討する。

ここのへににほひそめぬるをみなへし行きさきまでもみゆるつきかな　（二九・右近命婦）

宮中に美しく色づく女郎花と、明るく照らす月とが詠まれ、宴を賛美する。結句を「みゆる月かな」とする歌は二二番歌にも詠まれているが、ここに詠まれる作が最も古い例である。また、「にほひそむ」の先行例は、京極御息所歌合の「今年よりにほひそめめり春日野の若紫に手でなふれそも」（四〇）の歌がある程度で、用例は少ない。

【表15】女房歌八首

歌番号	和歌		作者
29	ここのへににほひそめぬるをみなへし	行さきまでもみゆるつきかな	右近の命婦
30	秋の夜の花の色色みゆるかな	月のかつらもくものうへにて	介の命婦
31	野辺よりはいかにか思ふ花のいろも	月のかつらも匂ひくらべて	兵庫の蔵人
32	秋の夜の月のひかりのひとつにて	くさぐさにほふ花のをりかな	少弐の蔵人
33	秋の夜の月と花とを見るほどに	なきそふるかなすずむしのこゑ	兵衛の蔵人
34	あきのそらすめるこよひの月なれば	花のひもとくかげもみえけり	大輔の蔵人
35	月影のうすきこきをもてらす夜は	いかでか花の色にわかまし	衛門の蔵人
36	秋の夜のつねよりあかき月影は	のどかに花の色をみよとか	播磨の蔵人

歌の内容は、前栽合に詠えられた女郎花を上句に、観月宴である当座の状況を下句に、詠んでいる。特定の歌からの影響は考えにくく、当座に詠出された他の歌の結句を転用している点からも、場に即応して、率直な表現が用いられたと考えられる。

三〇番歌も上句で花、下句で月を詠む。

秋の夜の花の色色みゆるかな月のかつらもくものうへにて　（三〇・介の命婦）

秋の夜、花がさまざまに見えると詠嘆し、月世界の桂木も雲の上で美しく色づいているだろうと、想いを馳せる歌である。夜の闇にあっては花の美しさなどわかるはずもないが、当座は月が明るく照らし、洲浜の花を楽しむことができる。それならば、月世界の桂も美しく照らされているはずだと想像する。

「月の桂」は、月中に巨大な桂の木が生えているという中国の俗信に基づいた表現とされ[20]、『古今集』の「久方の月の桂も秋は猶もみぢすればやてりまさるらむ」（秋上・一九四・忠岑・是貞親王家の歌合に詠める）が、発想の起点となっている。三〇番歌の、秋の夜の花がさまざまに色づき、月の桂に思いを馳せる趣向も、『古今集』の忠岑歌を源泉とする表現である。

続く三一番歌も「月のかつら」を詠む。

野辺よりはいかにか思ふ花のいろも月のかつらも匂ひくらべて　（三一・兵庫の蔵人）

野辺に咲く花と比べて如何と、洲浜の花を思い、さらに月の桂にも思いを馳せる。「花のいろ」と「月のかつら」が並置され、洲浜の花のように、月に詠えられた桂と捉えたと考えればよいのだろう。野辺に比べて、洲浜の花、月の桂をどう賞美しようかと言表する観月宴の歌である。洲浜と同様、月の桂も特に詠えられたかのように詠まれる。いわば日常と非日常とを対比させる構図であり、もちろん今夜が特別に美しいとの表現である。

三二番歌は、月と花とを、単一の月光と、それに照らされる多種の花と、数をもって対比させる。

秋の夜の月のひかりのひとつにてくさぐさにほふ花のをりかな
（三二・少弐の蔵人）

月の光はひとつだが、照らされる花はたくさんあって、それぞれが美しく色づく場なのだと、宴の場を賛美する歌として着地させている。対比の視点は前歌を承けたのだろうか。用いられる語句は、「くさぐさにほふ」や月の光をひとつとする視点など類例がなく、「花のをり」の語も用例が少ない。(21)「ひとつ」と「くさぐさ」を対比させる例も他に見当たらず、独自性の強い一首である。三二番歌と三三番歌は初句が共通する。

秋の夜の月と花とを見るほどになきそふるかなすずむしのこゑ
（三三・兵衛の蔵人）

秋の夜の月、花、そして鈴虫の声。前栽合において賛美する月と花に、興趣を添える鈴虫の声を詠む。「鈴虫」と「松虫」については、必ずしもはっきりしない。「鈴虫」と詠まれたのは、この前栽合中では初見だが、洲浜に配されたのが松虫であったか鈴虫であったかは、判然としない。『栄花物語』の状況からは、虫が配されたのは左方の絵の洲浜である。絵から虫の声は読み取れまいし、小さく描かれたであろう虫が鈴虫なのか松虫なのかは、見る者にゆだねられているといわざるを得ない。

女房の歌の中では「鈴虫」と詠まれ、一番の左歌や一八番歌では「松虫」と詠まれ、区々となっている点は興味深い。「松虫」とする場合には「待つ」と掛けることが常套で、本前栽合においても同様である。一方女房が詠んだ「鈴虫」では、音に注目する歌となっている。視覚的に楽しむ月と花に加え、聴覚的に興趣をもたらす鈴虫に焦点を当てる。

三四番歌は、前歌と関わりなく、月と花の歌となっている。

あきのそらすめるこよひの月なれば花のひもとくかげもみえけり
（三四・大輔の蔵人）

澄んだ秋空に月光がいっそう明るいので、花が次第にひらいていくさまも見えると、やや誇張された表現で月と花とを詠じた。月の光によって、見えるはずのない、作り物の花が「ひもとく」さまが見えると、美しく想像してみせる。「秋の空」で詠み出す歌も珍しい。

続く三五番歌も、月光で花を見る歌となっている。

月影のうすきこきをもてらす夜はいかでか花の色にわかまし
（三五・衛門の蔵人）

結句の「まし」は、「いかでか」を受け、思い悩むさまを表出する。普段の月夜では区別できる花は限られているのに、今夜の月は薄いものも濃いものも照らす。困ったふうを装い、月を賛美している。

月光で花を見る歌が続いたが、最後はやや視点を変え詠んでいる。

秋の夜のつねよりあかき月影はのどかに花の色をみよとか
（三六・播磨の蔵人）

普段より明るい月光は、穏やかに花の色を楽しめといっているのだろうかという。そもそも月は花を見るために明るいのだと、いままでの女房たちの歌の総括をするかのように視点を変えるものである。

女房たちの歌八首を見たが、最初の歌が、直前の臣下の歌の表現を重ね取っているように、前歌からのつながりを持って詠まれていることがわかる。宴の歌という場の問題もあるだろうし、後宮で歌合が頻繁に催されていた村上朝の催しとしての問題もある。詠まれた和歌には珍しい表現、趣向も散見するが、特定の先行歌に拠ってはいない。あくまでも当座の歌に影響され、その場において興趣を発揮し、愉悦を現出することを目指す歌であったようだ。

六　特質

女房歌の語句や内容は、前歌を承けて詠まれている特徴が明らかになった。八首全体にわたっていることから、偶然ではなく、リレーするかのように詠み連ねていくことを企図していた可能性がある。臣下の歌について「のどけき」月の表現の背景を考察したが、他の側面はどうか。同じ語句が前後の和歌で用いられている事例を見ると、一二、一三番歌は確実にそうなっている。

ちぢの色の花のくさぐさ月かげににほひぞまさんよろづよの秋（一二・忠尹）

ちぢの秋かはらぬ花のにほひをば月のひかりによるさへぞみる（一三・佐忠）

「ちぢ」が重なるが、「ちぢの色」「ちぢの秋」とそれぞれ別の語句に続いていく。重なりは少ない。また、同一語ではないが、宮中を意味する点で共通する「ももしき」「ここのへ」を詠んだ歌も連続している。

ももしきによろづの花をうつしうゑてやちよの秋のためしにぞみる（二七・時清）

ここのへにさきみだれたる花みればちとせの秋は色もかはらじ（二八・通雅）

これも近似する語句が前後の歌で用いられる例として挙げることができよう。もっと対象を広げてみると「をみなへし」が、右方の洲浜に添えられた二番歌のほか、二〇・二一番と、続けて見られる点を挙げることもできるだろうか。それ以上大きな枠組みにすると、花と月という視点になり、この要素にいたっては観月宴であることから詠み込むことは当然である。「ちぢ」や「ももしき」「ここのへ」の連関性と比べると、女房歌の連関性はより緊密であるといえる。

前後に並ぶ歌ではないが、同じ語句が用いられる例を見ると、たとえば「よろづよの秋」（一二・二二）がある。また、「ためし」（四・二七）、「こよひ」（六・八・一〇）も複数見られるが、近接してはいない。あるいは「やちよの秋」（二七）と「ちとせの秋」（二八）、「のどけき月のかげにみるかな」（一九）と「のどけき花のかげを見るかな」（二四）は、同一語句ではないものの、やや意がずれるようにも見え、興味深い関係が看取できる。

連続する和歌の表現という点で見れば、臣下の歌と女房の歌は性質が異なる。臣下の歌は、類似する語句の歌がたびたび現れるが、前後の和歌における類似はない。それが女房の和歌の場合は、明らかに前後連関性を持ちながら詠まれている。女房の最初の和歌が臣下の歌の最後に詠まれた表現を襲っている点からも、あえてこのような詠み連ねを実行していると解することができるだろう。

七　おわりに

村上天皇は康保四年（九六七）に崩御する。本前栽合が催された康保三年は、その最晩年に当たる。在位中、頻繁に歌合を催し、後宮の女御たち、臣下たちもまた、各自で歌合を催していた形跡がある。そのような中で、最後の内裏歌合行事となった本前栽合は、何を企図していたのだろうか。

洲浜の存在が『栄花物語』に記されるとおりであるならば、絵に描いた洲浜と造花を誂えた洲浜は特異である。冒頭にも触れたように、『平安朝歌合大成』は「前栽合とはいいながら、絵画と彫刻という作り物を自然物に代替してしまったところに、歌合の風流が行きつく一つの限界を見出したというべきであろう」と批判的に見る。また、後宴歌会の歌については「月と前栽と祝の三要素の制約をうけて、いきおい観念的な作品が多く、用語表現の類似したものが多い」とし、この前栽合の評価は高くない。

確かに洲浜は異色の形式で、新奇が求められたが、この前栽合の意義は、性質の異なる臣下の歌と女房の歌とが同じ場において披露されたという点にある。番えられた和歌は冒頭の一番二首のみで、以降は歌会歌が並ぶ。御製・臣下・女房の順に記録されており、このことは宴の場に参席した者たち皆に、和歌を詠ませることに眼目があったと思われる。詠み出された造花と月と祝とを主題とし、表現として目新しさや流行性は求められておらず、優劣もつけられない。臣下の歌は御製の表現を襲うことをはじめ、類似した表現を用いつつ、多少ずらしを意図したものとなっている。女房の和歌は、前後の和歌表現を意図的に踏襲して詠み連ねたものであった。

洲浜の設営からは華やかな前栽合の舞台が想像される。宴に集う人々皆がこの舞台を共有し、分かち合う愉悦だったのだろう。台盤所での催事であるという点も、女房たちも含めてその場を一にするために必要な設営で、役割が求められていたことになる。冒頭で述べたように、天徳内裏歌合においても女房の座は創出されたが、本前栽合とは様相が異なる。女性が左右の頭として据えられたことや、具体的に女房の座が設けられていたことは記されるが、和歌を献ずる者としての立場は確立されていなかったのではないか。本院侍従と中務の結番があるものの、その立場は不明瞭である。歌合の結番としてと、後宴歌会の和歌という根本的な位置付けの相違も考慮する必要はあるが、本前栽合の場合には確実に女房の詠歌としての枠があることは重視すべきではないか。男性臣下たちは御製の表現を踏襲することで座の興とし、女房たちは連続性を持つ詠作を重ねることで連帯感を創出した。物合、歌合ではあるが、主催者を中心に場の連帯、和楽を重視するものであった。後宮の女御たちが催行してきた歌合の伝統、性質は、この康保三年内裏前栽合においても発揮されたのである。内裏の奥まった台盤所で、女房たちに和歌を詠ませ、集う者皆が異色の洲浜を鑑賞し、共同体の和楽を実現した。この前栽合の意義は、天皇、臣下、女房が集って詠作し、共同体の和楽を実現したこの性質にあると結論付ける。

注

（1）『新編国歌大観』「内裏前栽合康保三年」解題（久保木哲夫）

（2）峯岸義秋『歌合の研究』（一九五四年、三省堂。復刻版は一九九五年、パルトス社）第二編「歌合の歴史的展開」【三五】康保三年閏八月十五日夜内裏前栽合（九六六）。

（3）『平安朝歌合大成　一』「六四　康保三年閏八月十五日内裏前栽合」

（4）注（2）峯岸義秋、注（3）『平安朝歌合大成』、浜島智恵子「平安女流歌合の研究」（『愛知県立女子大学説林』第八号、一九六一年十月）、田渕句美子「歌合の構造―女房歌人の位置―」（兼築信行、田渕句美子編『和

歌を歴史から読む』二〇〇二年、笠間書院）、赤澤真理「歌合の場―女房の座を視点として―」（『特別展示　陽明文庫　王朝和歌文化一千年の伝承』二〇一一年、国文学研究資料館）

（5）『新編国歌大観』底本は書陵部本

（6）『和歌文学大辞典』「内裏前栽合康保三年閏八月一五日」の項（諸井彩子）

（7）山中裕、秋山虔、池田尚隆、福長進校注『新編日本古典文学全集31　栄花物語①』一九九五年、小学館（以下、『新全集』）。当該箇所は五十六、五十七頁。

（8）西尾光一、小林保治校注『新潮日本古典集成　古今著聞集　下』、一九八六年、新潮社

（9）『続後拾遺集』（二七八）、『万代集』（秋上・八六九）、『夫木抄』（雑・九七五一）、『続後拾遺集』（秋上・二七三）に載るが、いずれも詞書に「前栽合」の際の和歌と記される。

（10）書陵部蔵甲本七六、冷泉家時雨亭文庫本蔵本七八、歌仙家集本七二、西本願寺本七四、群書類従本七三

（11）ただし、『元輔集』には先人詠屏風歌群があり、その群には「貫之ら先人の作であることの明らかな歌」が存する（後藤祥子『元輔集注釈』（私家集注釈叢刊6、二〇〇〇年、貴重本刊行会））。元輔がここで代作したとされる詠作はその歌群とは異なるが、元輔集に記載されることがそのまま元輔詠であることを断じられるものではないことには留意したい。

（12）徳植俊之「菊歌攷―冬の菊歌をめぐって―」、『和歌文学研究』第六十一号、一九九〇年十月

（13）注（7）『新全集』

（14）形容詞「のどけし」と形容動詞「のどか」とがあり、和歌には「のどけし」が用いられることが多いが、御製は「のどかなる」月であり、双方の用例が存する。また、ここで「のどけき／のどかなる月」が繰り返されることを「当夜の試み」として以後の和歌表現史に影響を与えたとする論もある（一瀬恵理「平安朝歌合における類似表現をめぐって」『横浜国大国語研究』第八号、一九九〇年三月）。

（15）よるの雲をさまりて月のゆくことおそしといふだいを人のよませ給ふに
あま雲のたなびけりともみえぬよは行く月影ぞのどけかりける（『貫之集』・七九五）

（16）『古語大辞典』「のどか」の項

（17）『歌ことば歌枕大辞典』「のどけし」の項（池尾和也）

（18）和歌表現として「さやけし」の対象は月であり、「のどかなる月」とあることに対する疑問は青木太朗先生に

ご指摘をいただいた。

(19)『歌ことば歌枕大辞典』「さやけし」の項（石田千尋）

(20)『歌ことば歌枕大辞典』「月の桂」の項（渡部泰明）

(21)「花のをり」には次のような例がある。

　五月、山に侍りしころ

やまでらは夏ぞさびしさまさりけるはなのをりこそ人はみえけれ（『山田法師集』・三五）

　はるつかたの人のきたりければ、花もみなちりにければ、みちなりなどにや

いたづらにかへらん事をおもふかな花の折こそつぐべかりけれ（『和泉式部集』・二四四）

◆第十章◆

歌合献詠歌の賀意について――寛和二年内裏歌合

一　はじめに

花山天皇（以下、「花山」と略称する）が在位する寛和年間に、二度の内裏歌合が行われた。初度は、寛和元年（九八五）八月十日、仮名日記に「にはかに」とあり、天皇とわずかな臣下たちで即興的に催された六番十二首の歌合である。再度は、形式に関する記録は見られないが二十題四十首と初度の三倍以上もの規模で、寛和二年（九八六）六月十日、花山の出家直前に行われた歌合である。

これらは歌合史において大きな節目に位置する。久曽神昇(1)は平安時代前期と中期の区分点とし、峯岸義秋(2)は「古代後期―平安時代中期の歌合―」の最初に置く。この節目という視点は、勅撰集と連動させた時代感によって区分することもできるが、内容面においても花山の内裏歌合を契機とした変化が認められるものである。

寛和元年の歌合に、花山は自ら歌人となって出詠し、臣下の作と番えているが、これは注目すべき点である。それまでの内裏歌合が多分に饗宴的なものであったのに対し、寛和元年の内裏歌合は、わずかな側近とともに歌を番える私的な密儀となっている。歌合の内実は、寵愛する恍子を亡くした花山の悲傷を臣下とともに共有し、慰謝するものであった。この初度の内裏歌合は、『王朝歌合集』(3)に収録され、注を施す藏中さやかが別稿で論じている。(4)

一方、翌年に催された再度の内裏歌合は大規模で、四季の題に祝と恋を加える、歌合の題設定としては新しい形式である。四季の題に祝と恋を加える形式は以前の歌合には見られず(5)、以後、約一世紀のちの院政期の頃の歌合から散見する。この歌合に、洲浜や方人の装束といった様式的記録は見られないが、題の規模からすると周到に計画されたものであったと推察される。歌合の内容については先述の久曽神、峯岸がその概観を述べるほか、萩谷朴『平安朝歌合大成』(6)で取り上げられ、金子英世(7)は両度の歌合に詠まれた表現の傾向を論じている。

しかし、この再度の内裏歌合が何を求め、どのような場を作り上げたのか、歌合の性質については、十分に検討されていない。特に、初度の内裏歌合が和歌表現からその歌合の場が持つ、花山の悲傷を共有し慰謝しようという特殊な性質が読み取られているのに対し、再度の内裏歌合に関しては和歌表現を歌壇の傾向と重ねて読み取っているにすぎない。本章は寛和二年の再度の内裏歌合について、結番の趣向から当該歌合の性質について吟味し、その意義を明らかにするものである。

二　寛和二年内裏歌合の問題点

花山再度の内裏歌合について確認する。(8) 証本としては、尊経閣文庫蔵十巻本巻三所収本(『新編国歌大観』の底本)と小林家蔵二十巻本巻二所収本があり、どちらも完本で今に伝わる。開催日については、十巻本が「六月十日」、二十巻本が「九日」と記していて決し難いが、ここでは十巻本を底本とする『新編国歌大観』に従い、仮に十日としておく。判者は義懐、講師は藤原公任と藤原長能が勤めたが、判のみで判詞はない。題は春（霞、鶯、子日、桜、欵冬）、夏（郭公、瞿麦、菖蒲、蛍）、秋（織女、霧、月、松虫、網代）、冬（紅葉、時雨、霜、雪）、祝、恋の二十題二十番である。四季の題に恋、祝を加える組題は、勅撰集の部立意識にも類するものだが、歌合に見られる題設定としては本歌合が初見で、院政期に入ると盛んに用いられる構成である。『平安朝歌合大成』は、「本歌合の主催者たる花山天皇をはじめ、その側近の人人の、歌合乃至は和歌全般に関する見識の高さを見るべきである」[9]と評している。誰が題を設定したのかは示されないが、花山院歌合（正暦年間）の題にも祝、恋があり、花山の周辺で意図的に用いられた様式と見える。[10]

花山は東宮時代から和歌による交流が多く、臣下に和歌を献詠せしめた記録も散見する。和歌への関心が深かった花山が、在位中に内裏歌合を開催することで権威を発揚したいとの思いがあったものか。四季題を中心に二十もの題が選ばれたことは、晴儀としての内裏歌合が企図され、周到に準備された、極めて意図的な催事であったといえよう。

先行研究では、詠出歌の歌風に注目し、花山院歌壇の詠歌傾向と結びつける考察が行われている。しかし、本歌合の結番がもたらす世界観や、何を体現していたのかという、歌合の本質についての言及はない。本歌合はどのような内実を伴っていたか、以下、結番方法に注目しながら検討を進める。

三　結番の特徴（一）　左右の連関

本歌合の結番を見ていくと、左右歌で連関が生じていることがわかる。ここでいう連関とは、歌合において左右の歌は番えられ、勝負の判が付されるものにもかかわらず、左右の歌が呼応する点や、贈答歌のような構成で

ある点を指す。まず最初に連関性が見られるのは、四番、桜題である。(11)

さくらばなちりだにせず《せざりせ》はおほかたのはるをばをしとおもはざらまし　（七・能宣）

のどけくもたのまるる《おもほゆる》かなちりた《ちら》ぬはなのみやこのさくらとおもへば　（八・実方）

左歌は、桜が散ることさえなければ春を名残惜しいと思わないのに、と詠む。実際には桜は散ってしまうので春を名残惜しいと思うのである。「おほかたの」は、「おほかたの秋くるからにわが身こそかなしき物と思ひしりぬれ」（『古今集』・秋・一八五）に見られるように、ほとんどが「秋」に続く。そのような中で当該歌が「おほかたの春」とする点は新奇な趣向である。また、能宣は天徳四年（九六〇）内裏歌合にも「さくらばな風にしちらぬものならばおもふことなき春にぞあらまし」との歌を詠んでおり、類想歌をここに詠出したのであろう。

対する右歌は、心安らかに頼りにしていると始め、左歌とは反対のことを詠む。頼りにする理由は「ちりたたぬはなのみやこのさくら」だからだという。「ちりたたぬはなのみやこ」は、「塵」の立たない花の都であり、天皇賛美に通じる表現である。塵立つことのない花の都なのだから、まして桜が散りゆくことなどないのだと、掛詞のようである。あるいは、三句目「ちりちらぬ」との本文を取れば、もう散ったかまだ散らないかと都の桜が気になり始めたとなろうか。「ちりちらぬ」あるいは「ちりちらず」の語句は、たとえば『拾遺集』に載る伊勢の「ちりちらずきかまほしきをふるさとの花見て帰る人もあはなん」（春・四九）(12)のように初句に用いられるものがほとんどで、ここで三句目に用いていたとするとかなり特異な例であろう。用例数でいえば「ちりたたぬ」の表現も初例かつ後例も少なく、珍しい表現のようだ。

この二首に用いられる語句で重なるのは結句の「思ふ」の語程度であり、贈答歌のようとはいえない。しかし桜題の結番として二首一対のものとして見ると、「散らなければいいのに」という一般的な春を惜しむ感情を歌う左歌を、「そもそも散らないのだ」と天皇のいる花の都であることを理由に反駁する右歌が番えられることは、左右それぞれ独立した一首として解する以上に結番として興味深い。

十四番、網代題の結番は、左右で紅白の異なる色彩の景を詠んでおり、二首が番えられることによって色彩感が際立つ構成となっている。

あじろぎにかけつつおらん《あらふ》からにしきひをへてよするもみぢなりけり　（二七・能宣）
みなかみのたきの《る》しらいとみえつる《くるあき》はあじろのひをのよればなりけり　（二八・惟成）

左歌は、網代木に掛けて唐錦を織ろうと詠むが、これは網代にかかる紅葉を「唐錦」と見立てたものである。能宣はほかに「宇治の網代に紅葉散り流れたり」との詞書で「もみぢばの日をへてよれるあじろにははにしきをはしにわたすとぞみる」（『能宣集』・二三五）（紅葉した葉が、日に日に流れ拠っている網代のところでは、錦を橋にして渡したのだ、と見える）という屏風歌を詠んでいるが、ここにも網代木にかかる紅葉を錦と詠んでいた。類想的な歌である。

対する右歌は、網代に氷魚がかかっているさまを「滝の白糸」と見立てている。「滝の白糸」と「網代の氷魚」を「よる（寄る／縒る）」で結びつけたやや奇抜な歌と指摘される[13]。下の句は、『元輔集』の屏風歌[14]「月かげのたなかみがはにきよければあじろのひをのよるもみえけり」（九三）、『公忠集』の宴の歌[15]「ながれくるもみぢの色のあかければあじろにひをのよるもみえけり」（一五）などと類似するようだが、特に元輔歌は「月かげ」とあることからもこれらの「よる」は「夜」を指しているのであり、「よれば」とする惟成の右歌とは異なる情景か。網代の景を左は紅葉に、右は滝の白糸に見出しており、左右で紅白を成すさまは内裏歌合を賛美していよう。左右であえて異なる色彩を詠んでおり、番えられてこそその魅力を発揮するものである。

また、最後の二十番、恋題の結番は、あたかも贈答歌のごとくである。


もどかしとこひする《せし》ひとを見しかどもげにて《も》しぬべきわざにざりける　（三九・敦信）

いのちあらばあふよもあらむ《ありなん》よのなかをなどしぬばかりおもふこころぞ　（四〇・惟成）

うまくいかぬ恋を「しぬべきわざ」と詠む左歌に、命があれば逢える夜がくるかもしれないのにと返す右歌である。左歌に対し反駁するように右歌を詠んでおり、恋の贈答に見せかける結番といえよう。左歌が「しぬべきわざ」と詠むのは、恋題であるとはいえ、内裏歌合の詠としては不審である。この左歌の詠歌主体を思いとどまらせるべく、「どうして死ぬなんて思うのでしょう」と右歌が詠まれている。「しぬべきわざ」と詠む左歌に反駁する右歌が詠まれ、贈答的に仕立てられたことで、内裏歌合に許容される結番になったのだろうか。ここにも左右二首一対のものとして見立てることで理解できる様相がある。

また、本歌合の結番を見ていくと、結句に似通った語句を用いる番も散見する。春題は「〜けり」で揃えられ、先述の桜題には「おもふ」の語が用いられ、欵冬題は左右とも「山吹の花」、蛍題および網代題では「〜なりけり」、霧題では「立ちにけるかな／立ちにけり」などとなっている。もちろん偶然の産物であることも否定できない。しかし番えられた二首を一対のものとして鑑賞することで見えてくる様相があるのではないだろうか。

ここまで三つの結番を挙げ、左右の連関性を見てきたが、天皇賛美を歌うことで一般的な散る桜への感情を昇華させたり、その場に不適当な表現を打ち消す歌を右歌に担わせるといった方法が取られていた。内裏歌合ゆえに生じる世界観があるようだ。次節で他の結番について確認していく。

四　結番の特徴（二）　賀意を添える歌

本歌合には細分化された題が設定されており、題意を大きく逸脱する歌はない。しかし番ごとに見ていくと、指定された題を踏まえたうえで、副次的に賀意の文脈を添える作がある。ここで「副次的」とあえて指摘するのは、それぞれの和歌が賀を主題としているというのではないからである。主題は指定の題であり、そのうえで、和歌が享受される場を考えれば賀意が添えられたと見做される歌が散見するという特徴を見出し得る。

また、「賀意」という語句もここで確認しておく必要があろう。「賀意」と同様に用いられる語として「祝意」がある。『日本国語大辞典』[16]では相互にいい換えが成され、基本的にはよろこび、祝い、寿ぐ同義として用いられているようである。『和歌文学大辞典』で「祝歌」「賀歌」と引いてみると、「祝歌」というのが単に「褒め称える歌」[17]とされるのに対して、「賀歌」というのが「祝賀を主題とした歌。言葉の呪力によって、受賀者の長寿といった祝福を実現させようとした」[18]と説明される。「賀」と「祝」が示すところは大きな区別はなされないものかもしれないが、ここでは『和歌文学大辞典』で説かれることを参考に、単に賛美するだけでなく、その意を示すことによって受賀者に呪力を与える効果を祈るものとして、「賀意」という語を用いていきたい。さて本歌合の一番霞題では、

はるのくるみちのしるべはみよしのの山にたなびくかすみなりけり　（一・能宣）

きのふかもあられふりしはしがらきのとやまのかすみはるめきにけり　（二・惟成）

と詠まれるが、霞を春の道しるべであると見立てることや、外山の霞に春を見出すことは、風景美を詠むものではあっても賀意はない。歌合の歌としては、題を満たしていれば問題はなく、そこに賀意を込めることまでは求められていまい。しかし詠出された和歌を概観すると単なる風景美に留まらない、受賀者として本歌合の主催者を想定したと考えるべき歌が散見するのである。以下、順にその結番を確認していく。

三番、子日題は、次のように詠まれる。

かめやまのねのびのこまつひきつれて来《づき》みがためにもいのる《と》けふかな　（五・明理）

みわたせばのもせにたてるまつのはにわかなつむべきとし《は》をかぞへむ　（六・惟成）

子日は、正月の年中行事で、特に初子の日に、不老長寿を願って、野外に出て小松を引き、若菜を摘んだ。また、その小松や若菜を贈る風習もあり、多く和歌がつけられた。奈良時代から見られる行事だが、平安時代に入って一般に広まり、初春の代表的な行事となった。「子の日するのべにこ松のなかりせば千世のためしになにをひかまし」(『拾遺集』・春・二三・忠岑)や「よろづよのためしにきみがひかるればねのびのまつもうらやみやせむ」(『詞花集』・春・七・赤染衛門)の歌のように、「引く」に「根を引く」と「例に引く」を掛けて詠まれ、長寿を寿ぐ歌が多い[19]。したがって、子日題そのものが賀意を担う性質であることが前提となっている。

それでも、左歌の初句にはなぜ「亀山」が詠まれたのだろうか。「亀山」は、「亀」にちなんで賀歌として詠まれることが多い地名である。『古今集』には「亀の尾の山のいはねをとめておつるたきの白玉千世のかずかも」(賀・三五〇・貞辰親王のをばの四十の賀を大堰にてしける日よめる・惟岳)とある。「亀の尾の山」と「亀山」は同じ山を指し、山城国の歌枕である[20]。子日を詠むのに「亀山」を用いる先行例は一首、『忠見集』に「ゆきかへるひとさへとほき子日かな千代の松引く亀の尾の山」(八八)があるだけで、子日の歌に「亀山」を詠む必然性はない。題の性質以上に賀意を担わせるものである。左歌は「小松ひき」と「引き連れて」を掛詞として下の句へつなげる。不老長寿の願いを込めて引かれる小松とともに、「君がためにも祈る」とする。「君」とは誰を指すか。歌が披露される場を考慮すれば、主催者である花山と捉えることになろう。

右歌は、麗景殿女御歌合に兼盛が詠んだ「みわたせばひらのたかねにゆききえてわかなつむべくのはなりにけり」(若菜題左歌)の歌と初句四句が重なる。歌合歌の先行例であり、本歌として意識があっただろうか[21]。眺望の視点と若菜摘みの性質から賀歌を構想していることは明白である。「野も狭」とは、広大な野にあっても所狭しとたくさんの小松の葉の数をいう。そこに当代これから幾度若菜摘みが行われるか、それが表象される当作は、御代の予祝であり、強い賀意を示す。

子日題では、題自体が賀意をもたらすことを前提とした性質を持つものではあるが、「亀山」を詠むことや、「見わたせば」の眺望の視点は、題以上の賀意を詠み込むことになっている。本歌合に詠まれた和歌が、より賀の性質に傾斜していくのではないだろうか。

五番は欵冬題である。欵冬は山吹を示し、山吹の歌は「井出の山吹」を詠むもの、散りやすい性質から「うつろふ」ことを詠むもの、その色彩から「くちなし」として返事のない恋人をいうものといった類型表現に基づく歌がほとんどである。ここでは次のように詠まれる。

ひとへだにあかぬこころをいとどしくやへかさなれるやまぶきのはな　（九・長能）

かはづなくゐでのわたりにこまなべてゆくて《へ》にも見むやまぶきのはな　（十・惟成）

左歌は八重の山吹を賛美する歌である。一重の山吹では満足しない、八重重ねの山吹こそすばらしいのだという。山吹の歌に「八重」を詠む例はいくつか存する。たとえば天暦十年（九五六）に行われた麗景殿女御歌合に款冬題として詠まれた二首(22)は左右ともに八重山吹を詠む。ただ、山吹の歌全体を見ていくと、古今集歌「かはづ鳴く井出の山吹散りにけり花のさかりにあはましものを」（春下・一二五）の影響が強く、「井出の山吹」を詠むものが、八重山吹の歌よりも圧倒的に多い。ここでは左歌は、八重重ねであってこその山吹の花だと、八重である性質に特に注目し、賛美する歌とする。ここに、一重ではなく幾重にも重ねられた花びらと、主催者賛美の心とが重ねられていると見るとはうがちすぎであろうか。八重である性質を賛美することは一般的な用法ではなく、ここで特に八重に注目することは、享受者に主催者賛美を企図したものではないだろうか。

右歌は用例の多い「蛙鳴く井出」である。先掲の『古今集』一二五番歌を想起させる初句二句、そこに「駒並べて」と詠む。「駒並べて」には「こまなめていざ見にゆかむふるさとは雪とのみこそ花はちるらめ」（『古今集』・春下・一一一）、「春の日はゆきもやられず川づなくさほのわたりにこまをとどめて」（『重之集』・二三八）の影響が指摘されている。[23]「駒並べて」とは、このほかに「こまなべてめもはるののにまじりなんわかなつみつる人もありやと」（『古今六帖』第二・一一三七・貫之[24]）の例もあるように、「ふるさと」や「はるのの」に繰り出すさまが歌われる。それは、「こまなべてきみがみにくるかすがのはまつかさしげしあめにさはるな」（京極御息所歌合・四三・忠房[25]）として詠まれているように、天皇と臣下とが行幸する描写にも用いられる。本歌合右歌において、「駒並べて」山吹を見に行くのは誰と捉えるべきだろうか。和歌の中に特に天皇を示唆する用語は見られないが、賛美される山吹の花を見に行くのは、天皇一行として受け取られることを想定しての詠じ方であろう。聴衆は「駒並べて」山吹を見に行く一行の一人として自身を重ね、花山とともに野に繰り出すさまを想像する。この場が花山主催の内裏歌合であるからこそ、この歌には副次的に賀意が生じると見るべきではないか。

七番、瞿麦題は、次のように詠まれる。

とこなつのにほへるやどはよとともにうつろふあきもあらじとぞおもふ　（一三・好忠）

こころしてうゑしもしるくなでしこのはなのさかりをいまもみるかな　（一四・惟成）

左歌は、「瞿麦」の異名である「常夏」から、その不変性を詠む。「とこなつ」が咲く宿には「移ろふ秋」がない、という不変性は賀意を表していよう。『貫之集』にある「かはる時なき宿なれば花といへどとこなつをのみ植ゑてこそみれ」（『貫之集』・三八二・人の家にとこなつあり）の歌は、当該歌とは逆の発想で、不変の宿であるから常夏だけを植えていると見る。当該歌の場合には、内裏を指して不変を寿ぐものと見えるが、内裏を「宿」と称して詠ずるかどうかは問題が残る。それでもこの歌が享受される場において「移ろふ秋もあらじ」とされるのは、状況から見れば内裏と理解するのが自然であろう。

右歌は「心して植ゑ」[26]た、とあり、心を込めて植えられたからこそ、撫子の花の最良の瞬間を今見ているのだと賛美する。左右歌どちらも花が誂えられた前栽合のような詠じ方だが、本歌合において現実の景として花が誂えられたかどうかは記されない。題が四季にわたっている点からは、すべての景物を用意したとも考えにくく、一部の題材のみ実物を据えたというのも考えにくい。あるいは洲浜として何らかの仕掛けがあったことも考えられようが、その痕跡はない。あくまでも観念的に詠じたものが、瞿麦題という前栽合に用いられることの多い素材であった点が、前栽合の情景を想起させる詠みぶりへとつながったのだろう。左歌には不変の「宿」としての賀が添えられるが、右歌には積極的に花山を示唆するような要素はなく瞿麦賛美に終始したものだろうか。

八番、菖蒲題では菖蒲の性質に依拠した詠歌である。菖蒲は、初夏の頃花茎の中ほどに黄緑色の小花の密生した棒状の花序を付ける植物で、根茎は泥中に長く這っている。この根や葉・茎に芳香があるので、古くから邪気を払う草として愛され、特に端午の節句にはその葉を屋根に葺いたり、薬玉に添えたり、その根を贈り物としたり、根合と称して根の長さを競い合ったりした。[27] そのため、ここでも根に注目した二首が詠まれている。

としのをにねをばたづねてひくものをあやにたえせぬあやめぐさかな　（一五・好忠）

かぜふけばうれうちなびくかくれぬのあやめのくさもこころあるらし　（一六・惟成）

左歌は、長く続くとはいうけれども驚くほど絶えることのない菖蒲草だと、その長さが絶えない、永遠なるものと見立てる。菖蒲の根が長いことを詠む歌には『貫之集』の「あやめぐさねながき命つげばこそけふとしなれば人のひくらめ」（一三一・五月五日）[28]、「あやめぐさねながきとれば沢水の深き心はしりぬべらなり」（二二七・さうぶとれる所、又かざせるもあり）[29] や、『能宣集』の「つりのをのいとよりながきあやめぐさねながらひきていざくらべみむ」（三七〇・又、菖蒲をふねにつくりて、つりするひとのせたり）[30] 注釈「釣りをする男の糸よりも長いこのあやめ草を、根のついたまま引いて、さあそちらと比べてみよう」）といった例がある。いずれも屏風歌や根合の歌で、題詠である。貫之の一三一、二二七番歌は内裏屏風歌であるが、それと同様に当該歌も主催者たる天皇の永続性を重ねていると見るべきであろう。だからこそ根の長いことを「絶えせぬ」ものであるというのである。

右歌は「根」を直接詠まないが、内容からすると菖蒲の根をいうものと見える。風が吹き「うれ（木の枝や葉草の先端）」が揺れる。「隠れ沼」は「下」を導く枕詞だが直接語句として詠まずに「あやめのくさ」と続け、その「下」にある菖蒲の根をいうのだろう。その根にも心があるらしい、という。葉は風が吹くと揺れるが、深く長く張った根は揺れない、なびかない心があるとは、恋歌のような状況を想起するべきか、あるいは天皇への忠誠心と捉えるべきか。ここでは菖蒲に植物以上の様相は描かれず、重ねられるものは想像の域を出ない。

十三番、松虫題では、左歌に賀意を添え、右歌は恋歌のごとく詠む。

なにしおはばあきははつともまつむしのこゑをばたえず《はのどかに》きかむとぞおもふ　（二五・能宣）

わがやどのむぐらのつゆは《も》きえなくになにまつむしのこゑきこゆらむ　（二六・惟成）

左歌は、名が「松虫」なのだから、秋が終わっても声を絶えず聞きたいという。[31] その「松」の名から「松虫」の声に永続性を求める。「なにしおはば」の歌には、『伊勢物語』や『古今集』に載る「名にしおはばいざこととはむ都鳥わが思ふ人はありやなしやと」（『古今集』・羇旅・四一一）の歌が想起される。しかし「松虫」には、古今集歌「あきののに人松虫のこゑすなり我かとゆきていざとぶらはむ」（同・二〇二）、「もみぢばのちりてつもれるわがやどに誰を松虫ここらなくらむ」（同・二〇三）などのように恋人を「待つ」と「松虫」を掛詞として詠むことが一般的である。その中で「松虫」の「松」に永続性を詠むのは珍しい。しかし能宣は三条左大臣殿（頼忠）前栽歌合[32]にも「きみがきくまがきの花の松虫は千よのあきあきこゑなたえせそ」（三）（注釈３８２「わが君の聞く、籬の花にいる松虫は、千代までの秋々に鳴き声を絶やすなよ」）の歌を詠んでおり、当該歌も同様の発想から詠んでいる。自身の詠歌を転用し、松虫題にあえて賀意を添えたのが当該歌である。また、『能宣集』三七七「名にしおへばなかしてふなる秋の夜も君が齢に添へむとぞ思ふ」（小野宮の太政大臣の屏風に）との詠歌もある。

対する右歌は恋歌であろうか。「我が宿の葎」は、「葎の門」「葎の宿」という荒れた葎の絡む家を想像せしめる。

その露が消えないのだから、人の訪れぬ寂しく荒れた家というのだろう。それなのにどうして松虫の声が聞こえるのか、という。先述のように一般的な、「松虫」に「待つ」を掛ける用法で、待つ人の声が聞こえるのはなぜ、という恋の歌となっている。

十七番、霜題では、左が単純な季節の景、右が賀意を添えた歌を詠む。

はつしもおきにけらしなけさみればのべのあさぢは《も》いろづきにけり　（三三・能宣）

よろづよも《の》かく《ず》おくしもと《も》おい《き》にけりふゆへてとまるとしなければ　（三四・実方）

左歌は浅茅が色づき、初霜が降りたことを知ったという、季節が移ろうことへの気付きで霜の題意を十分に満たす。『後撰集』に「いつしかのねになきかへりこしかどものべのあさぢは色づきにけり」（恋四・八七三・忠房）(33)の歌があり、下の句が一致する。後撰集歌は野辺の浅茅が色を変えて枯れいくさまを心変わりと重ねるが、この用法は「おもふよりいかにせよとか秋風になびくあさぢの色ことになる」（『古今集』・恋四・七二五）のようによく使われる表現である。当該歌の場合には浅茅が変色したことから、初霜に気が付いたという季節の景である。

右歌は長い間霜降が繰り返されることに永遠性を詠む。霜降と万代とを詠むのは「よろづよの霜にもかれぬ白菊をうしろやすくもかざしつるかな」（『後撰集』・慶賀・一三六八・伊衡(34)）の例があるが、後撰集歌の場合には霜降にも影響されない白菊を「かざし」にすることでその呪力を受賀者へ伝えようとするものである。当該歌の場合には単に霜降が繰り返されることにのみ注目し、四季が冬で終わるのではなく繰り返し循環するものであることに焦点を当てる。

また、右歌には校異があり、「よろづよ」の気付きをどこに見出すかという点に違いがある。二句目は「このように」置く霜なのか、「たくさん」置く霜なのかという違いであり、三句目は年老いたことをいうのか、霜を置いたことをいうのかという違いである。歌意としては、詠歌主体の老いを霜に見出して「よろづよ」に気が付くものと、霜の景にのみいうものという違いになる。下の句に示される、時間は冬まで行ったら止まるというものではないのだからという理由のもと、「よろづよ」の気づきを詠む歌であることに相違ない。「よろづよ」が初句に詠まれ賀歌とする意識は明白であるが、白髪を連想させる題である点が文意を取りにくくさせてしまったようでもある。

最後に十九番、祝題ではどう詠まれているか。

ときわやままつのうはばももみぢねば水《露》ももりこぬよにこそありけれ　（三七・好忠）

きみがよにあふさかやま《くまやま》のみづきよみそこにぞみゆるよろづよのかげ　（三八・兵衛佐）

左歌は、常盤山を詠むことはすでに、常に変わらないこと、永久に続くことを示していようし、松の葉が紅葉することがないように水（露）がこぼれ出ることのない御代であると、祝題どおりの主催者賛美であろう。右歌も「きみがよ」に「よろづよ」を見るのだから、紛れもない祝題の歌である。

このようにして見ると、題として「祝」が示された主題を祝に置いた歌と、副次的に賀意が添えられた歌との位相差がはっきりする。祝題以前に示した結番の中に見られる、副次的賀が認められる歌は、主題として題に示された景物を据えておく一方で、その歌の享受者として主催者を想定し、賛美するような歌として詠まれていたことがわかる。

では、このような特徴は、寛和二年（九八六）以前から存していたのだろうか。次節で内裏歌合という枠組みの中で考えてみたい。

五　歌合史の中で

内裏歌合の系譜の中において、詠に賀意を添える意味を検討する。

盛事たる内裏歌合として、まずは想起される天徳四年（九六〇）の内裏歌合の場合、題は三月尽日の開催に合わせて霞、鶯、柳、桜、欵冬、藤、暮春、首夏、卯花、郭公、夏草、恋であり、季節の景物を中心に設定する。本章で取り上げている花山の再度の内裏歌合と共通の題は一つ、欵冬がある。その結番を見る。

春がすみゐでのかはなみたちかへりみてこそゆかめ山吹の花　（一六・順）

ひとへづつやへ山吹はひらけなんほどへてにほふ花とたのまむ　（一七・兼盛）

左歌が井出の山吹を詠み、右歌が八重山吹を詠む。三節で取り上げたように、花山の再度の内裏歌合においても、八重の山吹と井出の山吹とが詠まれている。同じ題を同じ着目で詠ずるが、天徳内裏歌合の場合には欵冬賛美に終始している。

続く藤題で、左歌に賀的な要素が見られる。

むらさきににほふ藤波うちはへて松にぞ千代の色はかかれる　（十八・朝忠）

われゆきて色みるばかり住吉のきしの藤波をりなつくしそ　（十九・兼盛）

「松」に「千代の色」がかかるのだから、長寿を寿いでいることになるだろう。対する右歌には、そのような要素はない。賀の要素を伴うのはこの藤題左歌のみである。

その後行われた内裏歌合では、応和二年（九六二）のものがある。これは五月四日庚申の夜、村上天皇の主催で行われた歌合で、「明日は五日時鳥を待つ」の一題、九番十八首で構成される当座即詠の歌合であった。いくつかを例として挙げる。

うちしのびことかたらはむほととぎす明日はあやめのねにはたつとも　（三・延光）

待つこよひきてもなかなむほととぎす明日のあやめもしらぬがほにて　（四・もくのくらひと）

しのびつつなきわたりつるほととぎす明日もいつかと待たれこそすれ　（五・重輔）

ほととぎす夜深き声をあやめぐさまだねもみぬに聞くよしもがな　（六・右近命婦）

五月五日の節会には、軒端に菖蒲を葺く風習があり、『拾遺集』に「昨日までよそに思ひしあやめ草けふわがやどのつまと見るかな」（夏・一〇九・能宣）（注釈137「昨日までは無縁のものと思っていたあやめ草なのに、今日は我が家の妻としてあると見ることだよ」）の歌が載り、『枕草子』に「節は五月にしく月はなし。菖蒲、蓬などかをりあひたる、いみじうをかし。九重の御殿の上をはじめて、言ひ知らぬたみのすみかまで、いかでわがもとにしげく葺かむと葺きわたしたる、なほいとめづらし。いつかはことをりに、さはしたりし」（三七段）[35]と記される。五月五日に菖蒲を葺く風習が浸透していたことが窺われる。この歌合でも、半数以上の和歌に菖蒲が詠まれている。庚申待ちの歌合という特性上、また、五月四日の夜という設定から、詠まれる内容は限定される。副次的に賀意を込める必然性は存しない。

その後は、康保三年（九六六）に内裏歌合（前栽合）が行われている。八月十五日の夜、清涼殿の台盤所において行われた、月を賞でながらの饗宴である。和歌は、催事の歌であるから、その内容も当座の月を賞美するものに限定される。いくつか例を挙げてみる。

さきにほふ花のあたりのつねよりもさやけかりけり秋の夜の月　（五・朝成）

野も山も心あるらしこよひより松のちとせを君にゆづりて　（六・博延）

いつもさく花とはみれど白露のおきてかひある今日とこそみれ　（七・博雅）

色もかもこよひはまされ秋のはなのどけき月のかげにみえつつ　（八・延光）

普段と違い、今夜は格別の景色と詠むことを基本とした詠が並ぶ。中では六番に「松のちとせを君にゆづりて」と、主君賛美の詠となっている。他の歌では、次の四首が賀的な語を備えている。

ちぢの色の花のくさぐさ月かげににほひぞまさんよろづよの秋　（一一・忠尹）

花の色も秋の夜ふかき月かげに君がちとせをまつ虫のこゑ　（一八・衛門佐藤原）

よろづよの秋にとにほふ花の色も心のどかにみゆる月かな　（二二・文利）

ももしきによろづの花をうつしうゑてやちよの秋のためしにぞみる　（二七・ときよ）

これらの和歌は「万代」「千歳」「千代」といった語を詠み込む。ただし、この歌合の総歌数三十六首中の五首であり、花山の再度の内裏歌合と比べると、数は少ない。示される賀意は、当座の月を称賛する延長上に、主君賛美として添えられたものであろう。

天徳内裏歌合以前の内裏歌合となると、天暦七年（九五三）の内裏歌合（菊合）や天暦九年（九五五）の内裏歌合（紅葉合）が挙げられるが、これらの歌合の和歌は、菊合で二首、紅葉合で四首存するのみで、和歌は添え物であったのだろう。そのためここでは参考にはならない。また、その他前栽合も存し、中には内裏で合わせられる前栽を殊に賛美するものが散見する。しかし前栽合において素材を賛美する論理と、花山再度の内裏歌合のように複数題が設定される中で賀意を添える論理とでは、位相が異なるだろう。やはり花山の再度の内裏歌合において賀意が散見することは特殊と見える。

以上、内裏歌合の系譜を確認した。題の設定という観点から見ると、天徳内裏歌合以後は庚申待ちの夜や月の宴といった限定的な場が設定され、詠歌内容も限定され、内裏歌合が行われてきた。そうした中で、多くの題を設定する花山再度の内裏歌合は、純然たる歌合として開催意識があった。また、賀意を添える和歌が散見することは、それまでの内裏歌合の中で、特異な方法と捉えることができる。康保三年の内裏歌合（前栽合）のように、宴の目的の延長上に、主催者賛美の視点を据えることは確かに可能である。しかし歌合の随所に賀意が添えられる構成は取られていない。花山再度の内裏歌合の場合、いかなる理由から、賀意を含む歌が頻出することになったのだろう。

六　政治史の中で

前節では内裏歌合の系譜の上に本歌合の位置付けを考えたが、本節では歴史上の位置を確認する。以下、花山自身の経歴と、治世下の政治的状況を改めて俯瞰する。

花山[36]は、安和元年（九六八）十月二十六日に生まれ、寛弘五年（一〇〇八）二月八日に四十一歳で崩じた（『日本紀略』）。第六十五代天皇であり、永観二年（九八四）から寛和二年まで在位した（『日本紀略』）。冷泉天皇の第一皇子で、母は藤原伊尹女、女御懐子。安和二年（九六九）八月十三日立太子、東宮時代から長能、公任、実方らと交流し、和歌を好んだ（『長能集』『公任集』『実方集』）。永観二年八月二十七日、円融天皇の譲位により受禅、十月十日に十七歳で即位する。既述したとおり、在位中に二度の歌合を催した。寛和二年六月二十三日、ひそかに禁中を出、東山花山寺にて落飾、この出家は藤原兼家・道兼父子の陰謀によるといわれる（『大鏡』）が、寵愛する忯子（藤原為光女）の死（寛和元年七月一八日卒）を悼んでのことども伝えられる（『栄花物語』・花山たづぬる中納言）。退位後は、歌壇の庇護者となり、『拾遺集』の編纂に深く関わった。家集が存したことは明らかであるが、散逸して伝わらない。

花山の伝記研究には今井源衛『花山院の生涯』[37]があり、久保木哲夫『平安時代私家集の研究』[38]にも言及がある。また、歴史学の見地からは、政治史上の問題から取り上げられることも多い[39]。これらの先行研究によりつつ、花山を取り巻く政治的情勢について以下に述べる。

永観二年の花山即位時、政権の構成は関白太政大臣藤原頼忠、左大臣源雅信、右大臣藤原兼家、大納言藤原為

光、源重信、権大納言藤原朝光、藤原済時となっていた。しかし頼忠は、外戚にあらざる故をもって新政に参与しなかったという（『大鏡』頼忠伝、公卿補任）[40]。関白が非協力であれば、他の廷臣が新帝を支えるはずもない。代わって政務を主導したのは、外戚である藤原義懐（母方、伊尹三男）であり、それを補佐したのが、東宮時代から親交のある藤原惟成であった。あくまでも主に補佐したのであり、頼忠に代わって主導したとまで考えるのは現実的ではなかったであろう。

義懐、惟成が補佐した新政府の出発時に、物価高騰を抑制するための破銭を嫌うのを禁ずる令や、国家財政立て直しのために権門重臣の特権を制限する格後荘園新設を停止する令といった新たな政令が発布された。しかしそれらの政令も効果は上がらず、重臣たちを敵に回したばかりで、寛和元年に入ってからはそういった諸法令も出された記録は現存していない。政権運営は安定したものではなく、公卿や官人の不参や遅参によって、外記政が中止された記事も頻出する（『本朝世紀』[41]）。花山が即位したそのときから情勢は不穏で、新政令もはかばかしい成果はあがらなかった。

このような状況下の花山政権は、わずか二年で退位することになる。兼家一族の陰謀によって出家、退位へと導かれるが、花山自身その謀略に抗うことができなかった。それは先述のごとき圧倒的に不利な政治情勢に加え、姉尊子内親王の死（寛和元年五月一日）、叔母（為光室）の死（同年六月三日）、寵愛する忯子の死（同

【表16】略年表

元号	月日	主な出来事
安和元	10・26	誕生①
	12・22	親王宣下
二	8・13	立太子②
永観二	10・10	即位⑰
	18	忯子入内
	12・5	姚子入内
	15	諟子入内
寛和元	5・1	姉尊子内親王⑳死去
	7・16	忯子⑯死去
	8・1	内裏歌合（初度）
	29	円融上皇出家㉗
	12・5	婉子入内
二	6・10	内裏歌合（再度）
	23	退位、出家⑲
	7・22	書写山を訪れ性空上人に結縁
	9・16	比叡山に登り受戒

○付数字は花山の年齢

年七月十六日)、同年八月二十九日に出家した円融上皇の存在といった身辺事情も影響しただろう。円融上皇の出家は病により、その病因を元方の「物怪」のしわざと恐れてのことであった(『小右記』八月二十七日、二十九日条)。花山が出家、退位を見据えるきっかけになっただろう。

新政府としての政治権力も発揮できず、近親者の出家や死が相次いだ花山は、和歌をよすがに、在位中の権威発揚の残る方法として内裏歌合を企図したのではないだろうか。

七　歌人構成から

次に、本歌合の出詠歌人について考えてみたい。初度の歌合に出詠する人物との重複もある。寛和元年の初度の内裏歌合の歌人[42]は、左方が、花山・為理・惟成、右方が公任・長能であった。彼ら花山近臣のうち、再度の内裏歌合にも出詠したのは惟成、公任、長能である。

惟成については既述のように、花山政権を支える近臣であった。公任は、康保三年の生まれで、花山との年齢も近い。頼忠の男で、母は代明親王女厳子(花山の母方祖母恵子と姉妹)である。『公任集』に「花山院まだ春宮と申しけるとき、水に花の色浮かぶといふことを人々に詠ませたまふに」の詞書で和歌が載っており[43]、東宮時代から和歌において交流があった[44]。しかし花山の新政に非協力的であったという頼忠の子息であり、政治的立場がどのようなものであったか、判断が難しい。長能は、天暦三年(九四九)生まれで、藤原倫寧男。『長能集』に「花山院春宮におはしましける時、七月七日殿上の人々七夕に秋をしむといふ心よませたまふに」の詞書で和歌が載っており[45]、公任と同様に花山の東宮時代から交流があった。

両度の内裏歌合に名が見える人物はいずれも東宮時代から和歌の交流があった。では再度の内裏歌合に新たに参加した人物はどうか。

まず惟成に続いて詠歌の多い能宣は、延喜二十一年（九二一）生まれで、このときすでに六十六歳、梨壺の五人の一人で、歌壇の長老といえる存在である。同様に好忠も、生年は明らかではないが、歌壇への登場時期などから本歌合時すでに六十歳に達していると考えられ、能宣同様、長老として招かれたものか。

斉信は、生年は康保四年（九六七）、為光の男。母は佐少将藤原敦敏女であり、花山女御忯子とは同母兄弟。従兄である道長の信頼厚く、中宮大夫を務め、公任、藤原行成、源俊賢と並んで「寛弘の四納言」と称されるが、後年のことである。

高遠は、生年は天暦三年（九四九）、実頼の孫である斉敏の男。天元四年（九八一）以来、花山の即位まで終始、春宮権亮であった。花山との関係は明らかである。

敦信は生没年未詳、天延二年（九七四）一条中納言為光歌合や後の長保五年（一〇〇三）道長の歌合に出詠しているが、花山との関係は不明。明理についても不明なことが多い。

実方は生年未詳、小一条左大臣諸尹の孫、侍従貞（定）時男。父が早世したため叔父の一条左大将済時の養子となり、小一条邸で育った。母は源雅信女で、道長の正室倫子と姉妹だが、道長と倫子との結婚は永延元年（九八七）で本歌合の後であるから、この時点で縁戚関係はない。『実方集』に「花山院の春宮と申せし時に九月御庚申に」[46]の詞書を持つ和歌があり、東宮時代からの交流が窺える。また、『小右記』永観二年（九八四）十二月十九日条に、実方が天皇の使者として忯子の里である為光邸に赴いており、寛和元年二月八日条には、春日祭の勅使となっている記述があり、[47]近臣としての姿が記される。

道綱は、生年は天暦九年（九五五）、兼家男。弟の道兼とともに花山退位事件では暗躍し、その功で一条朝において昇進を重ねる。道長は、生年康保三年、兼家男。後年の活躍はここに挙げるまでもないが、本歌合当時は二十一歳と若く、また五男でもあったため、多くを担ってはいない。

以上、本歌合の出詠歌人について簡単に確認したが、誰がどのような立場をとっているか、花山との距離については、認識に違いがある。たとえば『平安朝歌合大成』は出詠歌人について、「（前略）花山天皇の退位を企てつつある右大臣兼家の男道綱三二歳や道長二一歳及びそれに近い斉信・実方・長能等があり（後略）」と述べるが、今井源衛[48]は、「斉信は後に道長の側近となり中宮大夫を務めているが、本歌合のころには忯子の兄として花山とは親しかった」とし、実方については先述の『小右記』の記事を花山近臣としての姿を捉えている。花山との関係を、和歌の面から捉えるのと、政治的関係から捉えるのとで、はっきり立場を区別できるものではないからであろう。

確実にいえるのは、立場が異なる参加者が混在しているということである。道長や道綱のような明らかに陰謀加担者側の参加者もいれば、惟成や義懐のような花山のあとを追って出家する側近もいる。一方で長能や実方のように、和歌交流から見れば花山とは親密であったが、縁戚関係をたどると、実際の立場がどうだったのか判断し難い人物もいる。各参加者がどのような意図を持って本歌合に参加したのかを断定することは難しい。

ここで本歌合の特徴に立ち返ってみる。詠歌の特徴は副次的賀意が添えられる点にあった。それは当座の方向性を示す。出詠歌数の多寡はすでに指摘されているように、惟成の詠歌が多いが、賀意を持つものにも惟成の詠作が複数見られる。歌壇の長老格である能宣や、花山東宮時代から交流のある実方も賀意を添えて詠む。花山の歌壇を牽引するような歌人たちが、積極的に賀意を添えて詠んでいるようである。その意図は、場が天皇賛美を基調とすることを示し、一体化を演出するためであろう。不穏な政治的状況下において、立場の異なる歌人が混在する内裏歌合である。その随所に充塡される賀意は、意識の異なる歌人たちが場で共有する態度として機能したことだろう。

八　おわりに

花山の再度の歌合である寛和二年内裏歌合の、結番方法の特徴を検討した。本歌合の特徴には、賀意を添える作が随所に見られることがあった。このような性質は、内裏歌合とあっては一見当然の傾向のようにも思えるが、精査してみると、本歌合以前の内裏歌合には見出せない特徴であり、賀意をちりばめるこの方法は特異であった。また、天徳内裏歌合以後、内裏歌合は限定的な場において限定的な題が示され行われてきた。それが本歌合で複数の題を提示し献詠せしめたのは、興趣を求めるより、事績、成果を求める意識が強かったのではないだろうか。帝位の証として歌合を開催したかったのかもしれない。

従来の内裏歌合において、当座一部の作に賛美の祝意を添えることはあっても、本歌合のような規模と頻度で組み込まれたものはない。題詠においては、題意を満たすことが第一である。そのうえで、随所に充填される賀意は、場の一体化を演出するものとなる。それは、行事の方向性が何よりも天皇賛美であったことを示している。賀意を添える和歌を詠ずるのは歌壇の中心的人物たちである。賀意を随所にちりばめることが、政治的立場が懸隔する参加者たちの、協調を演出する軸となるよう意図していたと考えられる。こうして成立した再度の内裏歌合は、在位期間の短い花山を象徴する和歌事績となり、その組題方法は後世の範となったのである。

注

（1）　久曽神昇『伝宗尊親王櫃歌合巻研究』「歌合全史概観」一九三七年、尚古会

（2）　峯岸義秋『歌合の研究』「第二編　歌合の歴史的展開」一九五四年、三省堂

（3）藏中さやか、鈴木徳男、安井重雄、田島智子、岸本理恵校注『和歌文学大系48　王朝歌合集』二〇一八年、明治書院
（4）藏中さやか「寛和元年八月十日内裏歌合考―「御歌あはせのやうなる事」とは―」、『神戸女学院大学論集』第六十五巻第二号、二〇一八年十一月
（5）副題的に添えたと見做されるものは、規子前栽合において見受けられるが、正式な題となってはいない。すなわち、全体が十番の構成である規子前栽合において、九番刈萱題の男歌と十番虫の音題の男歌に、それぞれ祝、恋の要素が副題的に添えられていることが『古典大系』の頭注で指摘される。この歌合の位置付けについては本書、第一部第三章「主催の意図と表現―女四宮歌合について」。
（6）『平安朝歌合大成　一』「八八　寛和二年六月十日内裏歌合」
（7）金子英世「寛和年間の内裏歌合について」、慶應義塾大学藝文学会『藝文研究』七十二号、一九九七年六月
（8）『和歌文学大辞典』「内裏歌合　寛和二（九八六）年六月」の項（藤田一尊）
（9）注（6）『平安朝歌合大成』「史的評価」の項目
（10）花山院出家後の正暦年間頃に弾正宮上とともに東院（花山院）で催した歌合。題は、郭公、卯花、橘、夏草、蛍、瞿麦、蚊遣火、水鶏、祝、恋の十題十番（ただし蚊遣火の左歌を欠く）。参考注（8）『和歌文学大辞典』「花山院歌合」の項（高橋由記）。
（11）本歌合の本文は新編国歌大観により、校異に関しては右に併記し、必要があれば言及した。校合態度については注（6）『平安朝歌合大成』で考察されており、ここでは文意が異なる場合の意味について考察するに留める。
（12）詞書に「斎院屏風に、道行く人あるところ」とあり、延喜十五年（九一五）閏二月二十五日、斎院恭子屏風歌かとされている（小町谷照彦校注『新日本古典文学大系7　拾遺和歌集』一九九〇年、岩波書店）。
（13）注（7）金子英世
（14）詞書「ふゆ、たなみのあじろ」とあり、八二番歌から続く内裏屏風歌の一つであることが記されている。
（15）詞書「あふみのかみにて、たちに有りけるころ、殿上の人人、たなかみのあじろにきたりけるに、さけなどすすむとて」とある。宴の歌と解してよいだろう。
（16）『日本国語大辞典』「祝意」の項は「いわう心。祝賀の気持。賀意」、「賀意」の項では「祝う心。祝意」とある。
（17）『和歌文学大辞典』「祝歌」の項（宇佐美昭

(18)『和歌文学大辞典』「賀歌」の項（田島智子）
(19)『歌ことば歌枕大辞典』「子日」の項（室城秀之）
(20) 片桐洋一『歌枕歌ことば辞典　増訂版』一九九九年、笠間書院
(21) 注（6）萩谷朴も第一、第四句が一致することを指摘する。
(22)「のどかなる春もやあるとたづねつつこえてをりみん八重の山吹」、「八重さけるかひこそなけれ山吹のちらばひとへもあらじとおもふに」
(23) 注（7）金子英世
(24) 寛平御時后宮歌合二一番歌
(25) 京極御息所歌合は、宇多法皇が京極御息所（藤原時平女褒子）とともに延喜二十一年（九二一）三月に春日神社に参詣の折、大和守藤原忠房が二十首の歌を献じ、御幸の後、この二十首に対する返歌を女房たちに詠ませ、それを左右の方に分けて二十番の歌合とし、さらに夏の恋の二番を加えて披講したものである。ここで挙げた歌は「本」とあって本歌にあたり、忠房の献じた和歌である。土地の者の視点から、行幸する天皇を指したものである。
(26)「植ゑしもしるく」は『万葉集』巻十「手寸十名相　殖之名知久《ウヱシナシルク》　出見者　屋前之早芽子　咲爾家類香聞」（二一一三）の訓点を契機として発見・享受され、好忠周辺で流行したのではないかと指摘される（注（7）金子英世）。
(27)『和歌文学大辞典』「菖蒲」の項（久保田淳）
(28)「延喜十九年東宮の御屏風の歌、うちよりめしし十六首」とあるうちの一首であり、屏風歌である。
(29)「延喜御時内裏御屏風のうた廿六首」とあるうちの一首。
(30) 二首前に「五月五日あるところに、菖蒲のねくらぶる歌とはべれば」とある歌から続く一連の根合の歌である。
(31) 本文中に併記したように校異「のどかに」とあり、その場合は「穏やかに聞きたい」となろう。
(32) 貞元二年（九七七）八月十六日
(33) 詞書「やまとのかみに侍りける時、かのくにの介藤原清秀がむすめをむかへむとちぎりて、おほやけごとによりてあからさまに京にのぼりたりけるほどに、このむすめ真延法師にむかへられてまかりにければ、くにかへりてたづねてつかはしける」

(34) 詞書「女八の親王、元良の親王のために四十賀し侍りけるに、菊の花をかざしにをりて」

(35)『枕草子』の本文引用は、松尾聰、永井和子校注『新編日本古典文学全集18　枕草子』一九九七年、小学館

(36)『和歌文学大辞典』「花山天皇」の項（徳植俊之）

(37) 今井源衛『花山院の生涯』桜楓社、一九六八年（『今井源衛著作集9』二〇〇七年、笠間書院に収録）

(38) 久保木哲夫『平安時代私家集の研究』一九八五年、笠間書院

(39) 阿部猛「平安政治史上における花山朝の評価」（『北海道学芸大学紀要』、十一巻一号、一九六〇年八月）、鈴木敏弘「摂関政治成立期の国家政策―花山天皇期の政権構造―」（『法制史学』第五十号、一九九八年三月）

(40) 公卿補任「天皇禅位之宣命云、関白随身如故。并昨日皇太子受禅。雖然不従公事」

(41) 倉本一宏『人物叢書　一条天皇』（二〇〇三年、吉川弘文館）八頁に指摘される。また、注（37）今井源衛「第三章　即位時代」においては『小右記』永観三年正月十五日、同年四月一日、『日本紀略』寛和元年十月一日の記事を引用し、一般公卿たちも怠慢であったことが指摘されている。

(42) 歌人については『和歌文学大辞典』および古代学協会・古代学研究所編『平安時代史辞典』（一九九四年、角川書店）を参考に生没年などを記述した。

(43)「花の色をうかぶる水は浅けれどちとせの春の契りふかしな」（一一）

(44) 花山の春宮時代の和歌交流については、注（37）今井源衛著書に指摘がある。

(45)「ちりもせずうつることなききくの花ちよのためしとたのめてぞをる」（一八七）

(46)「もみぢばのいろどるつゆはここのへにうつる月日やちかくなるらむ」（四一）

(47) 注（37）今井源衛著書

(48) 注（37）今井源衛著書

結

本書は、村上朝前後の歌合について、表現論を基本として和歌を読み解き、天徳内裏歌合を頂点とした発展史観から解き放たれたところでそれぞれの歌合の性質を解明しようと試みた。

「第一部　後宮と歌合の関係」では四つの、後宮で催された歌合を取り上げた。麗景殿女御歌合、京極御息所歌合については、その開催時期によって天徳内裏歌合に向けた前哨戦との位置付けがなされてきた。しかし実態を精査すると、初期歌合に見られるような左右歌の連関性や、『後撰集』に象徴されるような贈答歌さながらの応酬が認められた。また、村上天皇皇女規子内親王が催した女四宮歌合について検討すると、歌合としての形式は極めて整っているものの、そこに競合対立の関係はなく、女房方が主催者側、男方は来訪者側である意識が、詠歌に浸透していた。さらにそこから十年以上の間をあけて催される詮子瞿麦合については、従来寓意を読み取ってきた冒頭の結番は、和歌の表現に即すならば、瞿麦合の優劣判定を牽牛に委ねるものと解釈でき、この一番歌を契機に自方の優位を主張する和歌が散見することが明らかとなった。

「第二部　村上朝を俯瞰して」では、村上朝を俯瞰的に捉えることで明らかになる、この時代の世界観を見直した。まず歌合以外の和歌事績として名所絵屏風歌を取り上げたが、和歌表現を見ていくと、配列によって情景の展開をつくる『古今集』の編纂意図のように、連続した配列意識による世界観の創造が生じていた。次に、村上朝の後宮と歌合の関係について包括的に検証してみると、村上朝以前に行われた後宮の歌合は、天皇や上皇といった立場の人物が主導し、催行は意図的であったのに対し、村上朝の後宮では女御たち自身の興味関心から発生した歌合となり、文化的な嗜好がより実質的に垣間見えるものであった。そして、村上朝歌合の評価のひとつとして『拾遺集』の歌合歌について考察した。『拾遺集』に入集する歌合歌は題や素材などの特殊性を持つ歌が採られ、結番をそのまま載せるものはほとんど生じなかった。『拾遺集』が採歌源として歌合を見るとき、歌合の結番という特質は取り払われ、勅撰集や私家集よりも小さな世界で成立する、和歌の集合体として認識されていたのだろう。

「第三部　内裏および臣下の歌合」では、第一部の対として、主として男性主催の歌合を検討した。天徳歌合以後、内裏歌合は限定的な場において限定的な題が示され行われてきた。それが花山天皇の寛和二年（九八六）内裏歌合で複数の題を提示し献詠せしめたのは、事績、成果を求める意識によるものと考えられる。賀意は歌合の随所に充塡され、政治的立場が懸隔する参加者たちの協調を演出する軸となるよう意図していた。在位期間の短い花山を象徴する和歌事績となり、その組題方法は後世の範となったのである。康保三年（九六六）内裏前栽合は、天皇、臣下、女房と身分順に記録されるが、臣下と女房とでは詠歌の性質が異なる。台盤所で女房たちに和歌を詠ませ、集う者皆が異色の洲浜を鑑賞し、共同体の和楽を実現した、特徴的な歌合であった。坊城右大臣殿歌合は康子内親王を迎えたという点は和歌史上新しく、それは後宮歌合の隆盛という時代の影響もあろう。また、観月宴に伴う歌合の後継として康保三年内裏前栽合にも、具体的な和歌表現において後世に影響を与えた。萩の下葉に注目することや紅葉する檀に注目することは、その発想のほぼ始発に位置し、この歌合の和歌表現は軽視されるものではなかった。

以上、大きく三つの観点から、村上朝を中心とした歌合の事情について追究を深め、この時代の歌合の様相を明らかにした。このような実情を踏まえると、後宮の催した歌合の数々が、必ずしも天徳内裏歌合開催に向けたもの、あるいはそれを引き継ぐものとはならないことが明らかであろう。後宮の女性たちが積極的に歌合という和歌催事に介入した経緯を、単純な歌合の発展史と重ねてみることは軽率である。個々の歌合にそれぞれ開催の思惑があり、主催者の周辺事情に鑑みてそれぞれの意義を検証する必要がある。この時代の人々は、『古今集』の遺響の中でことばに大いなる関心を持ち、表現の発見に歓喜していたことだろう。そのおもしろさを、単なる発展史と見做してしまうのはあまりにももったいない。

平安時代を追究するにあたって困難となるのが史料的な心許なさである。以降の時代と比べ、今日まで伝えられる史料は十分ではない。歌合に限ってみても、開催当時をそのまま伝えるものというよりは、後世にいたって改めて記されたと想定せざるを得ないものも目立つ。しかしながら、ひとつひとつの和歌からはそのときの息遣いが感じられる。現存する和歌から考察できることは多く、個別の歌合の本質を和歌表現から見直すことは、基本的かつ重要な姿勢である。現在各所に伝わる古筆資料を精査し、世に広く知らしめる研究が時代の潮流ともなっているように感じる。後世に古典を伝えていく手段として尊い。同時に、その内実を突き詰めて読解していく表現研究も、軽視されるべきではない。

冒頭にも述べたように、歌合の研究は萩谷朴の成果の上に成り立つといわざるを得ない。しかしそこには萩谷の通史的な見方の上に個々の歌合の評価が存しており、時に大仰ないい方をする萩谷論の上に歌合の評価を行うことからは脱却すべきである。本書では、後代から見た意義とは別に、それぞれの歌合について表現分析を基盤としてその性質と向き合ってきた。その結果、通史的に見て評価が低いともされる歌合に関しても、再評価すべき要素を多分に含むことが明らかとなった。

歌合は文学的遊戯であり、場の主と臣下、あるいは女房たちが歌合という催事を通して和楽するものである。その場の愉悦に興じることに主眼があり、記録せしめることを目的としてはいないだろう。そのような中で、歌合の様相が判明し得るほどに記録され継がれてきた歌合に、その存在価値を見出すことは当然の結果ともいえる。

歌合は、左右に分かれ優劣を競うという性質から勝負の判が付き、そこに勝敗の理由を述べる判詞が生じ、そしてそれは和歌の評価基準として歌学的な価値を持つようになった。その結果、判詞の有無や出詠歌人や判者、形式の如何によって歌合の価値が定められてきた。

一方でその視点は初期歌合が持つ根本的な性質とは相反する部分があり、この価値観で村上朝周辺の歌合を評価することとは異なる像を見ることになる。通史的、あるいは後代的な価値基準で臨むがために、見落とされてきた世界がある。それぞれの歌合の中で和歌表現の史的位置付けを基盤としてその性質を明らかにすることで、その実態を浮き彫りにすることができる。

十世紀の歌合には、規模や性質が大きく異なる歌合が大小さまざまに記録されている。本書で取り上げることのできなかった歌合も多く残っている。その最たるものが亭子院歌合、天徳内裏歌合であろう。これらの歌合は研究史上の注目度も高く、たびたび論じられてきたが、おそらく歌合単独でその位置付けを論じることは難しい。規模が大きく、和歌史上もその意義が注目されてきた歌合こそ、単純な晴儀性に留まらない通史的な中での位置づけが必要であろう。これらの歌合についても表現分析を基本とし、より相対的な位置付けを考察し、歌合史を丁寧に分析する必要がある。

初出一覧

本書は早稲田大学への学位請求論文が基となっている。旧稿に補訂を加え、全体の統一を図った。

第一部　後宮と歌合の関係

第一章　京極御息所歌合における後宮の企図
…「京極御息所歌合の位置」、『早稲田大学大学院文学研究科紀要』六十四輯、二〇一九年三月

第二章　麗景殿女御歌合の結番方法
…「麗景殿女御歌合の位置」、『古代研究』四十六号、二〇一三年三月

第三章　主催の意図と表現—女四宮歌合について
…「女四宮歌合の位置」、『国文学研究』第百九十三集、二〇二一年三月

第四章　表現から見る寓意の意図—皇太后詮子瞿麦合の寓意について
…書き下ろし

第二部　村上朝を俯瞰して

第五章　村上天皇名所絵屏風歌の詠風
…「村上天皇名所絵屏風歌の詠風」、『平安朝文学研究』復刊二十号、二〇一二年三月

第六章　村上朝後宮歌合の役割

…「村上朝の後宮と歌合」、『早稲田大学大学院文学研究科紀要』六十二輯、二〇一七年三月

第七章　『拾遺集』の中の歌合…書き下ろし

第三部　内裏および臣下の歌合

第八章　坊城右大臣殿歌合表現の影響

…「坊城右大臣殿歌合について」、『平安朝文学研究』復刊第三十号、二〇二二年三月

第九章　康保三年内裏前栽合における後宴歌会

…『国語と国文学』二〇二四年八月号

第十章　歌合献詠歌の賀意について―寛和二年内裏歌合

…書き下ろし

あとがき

「研究者として生きる」。玉川大学を卒業する際、ゼミ仲間で作ったアルバムに私はこう書いた。それに対して「十年続けられるかどうか」が境目だといわれた。あれから十年以上が経過したが、ようやく博士論文を提出し、それをもとに本書をまとめるに至った。効率よく淡々と業績をあげていく周囲をよそに、高等学校の教員のおもしろさに熱中したり、子育てにほとんどの時間を費やしたり、研究一筋とはいいがたい十年余りを過ごしてきた。もっと学びたいなら早稲田へ行けと勧められ、早稲田へ進学後、まず研究環境の違いにおののいた。調べたいものがすぐ手の届くところにある喜びと、読めば何かわかると思ったはずなのに書いてあることの意味がわからないもどかしさに、日々目を白黒させていた気がする。得体が知れないと思っていた研究室の仲間は、今では事あるごとに助言をくれる大事な存在になり、わけがわからないと思っていた本は、今ではしっかり自分の書棚に収まっている（それでもどれくらい理解できているものか、自信はない）。

女性研究者として生きる先輩方からもさまざまに助けていただいた。「子育てで仮に五年遅れたら、五年長く続ければいいだけのこと。古典は逃げません」との言葉は、常に心にある。渦中にいるときに無理やりにでもなんとかしようとすることも尊いが、もっと長い目で見なさいと諭されたのだと思う。今の私が曲がりなりにもこうして一書を書き上げることができるのも、多くの女性研究者が勝ち取ってきた道があったからに他ならない。ありがたく思うと同時に、続く世代のために自身の姿勢を正さねばと誓うのである。

数年来続いている感染症パンデミックによるさまざまなオンライン化も、私にとっては追い風となった。博士課程離籍後であったにもかかわらず、兼築信行先生のご配慮でオンラインでの研究指導につないでくださったことは本当にありがたかった。学会の遠隔開催も、そのおかげで拝聴できたものも多かった。そのうえ、難しいと思っていた学会発表の機会も得られ、遠ざかっていた研究の道へとまた走り出す原動力となった。いま再び、一堂に会することが許容されるようになってきた。オンライン開催は事務側の負担もあってか、縮小されているようにも感じる。もちろん当座でしか得られない白熱した議論があることも十分に承知しているが、遠方からの参加のみならず、子育て世代がこのシステムに大いに救われたことは間違いないと記しておきたい。

表現の背景をたどり、表層的な意味合いだけではない意図が見えてきたとき、和歌はその姿を大きく変える。表現を論じるものを読んでいると、それまでとは違う色彩を持った和歌世界が見えてくる。そのことがとても興味深く、もっと学びたい、もっと多くの和歌を見てみたい、という十数年前の思いがすべてのスタートだった。おもしろいと思ったことを、意味のある論に仕上げることには難渋しているが、ことばはなんとおもしろいのだろうと思う。和歌の表現分析はひたすらおもしろい。

学部生の小さな関心に耳を傾け、早稲田へと導いてくださった中田幸司先生、早稲田で研究するとはどういうことかをじっくりと染み込むように指導してくださった兼築信行先生、学位審査において丁寧にご助言いただいた高松寿夫先生と陣野英則先生、多くの先生方のご指導に感謝申し上げます。つなげていただいた研究者としての道筋を大切にしたい。

最後に家族に感謝を。ずっと応援し続けてくれる両親のおかげでここまで歩んで来ることができた。深く感謝している。何もいわずにいてくれる夫、そして三人の娘たちに、これからも学び問い続ける姿勢を見せていきたいと思う。

二〇二三年十一月　娘たちの寝息を背後に感じながら

田原　加奈子

Echoes of the Kokin Wakashu:

A Theory of Uta-Awase Representation in the Murakami Court

TABARU Kanako

This book illuminates aspects of the waka world following the Kokin wakashu, focusing on uta-awase in the Murakami court. It situates them in the history of waka poetry from the viewpoint of expression theory to clarify the nature of uta-awase. Uta-awase is a waka event in which two groups, the "left side" and the "right side," compete by creating waka poems based on a given theme. As a form of waka poetry, uta-awase underwent new developments during the Murakami period. In the past, uta-awase in the Murakami period was discussed from the perspective of historical development, leading to Tentoku-dairi uta-awase. Therefore, the numerous uta-awase events leading up to Tentoku-dairi uta-awase have been analyzed only from the perspective of their development into Tentoku-dairi uta-awase, as if the Murakami Emperor was aiming to hold this event. This focus on historical and post-historical value standards overlooks the unique characteristics of uta-awase. In this book, I discuss the expressions of each uta-awase, how they should be positioned in the history of waka poetry, and the purpose from a perspective free of this schema of historical development.

In Part I, "The Relationship between the Inner Palace and Uta-Awase," I explain four uta-awase sponsored by the inner palace. Part II, "Broad Insight into the Murakami Court," examines the Murakami court from three perspectives, providing a comprehensive review of the period. In Part III, "Uta-Awase of the Palace and Retainer," as a counterpart to Part I, I analyze three male-led uta-awase to clarify their characteristics. In general, it is evident that each uta-awase held at the inner palace was staged by women of the inner chambers with their own intentions, adapting them to the occasion and situation. Although it is difficult to determine the extent of Emperor Murakami's involvement, at the very least, the emperor should not be seen as leading many of the uta-awase held at the inner palace.

This book is a study of expression theory. Although expression theory is a crucial perspective in the history of waka poetry research, it seems that the current trend in waka poetry research is toward material research. Materials research, which involves scrutinizing kohitsu (ancient calligraphy) passed down across Japan or the world to reveal and widely disseminate its nature, is a valuable means of preserving classics in

the future. However, in addition to clarifying whether a piece of calligraphy exists as a resource and identifying when and by whom it was written, it is important not to neglect what the poem conveyed in its meaning when it was written and handed down and until the present day. Digitalization allows us to view the original manuscripts and questions the texts in circulation. We return to the expression of the text and discuss the intent behind the poem.

Key Words: Murakami court, uta-awase, waka poetry, expression, Kokin Wakashu

人名・作品名・事項索引

さ行

た行

な　行

は　行

ま　行

や　行

ら　行

わ　行

和歌初句索引

あ 行

か　行

さ　行

た　行

な　行

は　行

ま　行

や　行

わ　行

著者紹介

田原　加奈子（たばる　かなこ）

1987（昭和 62）年生まれ。2020 年早稲田大学大学院文学研究科修了。博士（文学）。共同著書に『学びを深めるヒントシリーズ　伊勢物語』、『学びを深めるヒントシリーズ枕草子』（明治書院）。主な論文に「亭子院歌合の「みちよ」の表現の展開」（『國學院雑誌』第 125 巻 第 10 号）、「康保三年内裏前栽合について」（『國語と國文学』第 101 巻第 8 号）、「女四宮歌合の位置」（『国文学研究』第 193 集）など。現在、玉川大学・明治大学・亜細亜大学非常勤講師。

早稲田大学エウプラクシス叢書　47

古今和歌集の遺響

村上朝前後の歌合表現論

2024 年 12 月 6 日　　初版第 1 刷発行

著　者……………………………田原 加奈子

発行者……………………………須 賀 晃 一

発行所……………………………株式会社 早稲田大学出版部

169-0051 東京都新宿区西早稲田 1-9-12

電話 03-3203-1551　https://www.waseda-up.co.jp/

編集協力…………………………有限会社アジール・プロダクション

装　丁……………………………笠 井 亞 子

印刷・製本………………………大日本法令印刷 株式会社

　ISBN978-4-657-24804-6

刊行のことば

一九一三（大正二）年、早稲田大学創立三〇周年記念祝典において、大隈重信は早稲田大学教旨を宣言し、そのなかで、「早稲田大学は学問の独立を本旨と為すを以て　之が自由討究を主とし　常に独創の研鑽に力め以て　世界の学問に裨補せん事を期す」と謳っています。

古代ギリシアにおいて、自然や社会に対する人間の働きかけを「実践（プラクシス）」と称し、抽象的な思弁としての「理論（テオリア）」と対比させていました。本学の気鋭の研究者が創造する新しい研究成果については、「よい実践（エウプラクシス）」につながり、世界の学問に貢献するものであってほしいと願わずにはいられません。

出版とは、人間の叡智と情操の結実を世界に広め、また後世に残す事業であります。大学は、研究活動とその教授を通して社会に寄与することを使命としてきました。大学の行う出版事業とは大学の存在意義の表出であるといっても過言ではありません。これまでの「早稲田大学モノグラフ」「早稲田大学学術叢書」の二種類の学術研究書シリーズを「早稲田大学エウプラクシス叢書」「早稲田大学学術叢書」の二種類として再編成し、研究の成果を広く世に問うことを期しています。

このうち、「早稲田大学エウプラクシス叢書」は、新進の研究者に広く出版の機会を提供することを目的として刊行するものです。彼らの旺盛な探究心に裏づけられた研究成果を世に問うことが、他の多くの研究者と学問的刺激を与え合い、また広く社会的評価を受けることで、研究者としての覚悟にさらに磨きがかかることでしょう。

創立一五〇周年に向け、世界的水準の研究・教育環境を整え、独創的研究の創出を推進している本学において、こうした研鑽の結果が学問の発展につながるとすれば、これにすぐる幸いはありません。

二〇一六年一一月

早稲田大学